La vie privée d'oubli

De la même autrice

Romans

La Grande Drive des esprits, Le Serpent à plumes, 1993 ; Philippe Rey, 2017

L'Espérance-macadam, Stock, 1995 ; Le Livre de Poche, 1998 ; HC Éditions, 2006

L'Exil selon Julia, Stock, 1996 ; Le Livre de Poche, 2000 ; HC Éditions, 2006

L'Âme prêtée aux oiseaux, Stock, 1998 ; Le Livre de Poche, 2001 ; Philippe Rey, 2016

Chair Piment, Mercure de France, 2002 ; Folio, 2004

Fleur de Barbarie, Mercure de France, 2005 ; Folio, 2007

Mes quatre femmes, Philippe Rey, 2007, 2021

Morne Câpresse, Mercure de France, 2008 ; Folio, 2010

Folie, aller simple, Philippe Rey, 2010, 2014

Cent vies et des poussières, Mercure de France, 2012 ; Folio, 2013

Les Voyages de Merry Sisal, Mercure de France, 2015

Le Parfum des sirènes, Mercure de France, 2018

Ady, soleil noir, Philippe Rey, 2021

La Couleur de l'agonie, Caraïbéditions, 2021

Romans pour la jeunesse

Un papillon dans la cité, Sepia, 1992

Le Cyclone Marilyn, L'Élan vert, 1998

Caraïbes sur Seine, Dapper, 1999

C'est la règle, Thierry Magnier, 2002, 2006

Case mensonge, Bayard Jeunesse, 2004 ; Caraïbéditions, 2022

Les Colères du volcan, Dapper, 2004

L'Odyssée d'Alizée, Thierry Magnier, 2010 ; Caraïbéditions, 2020

Suite en fin de volume

Gisèle Pineau

La vie privée d'oubli

roman

Philippe Rey

7, rue Rougemont – 75009 Paris
www.philippe-rey.fr

À celles de ma lignée,
Julia et Félicie,
Andrée, Laure,
Tya et Jayden.

… À ce qui revient et ne s'en va plus,
À ce qui revient et se fond dans le noir,
À chaque étoile perdue dans la nuit,
À chaque larme séchée dans la nuit,
À chaque nuit d'une vie,
À chaque minute
D'une unique nuit
Où se réunit
Tout ce qui se relie,
À la vie privée d'oubli,
À la mort abolie.

François Cheng
Cinq méditations sur la mort.
Autrement dit sur la vie[1]

1. Albin Michel, 2017.

PARIS

À ce qui revient et se fond dans le noir…

Margy est revenue à Gwada, sourire aux lèvres, les sourcils tatoués, pareils à deux grandes ailes noires floquées sur son front. Dans ses bagages : eaux de toilette, bijoux Swarovski, kits de faux cils, palettes de maquillage, kilomètres de mèches Super Braid TZ de diverses couleurs. Sitôt débarquée, elle a tout revendu en moins de deux à ses copines et à des coiffeuses qui tiennent salon sous un manguier de leur cour ou dans une cuisine négligée, gardant un œil sur la marmaille et veillant les marmites au feu. La tour Eiffel, les Champs-Élysées, l'Arc de triomphe… Et puis Château-d'Eau, Barbès, La Goutte-d'Or… Ses yeux brillent à l'évocation de sa fantastique virée dans la capitale. Des centaines de photos stockées dans son téléphone portable. Quinze jours de rêve à Paris.

Bien sûr qu'elle va y retourner !

Yaëlle Desbois et Margy Laroche sont des amies-sœurs depuis l'école maternelle. Elles ont grandi ensemble à Beauséjour, dans une résidence principalement peuplée de petits fonctionnaires créoles, soignants à l'hôpital, policiers, postiers, gardiens de prison à Fond Sarail…

À treize ans, elles s'étaient fait déflorer par des grands de 3ᵉ. Un pari, celle qui le ferait la première. Un jeu qui leur avait tiré des larmes et du sang, à deux jours d'intervalle. Elles en avaient ri. Au cours des années lycée, les filles avaient souvent zappé les cours pour suivre des *bad boys* rugueux et envoûtants. Les yeux fermés, accrochées à ces gars bravaches sur leurs motos vrombissantes, elles s'abandonnaient à la toute-puissance des machines qui fendaient le paysage. Grisées par la vitesse et le danger, elles aimaient ça, frôler l'accident, risquer la mort, tanguer jusqu'à la nausée. Et puis, dans un *bando* rongé de termites du ghetto ou une villa cossue de la Riviera, gâcher les heures à boire des alcools forts en se berçant de viles paroles, cris inutiles et jurons gratos. Fumer de l'herbe pour traverser ce monde, tomber dans une autre dimension, au bord du néant, flotter, se dédoubler, voler, rebondir, s'effondrer sans trop de fracas. Aussi, prêter son corps, remuer les reins au bon vouloir des uns et des autres. Danser toute la nuit sur des musiques guerrières, manière de combler l'ennui, remplir leur vie. Dormir la moitié du jour.

Les deux ont échoué au bac à dix-neuf ans. Elles n'en ont guère été meurtries. Rien eu à carrer des sermons parentaux, des représailles et mortifications, même des sanglots de leurs mères et des silences paternels. D'une façon ou d'une autre, elles trouveraient les voies et moyens pour sortir du lot. Elles sont persuadées que chacune a du talent dans son art. Se proclament artistes en devenir, géniales créatrices qui sauront briller le moment venu.

À l'occasion, Margy et Yaëlle consomment encore du cannabis. Grâce à Dieu, elles ont toujours repoussé le crack que des potes proposent parfois, pour le fun. Sans émoi, se contentent de regarder la frange des accros téter leurs pipes et sombrer peu à peu dans la déchéance des damnés de Gwada. Non merci, elles ne veulent pas en arriver à cette extrémité… Mendier dans la rue comme une âme en peine, se prostituer pour un morceau de roche crack, se transformer en *pawo*, ces zombies dépenaillés errant au bord des routes…

Margy rêve d'être une coiffeuse reconnue, spécialisée en cheveux afro. Rien qu'avec ses potes elle se fait pas mal d'euros. La vie roule douce. Pas question de retourner au lycée. Elle a déjà sa petite clientèle et passe des heures à natter et tresser des têtes, rabouter de longues mèches brésiliennes ou indiennes, défriser les toisons crépues, poser des postiches, ajuster les tissages de cheveux synthétiques, entortiller et façonner des locks… En matière de coiffure, elle maîtrise son art. Les photos de ses créations capillaires publiées sur les réseaux sociaux recueillent pas mal de likes, cœurs et commentaires flatteurs. Marj'971 a de nombreux followers qui la citent régulièrement dans le Top 5 des influenceuses hype de Gwada.

Yaëlle ressemble à la belle et regrettée Édith Lefel. Elle hésite entre mode et musique. Ceux de la bande affirment qu'elle a le groove de Rihanna, le swag de Beyoncé et la plume cool d'Alicia Keys. Sylvia, sa mère aide-soignante à l'hôpital, l'a suppliée de repasser son bac, même en candidate libre, afin d'accéder à un concours quelconque de la fonction publique. Yaya caresse d'autres projets, plus ambitieux, autrement excitants. À vingt-deux ans, inspirée par le wax hollandais et le madras créole, elle dessine et coud ses propres vêtements. Se voit percer dans le stylisme, lancer sa marque, ouvrir une boutique chic afro-créole. Les copines lui achètent des tenues, mais dans sa chambre transformée en atelier de haute couture, devant sa machine à coudre, Yaëlle vise l'international, cherche des sponsors.

Margy Laroche n'est plus très proche de ses parents. Elle a quitté le nid familial au lendemain de son vingtième anniversaire. Avec Benja, elle vit maintenant en couple, au troisième étage d'une HLM, face au grand marché de Pointe-à-Pitre. Ses parents viennent de divorcer…

Yaëlle Desbois se demande parfois ce qui a bien pu réunir son amie et ce délinquant caractériel. Son père, maton, ramène chaque jour du centre pénitentiaire de terribles histoires de gangstas et autres énergumènes de l'acabit de Benja : règlements de comptes, assassinats barbares, trafics de drogue, crimes en tous genres…

Vrai, il est repoussant Benja, avec son visage tarabiscoté, scarifié à coups de lames, son corps sec couvert de cicatrices et méchantes chéloïdes agrémentées d'un brouillamini de tatouages. Le mec bosse au comptoir d'une entreprise de pièces détachées mécaniques de Jarry. Est déjà tombé pour trafics divers. Erreurs de jeunesse, selon Margy. À vingt-huit ans, son bracelet électronique verrouillé à la cheville, il continue de mener ses petites affaires louches sans trop se tracasser. Non, il se fera plus jamais pincer par les *manblo.* Se sent malin, Benja. Son contrôleur judiciaire l'a pourtant mis en garde. « La police te surveille, mon gars ! Tiens-toi à carreau ! » Le *bad boy* a ri. « Quoi ! J'suis clean maintenant. Vous voyez bien que j'me pointe à tous les rendez-vous. Au taf, j'fais pas de vagues. Demandez au patron ! » La mère de Margy déteste son amoureux. « C'est pas un type pour toi, ce négro. Sait pas même parler français. Et tous ces tics qu'il a… Qu'est-ce qu'il trafique ? Il te procurera que des ennuis. Et ses cheveux jamais peignés ! Son pantalon qui tombe au ras des fesses. La façon qu'il a de marcher… Non, sérieusement, tu vois un avenir avec ce Benja… »

Il l'appelle Puce. « Love you, Puce. » Margy l'a dans la peau, son Benja. Selon elle, c'est un tendre dans une carcasse amochée. Le genre dégingandé à la voix de velours caressante. Aussi un redoutable expert dans la pratique du cunnilingus et si puissant dans ses coups de reins. « Love you, Puce. » Il déborde parfois. La faute aux pervers accords de rhum et de ganja. Ça le rend à cran, violent dans ses mots et ses gestes.

À ces moments-là, il a la tête à l'envers. Faut pas le contrarier, plutôt le brosser dans le sens du poil. Margy en a fait l'expérience à plusieurs reprises. Coups de poing, déferlantes d'injures, brûlures de cigarette, tentatives d'étranglement. Chaque fois il a demandé pardon, triturant du bout des doigts sa joue balafrée. « Love you, Puce ! Promis, c'est la dernière fois. J'sais pas ce qui me prend. Non, c'est pas bien de battre sa meuf… Crois-moi, je regrette, Puce. Viens, on va faire un tour à moto… » Façon de lui témoigner son amour et montrer qu'il n'est pas si bourrin, il lui a offert un chiot, Bo, issu d'un croisement entre un bâtard créole et une femelle chihuahua. Margy se dit heureuse et cache à son entourage le côté sauvage du loustic. Il est pas tout à fait fini… Mais sûr qu'un jour elle saura l'apprivoiser… Basta ! N'a pas envie d'expliquer quoi que ce soit. Il a beaucoup souffert dans son enfance.

Deux semaines plus tôt, Benja n'a pas eu de mal à convaincre sa puce. Il avait tout calculé, pesé et pensé. Jusqu'aux faux papiers d'inscription à l'université de Nanterre et au bail de location bidon d'un studio à Créteil. Au cas où on le lui demanderait, elle pourrait produire cette paperasse… Septembre, la saison idéale. Derrière son masque anti-Covid, Margy serait noyée dans le flot des jeunes bacheliers guadeloupéens partant faire leurs études en France.

Le matin du départ, buvant un café noir, Benja veillait la rue à travers les persiennes de la cuisine. Fébrile, il alluma un joint de weed et se mit à fumer, fixant par moments l'écran de son téléphone jetable. Le portable avait sonné trois fois déjà. De brefs appels en langage semi-codé, afin de repréciser la marche à suivre, lui mettre la pression, rappelant qu'il avait intérêt à être réglo. Le ton de l'autre au bout du fil était grinçant.

C'était un samedi, tôt, jour de marché. De la ville montait la rumeur habituelle de coups de klaxon, cris des gens mêlés aux chants des coqs urbains, aux pétarades des scooters fous et aux musiques dansantes des îles échappées des radios : Caribbean R&B, bouyon, zouk, ragga, kompa, soca… Les marchandes avaient déjà amarré leurs reins de larges tabliers madras, recouvert de nappes cirées colorées les planches pourries de leurs tréteaux. Sans se presser, les retardataires finissaient de bâtir des pyramides de fruits et légumes sur les étals. Ananas, melons, pastèques, bouquets de cives en quantité, giraumons, cristophines par-ci, carottes, navets, choux et tomates par-là, papayes dodues… Un pick-up aux ailes froissées était en train de déverser une montagne de racines-pays sur une bâche déployée à même le sol. Près du cimetière, que squattaient les chiens créoles et les déchets humains démolis par le crack, trois vendeurs d'eau de coco avaient garé leurs camionnettes en épi. De sa fenêtre, pensif, Benja les regardait trancher les cocos verts d'un seul coup de sabre, puis servir les chalands, leur offrant le coco à l'eau comme un trophée, une œuvre d'art. Sans le vouloir, il se rappela le jour où l'un de ses beaux-pères avait brandi un coutelas, promettant de lui couper la tête avant le coucher du soleil. Il n'avait que neuf ans. Se souvint de sa terreur d'enfant, de sa fuite éperdue, les pieds en sang, à travers les ruelles du ghetto. Ce jour-là, Benja avait vu sa mort dans le regard de l'ivrogne…

Margy était dans la chambre, nue sous les draps. N'avait pas dormi de la nuit. En continu, toutes sortes d'images horribles avaient défilé dans sa tête. Elle avait peur. Peur de ce que son corps allait subir. Peur des réactions de Benja. Peur de ne pas être à la hauteur.

Elle enfila un string et le rejoignit au salon, son petit chien dans les bras, niché entre ses seins ronds aux larges aréoles noires. La voix inquiète de sa mère l'accompagnait : « Non, sérieusement, tu vois un avenir avec ce Benja… » Il était en caleçon, torse nu, en train de se gratter furieusement l'entre-jambe, l'air hagard, vulnérable et en même temps malveillant, fourbe, imbécile. Les cicatrices et chéloïdes sur sa peau racontaient sa vie : l'enfance rythmée de coups de ceinture et barre de fer du beau-père alcoolique, l'adolescence glauque soumise à la jungle du ghetto : tabassages, bagarres au couteau, combats à coups de bouteilles cassées, rixes entre bandes rivales, chutes à moto. Ses multiples tatouages composaient un genre de *curriculum vitae* exhaustif, bardé de citations concernant le Peuple noir et ses tribulations, illustré d'un portrait de Malcolm X, d'un autre d'Haïlé Sélassié, d'une croix de Jésus-Christ, aussi d'un cœur traversé d'une flèche à plumes et d'une fleur d'hibiscus rouge.

« Hé ! Puce ! Ça y est, t'es réveillée ! » Il considéra la pendule du salon : 6 heures tapantes.

Margy lui colla un baiser sur les lèvres. La bouche de Benja empestait la mort. Il la jaugea du regard un instant, telle une paire de baskets derrière la vitrine d'un magasin. Mais on frappait à la porte.

C'était une chabine d'une quarantaine d'années aux cheveux roussis. Étique, le visage éteint, vêtue d'un boubou vert et jaune délavé, tout froissé. Benja jeta un œil par-dessus l'épaule de la femme. Personne dans l'escalier. Il la fit entrer et referma *illico*. Elle déposa un cabas rouge et bleu sur le sol de la cuisine. Sans un bonjour, murmura que la marchandise avait été emballée avec soin et hygiène. Ses ongles étaient crasseux, ses yeux chassieux. « Les boulettes sont garanties thermo-soudées ! » précisa-t-elle avant de disparaître.

Soixante boulettes de coke.

La veille, Benja avait promis qu'il y en aurait moins d'une trentaine. Margy ne broncha pas. Y avait des frais. Fallait que le transfert soit quand même rentable… Son homme était un exécutant du trafic. Il obéissait aux ordres d'un boss qui se faisait appeler Hell, diminutif de Michel. Elle n'était qu'une mule amoureuse.

À 10 heures du matin, Benja baissa les persiennes et tira les rideaux du salon. Il embrassa Margy dans le cou, tandis qu'elle se tordait les doigts. Puis, lui prenant la main, il la mena à la salle de bains. Il lâcha le cabas à carreaux à même le carrelage froid. Dit en grignant : « Pas peur, Puce ! C'est rien... » Il écarta du pied Bo qui sniffait le sac. En sortit un paquet bien compact. Les mains tremblantes, il défit le film d'emballage étirable. Exposa les soixante boulettes rigides sur une serviette de toilette défraîchie. On aurait dit des saucisses apéritives blanches à s'enfiler l'une après l'autre. Ingurgiter tout ça sans mordre dedans.

Margy posa son derrière sur un tabouret, la bouche grande ouverte comme chez le dentiste. Les yeux clos. La langue tirée jusqu'au menton. Advienne que pourra. En premier lieu, Benja dégaina un spray anesthésiant pour la gorge. « Pas peur, Puce ! Détends-toi ! Pense aux trois mille euros. Dans une minute, tu sentiras plus rien... » Alors il se mit au travail. Poussa la première boulette de coke dans la gorge de Margy.

Benja se lançait en novice dans cette activité qui pouvait s'avérer juteuse. Il y voyait des perspectives, un train de vie supérieur, un genre de plan de carrière. Il serait prudent, garderait en couverture son job dans la boîte de pièces détachées. Grâce à cet argent facile, il s'imaginait vivre bientôt dans un luxe discret : la croisière dans la Caraïbe à bas prix dont rêvait Margy, une voiture d'occase payée en espèces, des fringues et des baskets de marque, une grosse montre, des dents neuves...

Cinq boulettes laborieusement englouties.

L'affaire n'était pas simple. Margy devait y mettre du sien. À chaque déglutition, elle avait eu un haut-le-cœur. Ses yeux pleuraient. Agacé, Benja fut tenté de lui flanquer une baffe. Mais il se retint et garda son calme apparent. Si elle chialait, ça compliquerait l'entreprise. Essayant d'affiner son doigté, le gars enfonça les saucisses suivantes, plus profond, d'un coup sec. Pas réfléchir. Rester zen. Pas regarder le visage défait de Margy. C'était un travail.

Dix, douze.

Elle leva la main. Toute grimaçante, lui demanda un répit. Deux heures déjà. Non, ils n'avaient pas le temps de faire une pause.

Vingt, vingt-sept…

Benja était en sueur.

« On y est presque ! » souffla-t-il en s'épongeant le front.

Elle les comptait aussi dans sa tête, les saucisses blanches. Un calvaire. Vingt-sept. Se disant, pour se donner du courage, qu'elle était un réceptacle capable d'engranger encore et encore. Trois mille euros…

Benja reluqua sa montre. « Faut qu'on accélère, Puce ! »

Son téléphone vibra au même moment, ce qui le fit sursauter. C'était le commanditaire de l'opération. Hell en personne. Benja écouta, tendu. Toisant Margy d'un air réprobateur, il opina du chef à plusieurs reprises. Elle était au bord de la nausée. Tenait sa gorge en feu à deux mains. À ses pieds, Bo gémissait doucement.

« D'accord, elle va tout prendre. D'accord, le reste devant et derrière. OK ! Ça s'ra plus facile. Non, elle fait pas de vagues. D'accord, boss. Oui, on se pointe à l'aéroport à 15 heures, comme prévu. C'est compris, chef ! À tout à l'heure, dans le parking… »

Il réussit à lui caler trente-sept boulettes dans l'estomac. Le reste, elle l'inséra elle-même, dans son vagin et son rectum. Benja lui demanda de faire quelques pas devant lui. Façon de voir si sa démarche en était modifiée. Il hocha la tête et leva un pouce. C'était nickel. En dernier, comme recommandé, il lui fit avaler un breuvage laiteux ralentisseur du transit intestinal. Éviter que les sucs gastriques se mettent en branle trop vite.

En chemin vers l'aéroport, Benja la rassura de son mieux. « J'te dis que la coke va pas bouger d'un poil. Dans l'avion, tu dors, Puce. Tu stresses pas, hein ! Promets ! Bouffe pas non plus ! Tu te fais pas remarquer, hein ! T'es une étudiante parmi des centaines qui entrent à l'université. N'oublie surtout pas de mettre tes lunettes, ça fait plus intello. J'te jure, c'est de l'argent facile, sans risque. »

Sur le parking, jetant des regards circonspects aux alentours, il l'embrassa longuement et promit de bien s'occuper de Bo. Puis il l'abandonna à son sort. Margy poussa son chariot seule, comme une grande, se répétant qu'elle était une étudiante. Fallait surtout pas transpirer la peur. Derrière son masque chirurgical bleu ciel, elle sourit à tous les contrôles. Traîna un peu dans l'aérogare, fit les boutiques de souvenirs, acheta un parfum Chanel au Duty Free. Ensuite elle embarqua, les doigts dans le nez, avec ses soixante boulettes dans le corps, invisibles à l'œil nu.

Il n'avait pas menti. Le vol se passa sans la moindre anicroche.

À son retour en Guadeloupe, entre deux éclats de rire et trois grimaces, elle avoue à Yaëlle avoir eu la pétoche, un peu mal à la gorge et au ventre. Sans boire ni manger, ni même parvenir à dormir, les heures lui avaient semblé défiler au ralenti. Mais elle avait tenu bon, priant Jésus et son ange protecteur pour que la cocaïne reste tranquille dans son estomac, son vagin, son rectum.

Arrivée à Orly, elle suivit les dernières consignes de Benja. Lunettes et masque. Se coller à une famille de négropolitains lambda dès la réception de ses bagages, sourire en poussant son chariot, engager la conversation avec la maman : l'âge des enfants, la destination du voyage, le temps, la pluie, le froid, les études à Paris et patati et patata… Tout en papotant, ils passèrent sans encombre devant les hommes et femmes en uniformes des douanes et de la PAF.

Margy lâcha la petite famille de négros après les portes coulissantes qui donnaient sur l'air glacé, le trottoir gris et le ciel bas d'automne. Elle se joignit au groupe de fumeurs agglutinés autour d'un gigantesque cendrier de béton empli de sable et de mégots. C'était la première fois qu'elle mettait les pieds en France. Malgré la froidure, un sentiment de plénitude la gagna un instant. Puis le téléphone jetable vibra dans la poche de son manteau. Quelqu'un venait la récupérer. Il ne descendrait pas de la Clio bleue. Elle devait le guetter, le repérer et l'identifier à l'autocollant du pare-brise arrière qui disait : « Attention ! Bébé à bord ».

À coups de laxatifs, elle mit trois jours à restituer la marchandise.

Margy Laroche a fait la mule avec succès. Yaëlle est la seule personne dans la confidence, hormis Benja. Pour ses followers, Marj'971 est allée en France suivre une formation expresse en coiffure.

Tout s'est tellement bien goupillé…

L'idée est séduisante. Un voyage tous frais payés. Trois mille euros à la clé. De quoi se lancer à son compte. Margy explique à son amie qu'elle pourra profiter de ce voyage à Paris pour constituer son réseau, rencontrer des gens du milieu de la mode, des stylistes, des influenceurs… Une fois sa mission accomplie, Yaëlle aura toute latitude pour nouer des contacts et approcher son rêve. C'est l'occasion ou jamais. Peut-être aura-t-elle même le bol de croiser des Noirs de renom… Olivier Rousteing, le célèbre directeur artistique, né sous X, au top des créateurs noirs, qui brille chez Balmain… Ou encore le fondateur martiniquais de l'agence de mannequins Your Angel, Steeven Jean-Yves Zamor, qui a le nez pour dénicher des black girls partout sur la planète. Dans une vidéo sur YouTube, Margy a vu comment Steeven repère des filles noires ordinaires qu'il transforme en pépites de fashion week, top models propulsés en un éclair sur les *catwalks* des défilés haute couture, en couverture de prestigieux magazines féminins, de New York à Londres, en passant par Tokyo, Rome et Paris…

Écoutant son amie, Yaya voit clairement miroiter les paillettes de la gloire et une grande chance de réparer son existence. Margy a raison d'insister. Il n'y a plus que cette issue de secours. Une belle opportunité à saisir. La voie rapide et royale. Transporter *in corpore* de la coke, à l'instar des centaines de mules qui passent chaque jour au travers des mailles policières.

« De toute façon, tu m'as bien dit que tu veux quitter Gwada ? enchaîne Margy. Surtout après ce que ce chien de Rodrick t'a fait… »

Benja n'est pas là. Elles parlent à cœur ouvert. Dans le silence de l'appartement de Margy, Yaëlle garde la tête baissée. Se retient de pleurer. Ses honteuses photos *nude* envahissent de nouveau son esprit. Une marée obscène d'images déshonorantes. Pendant l'escapade parisienne de sa copine, Yaëlle a rompu avec Rodrick. En guise de représailles, son ex a aussitôt balancé un flot de ses vidéos intimes sur les réseaux sociaux.

À Gwada, chacun sait maintenant de quelle manière cochonne Yaëlle Desbois se caresse entre les cuisses, seule, dans le secret de sa chambre. Ses parents, ses cousines de la haute, toute sa famille… Entre Insta, TikTok et Facebook, personne n'ignore plus comment, murmurant des paroles lubriques, elle se pince les tétons pour faire jouir Rodrick à distance, de quelle façon elle ourle les lèvres et remue les fesses dans son plaisir solitaire. Depuis une semaine, les courtes vidéos sont vues et revues, livrées au tout-venant du monde entier, transférées par des inconnus à d'autres inconnus qui commentent salement dans toutes les langues, se délectent, la traitant de petite pute, *manawa* et *bitch*, lui demandant une fellation, son numéro de téléphone, un contact virtuel, un rendez-vous réel. Des milliers de vues…

« Toi aussi, tu les as regardées ? demande Yaëlle.

– On peut pas les rater, ma pauvre Yaya… Elles sont partout ! Même ma grand-mère qu'est pas sur les réseaux en a entendu parler… L'une de mes followers m'a conseillé de plus te fréquenter… Tu sais, cette Cindy Machin qui a ouvert une boutique de mèches brésiliennes au carrefour Schœlcher… C'est soi-disant pas bon pour mon image… J'ai vu que tes cousines ont supprimé ton nom de leurs groupes Facebook et WhatsApp… Ta couz Inès, Madame la Canadienne, m'a zappée l'autre jour à Destreland… Et tes parents ?

– Ils veulent plus me voir. Ma mère dit que je lui fais honte. Mon père m'a traitée de malpropre. Il est en congé de maladie. Tous les matons et taulards de Fond Sarail m'ont vue et revue sur leurs portables…

– Ce Rodrick est une belle vermine, pas vrai ! Je t'avais prévenue… » soupire Margy.

Les larmes aux yeux, Yaëlle se mord les lèvres. Elle a pensé au suicide. Disparaître…

« À ta place, je tenterais l'aventure, je partirais », lâche Margy pour la troisième fois.

Bo saute sur les genoux de sa maîtresse, une poupée de chiffon dans la gueule.

« C'est la seule solution pour mettre ce bordel derrière toi, continue Margy en caressant son chien d'un air attendri. Si tu veux, j'en parle à Benja. Tu sais, il peut t'arranger le coup avec Hell… Dis-moi vite si t'es OK pour le job et on te met sur la liste. Crois-moi, j'avais peur pour rien. Tu vois, m'est rien arrivé… J'ai survécu… Je t'assure, Yaya… C'est juste un petit moment raide à passer. Après, t'es libre, tu gères ton destin… Pense à emmener tes carnets de chansons. On sait jamais dans la vie. Tu les présenteras à des maisons de disques. Et à toi la grande vie à Paris ! »

Une chance… L'occasion de se faire oublier, se dit Yaëlle en séchant ses yeux. Laisser passer du temps. Attendre que le bad buzz se résorbe… Que les gens soient happés par des vidéos plus trash, lapident d'autres proies et harcèlent d'autres victimes. Elle a bien fait de rompre avec ce traître de Rodrick. Au final, c'est une bonne chose. Peut-être qu'il ne faut pas blâmer cette contrariété. Elle est rendue à un quatre-chemins de sa vie et un bon ange lui montre la direction pour la tirer du chaos. Oui, son existence va prendre une nouvelle voie. Adieu Gwada. Elle est d'accord pour que Margy en parle à Benja.

« C'est OK ! » fait Yaëlle, caressant Bo à son tour.

Un mois et demi passe.

Les postulants sont nombreux et en redemandent. Le réseau agrandit petit à petit son cheptel de mules dociles qui transportent la marchandise illicite de Gwada à Paris. Ni vu ni connu. Jusqu'alors aucune ne s'est fait choper. D'un bout à l'autre de la filière, chacun et chacune y trouvent son compte. Benja a pris de l'assurance auprès du boss. À force de fourrer des heures durant les boulettes de cocaïne au fond des gorges, il a même acquis une sorte de dextérité. À l'abri, planqué derrière sa couverture de vendeur de pièces mécaniques à Jarry, il rigole du contrôleur judiciaire qui le félicite de sa bonne conduite.

Benja s'est laissé convaincre et a proposé la candidature de la copine. Le boss a accepté. Jusque-là, Benja a fait un sans-faute dans son job. Hell lui a d'ailleurs laissé entendre qu'il pourrait monter en grade dans le bizness, former des soldats, gérer une *traphouse*, augmenter ses revenus… Le gars de Margy est bien sûr au courant des déboires de Yaëlle. Il ne l'apprécie guère, mais peut comprendre qu'elle veuille se barrer fissa de Gwada.

Aussitôt, jurant qu'on ne l'y reprendra plus, Yaya explique toute l'affaire à ses parents. Les photos *nude* étaient uniquement destinées à son p'tit ami. Rodrick n'avait pas digéré leur rupture et s'était vengé de la pire des manières. En larmes, elle supplie sa mère de lui pardonner son mauvais comportement. Oui, elle tire les leçons de son inconséquence. Sa réputation est ternie, la respectabilité de sa famille gravement entachée. Au bout de sa repentance, elle annonce alors sa décision de quitter la Guadeloupe. « À Paris, je me reconstruirai. Je prendrai ma vie en main », affirme-t-elle. Une école de stylisme est censée l'accueillir pour sa formation.

Sylvia Desbois se laisse attendrir et pardonne. Puisque Yaya se montre enfin responsable, son devoir de mère est de l'aider dans ses projets. Il faut un point de chute, même provisoire. La tante Annette vit seule dans un appartement d'une des plus vieilles cités de la banlieue parisienne.

Comme convenu, Yaëlle se présente chez Margy ce 27 octobre 2021, en milieu de matinée. Benja ouvre la porte, torse nu, en caleçon, tenant son sexe fermement dans son poing. D'un mouvement de la tête, il lui indique la salle de bains. Margy est debout devant le lavabo, en train de se brosser les dents tout en s'admirant dans le miroir. À ses pieds, gît un cabas à carreaux rouges et bleus que Bo couve jalousement du regard.

« Quand tu seras là-bas, profites-en pour te faire tatouer les sourcils, lâche Margy, crachant une épaisse mousse blanche. Je te donnerai l'adresse. Ta nouvelle vie commence aujourd'hui, pas vrai… T'es prête à embarquer pour Paris ?

– Prête à cent pour cent ! fait Yaëlle, la mine enjouée.

– C'est ta chance, tu sais… Si j'ai pu le faire, toi aussi tu pourras… C'est dur au début, tu verras… Mais ta gorge sera anesthésiée… »

Sans quitter son reflet des yeux, Margy étale une mixture argileuse sur son visage. « Je viendrai te voir à Paris bientôt. C'est prévu. Le 15 décembre, j'ai déjà mon billet d'avion pour une nouvelle mission… On f'ra la fête…

– T'es belle », murmure Yaya. Elle est sincère. Il faut en convenir, ce premier voyage à Paris a changé sa copine.

Sous son masque vert, Margy paraît plus mûre. Elle donne maintenant l'impression de gouverner sa vie.

« J'ai un retard de règles de quelques jours », chuchote-t-elle en fermant la porte de la salle de bains. Elle pense être enceinte, ce qu'ignore Benja. Ils vont fonder une famille et peut-être se marier. Les projets se bousculent dans la tête de Margy…

Derrière les vitres de son appartement de la cité Voltaire, les branches des peupliers dodelinent dans le vent mauvais d'octobre. Dépouillé de ses feuilles, l'un des grands arbres bréhaignes ressemble à cette dame noire évanescente qu'Annette Liman voyait en rêve dans son enfance.

La première fois, elle avait dix ans. C'était la nuit. Dormait sur le lit qu'elle partageait avec sa sœur Sylvia. Dans son rêve, une créature tanguait près d'une grande porte. Anna la percevait, comme on peut deviner, dans la pénombre, la silhouette d'une personne de chair et de sang. La femme semblait vouloir dire quelque chose. Mais aucun son ne sortait de sa gorge. Son visage était noir et luisait par endroits. Son souffle glacé empesait l'air. Elle s'était avancée près du lit dans un halo luminescent, se mouvant sans vraiment marcher à la manière des humains ordinaires. Tel un esprit échappé des ténèbres, elle avait des contours flous, ambrés et vaporeux.

Si la petite Anna avait dû décrire son mode de déplacement, elle aurait dit que la mystérieuse dame noire du rêve flottait au-dessus du sol. Non, elle n'était pas si terrifiante. Seulement triste et fascinante à la fois, semblable à une héroïne de ces romans d'amour à l'eau de rose dont sa mère raffolait. Anna se réveilla en sueur. Non, il n'y avait personne d'autre que Sylvia dans la chambre. Quand elle se rendormit, le rêve se poursuivit : la femme se tenait un moment au bord d'une rivière et puis elle s'envolait…

Le lendemain matin, au saut du lit, Annette raconta des bribes de son rêve à sa petite sœur. Sissi ouvrit de grands yeux et se moqua en parlant de la visite d'un de ces esprits qui pointaient parfois le nez dans les conversations de leur mère. Un peu plus tard, au petit déjeuner, tout émoustillée, elle fit l'intéressante en rapportant à leurs parents les confidences d'Anna. Fred Liman haussa les épaules et quitta la table sans un mot. Déjà 6 heures. Il devait se rendre sur son exploitation agricole où l'attendaient des syndicalistes. De toute façon, ces radotages ennuyaient leur père. Ce dernier ne cachait pas qu'il aurait voulu avoir au moins un fils. Avec son petit bougre, il aurait eu des discussions sérieuses sur la politique, l'avenir du pays, la lutte ouvrière, l'Indépendance de la Guadeloupe… Mais Germaine ne lui avait donné que des filles : Aglaé, Annette et Sylvia.

Aglaé allait déjà sur ses douze ans. Elle partit à rire. « T'es folle ou quoi ! » lança-t-elle à Anna, tout en tartinant de confiture de goyave son bout de pain rassis.

Pourtant, Germaine sembla intéressée. « Ça se peut des fois que les rêves entrent dans la réalité, déclara-t-elle en essuyant la table. Mais… Si c'est un esprit qui se manifeste, faut prendre garde et se protéger de sa malfaisance. Aujourd'hui, vaut mieux récurer le plancher de la chambre à l'alcali et prier Jésus-Christ. Dieu du ciel ! Ça me fait songer à la pauvre tante Anastasie…

– Qui est cette tante ? demanda Aglaé.

– C'était la sœur de maman Ida et de ma tantie Izora. Vous ne l'avez pas connue… Naguère, murmura Germaine Liman, se signant précipitamment, la tante Anastasie a commencé à voir des esprits autour d'elle, de jour comme de nuit. C'est après la naissance de sa fille Rachel que la folie a démarré. Anastasie, pauvre femme, portait le nom Chanty, ne s'était pas mariée. Vivait en concubinage avec un zouave de l'Anse-Bertrand. Un dénommée Prudent Rémi. Le scélérat, qui n'avait déjà pas reconnu son enfant, quitta sitôt la tante, sans se retourner, l'abandonnant à ses démons… Anastasie conversait avec les esprits… Affirmait qu'ils lui parlaient comme des vivants. Y avait aussi l'histoire d'une femme du temps de l'esclavage qui la hantait. À ce qui paraît, une de nos ancêtres, qui se serait jetée dans une rivière avec son enfant… Pauvre Anastasie ! Dieu ait pitié de son âme… La malheureuse a fini impotente à l'asile des fous de Saint-Claude. Avait même pas cinquante ans à sa mort… Jusqu'à la fin, les diables l'ont persécutée…

– Qu'est devenue la petite Rachel ? coupa Sylvia.

– Quand Anastasie a été internée, une du côté de son père l'a recueillie. Aux dernières nouvelles, elle vivait dans le sud de la France… En tout cas, je l'ai pas vue aux obsèques de sa pauvre maman… Non, Rachel n'a jamais cherché à nouer des liens avec notre famille. C'est depuis ce temps-là que ma mère Ida et sa sœur Izora se sont fâchées. À cause de toutes ces vieilles histoires, elles ne se sont plus jamais reparlé… Izora ne voulait pas croire à la folie d'Anastasie, tandis que ma mère pensait que la famille des Rémi fréquentait les sorciers de trop près… Ce qui avait fait tomber la pauvre Anastasie dans sa folie… Non, ils nous aimaient pas, les Rémi… Je sais pas ce qu'ils lui ont raconté, à Izora… Elle a pris leur parti… Je sais vraiment rien d'autre… Si Rachel est morte ou vivante à l'heure qu'il est… J'espère seulement qu'elle a pas hérité de la folie de sa mère… Non, je sais pas ce qu'elle est devenue… »

La semaine suivante, escortée de deux amies bigotes excitées, Germaine Liman emmena ses trois filles en consultation chez une devineresse qui officiait dans les Grands-Fonds, au bout d'une sente de tuf tracée au mitan des cannes à sucre. De cet épisode Annette gardait le souvenir d'une cahute illuminée de bougies dégoulinantes de cire, d'une âcre odeur d'encens, de cliquetis persistants dans un tralala de prières à la Sainte Vierge et à Jésus-Christ. Aussi, la bouche édentée de la sorcière qui lui postillonnait au visage tout en l'aspergeant d'eau bénite. Maintenant son menton de deux doigts, elle parlait tout près de sa figure et psalmodiait des litanies. Anna n'y comprenait rien, car la vieille baragouinait dans une langue inconnue.

Les années ont passé. Mais Anna n'a pas oublié les sourires narquois de ses sœurs. Elle se souvient du grand baquet du bain… L'eau verdâtre vinaigrée, les feuilles et fleurs chiquetaillées qui flottaient à la surface et se collaient à sa peau nue… Les vieilles mains bosselées de la sorcière qui pressaient ses membres et frottaient son corps d'enfant comme pour en extraire un grand mal… Le sac de jute avec lequel on l'avait vigoureusement essuyée au sortir du bain…

Elle se rappelle aussi le billet de cent francs anciens plié en quatre dans le poing de sa mère, puis glissé à la devineresse sans un mot. La conclusion de la consultation était tombée, solennelle comme une parole d'Évangile, tout à la fois pure et obscure, limpide et impénétrable : « La femme du rêve de ta fille a déjà vu beaucoup de hauts et bas. Mais elle n'est pas maléfique. C'est, je crois, une ancêtre qui veille sur vous autres. Une âme perdue dans le temps qui se languit et espère quitter ce monde pour de bon. »

Sur le chemin du retour, les trois sœurs avaient dû promettre de ne surtout rien raconter à leur père. Il n'avait que mépris pour ces pratiques occultes.

Vingt-cinq ans qu'Annette Liman habite la France, se morfond en cette banlieue sale de Paris.

À la cité Voltaire, Anna voit la ronde des quatre saisons pareille à la maladie de Crohn dont elle souffre depuis ses vingt ans. Des poussées douloureuses entrecoupées de brèves périodes de rémission. À ses yeux, les beaux jours ne sont qu'un répit, une promesse jamais tenue. Au bout de l'été, les pluies d'automne réveillent ses maux de ventre en même temps que les relents nostalgiques de sa lointaine Guadeloupe.

4 novembre 2021. L'hiver s'annonce. Blancheur, gel matinal, verglas, froidure dans les os… Anna attend déjà le retour du printemps, chaque matin se posant les mêmes questions : qu'est-ce que je fous ici ? Pourquoi ne suis-je pas chez moi en Guadeloupe ?

Elle avale une gorgée de thé vert, scrute la rue au pied des immeubles. Motos et autos déboulent, lâchant une fumée grise qui se délite dans l'air. À peine 6 heures du matin et il y a déjà un infernal va-et-vient de passants pressés engoncés dans leurs manteaux, d'écoliers tirant leurs cartables à roulettes, de camions de livraison garés à la va-vite sur les trottoirs. Il lui répugne de devoir bientôt se mêler à tout ça. Mais Anna n'a pas le choix. Faut gagner son pain, aller au boulot. Par temps de Covid, prendre le métro et se frotter à des inconnus masqués et gantés. Traverser Paris du nord au sud. Retrouver ses collègues. Les écouter défendre leurs idées : complot de l'empire pharmaceutique, virus tueur fabriqué en laboratoire pour exterminer les humains, intox des médias, dernières *fake news* diffusées sur les réseaux sociaux… Faire sa tournée blafarde dans la sinistrose ambiante.

Son regard se pose sur le muret tagué du local à poubelles. Des mois que cet énorme pénis rose turgescent se dresse là et personne ne semble en être incommodé. À côté d'un empilement de détritus, d'un fauteuil en velours défoncé et d'un sommier aux ressorts rouillés, un chien tenu en laisse défèque dans le caniveau. Son maître allume une cigarette et observe la scène en sautillant d'un pied sur l'autre. Le voilà maintenant qui balance son mégot et s'éloigne tranquillement. Annette se retient d'ouvrir la fenêtre et de lui crier de ramasser la crotte de l'animal. À quoi bon ! Elle vit dans un dépotoir, entourée de gens malpropres et sans éducation, au mitan de la drogue et de la délinquance.

Annette Liman déteste sa vie de banlieusarde négropolitaine, comme son deux-pièces étriqué, perché au quatrième étage d'un immeuble vétuste. Retourne au pays tous les trois ans, en congés bonifiés. Là-bas, laisse croire qu'elle est heureuse dans une vie bleu-blanc-rouge. En vérité, elle jalouse tous ceux qui résident sur l'île, regrettant ses choix passés, se disant qu'il lui aurait fallu résister à la tentation de l'exil, s'accrocher à sa terre natale comme ses sœurs Sylvia et Aglaé, ne pas s'illusionner des rêves d'une existence meilleure en métropole.

En 1997, Annette avait quitté l'île secrètement enceinte, âgée de dix-huit ans à peine. Officiellement, elle partait chercher un emploi en France. Mais l'avortement était le principal but du voyage. Seule dans la confidence, Sylvia jura de n'en rien dire à personne. Ni aux parents ni à la grande sœur Aglaé, préparatrice en pharmacie – celle-là vivait en Basse-Terre, fraîchement épousée par Julien Nestan, un instituteur nègre, Monsieur la Morale, plus français que les Français de vieille souche.

Au retour d'Anna en Guadeloupe, trois ans plus tard, Sylvia était mariée à son tour, avec Victor Desbois. Elle venait d'accoucher. Germaine, leur mère, taquinait Anna sur le fait que sa jeune sœur l'avait devancée. Les tantes, cousines et voisines reprenaient en chœur la même fielleuse chanson. « Et toi, Anna ! Quand est-ce que tu fais ton bébé ? Faut te marier et fonder une famille ! Les aiguilles de l'horloge tournent… Attends pas d'être trop vieille ! Trouve-toi un bon mari en France, même un Blanc… »

Au lendemain de son baptême, la petite princesse Yaya avait pris son premier bain de mer et dormait sous un parasol. Les deux sœurs étaient sur la plage du Souffleur, causaient de tout et de rien. Quand Sylvia lui posa la délicate question des regrets, Annette parla d'un avortement sans douleur ni remords. « Oublie ça, Sissi ! Reviens plus jamais sur le sujet, t'entends ! C'est une histoire ancienne dont je ne veux plus me souvenir », murmura-t-elle. Son regard perdu scrutait la mer. Ses doigts dans le sable rassemblaient des petits coquillages brisés et ébréchés. Au lieu d'en finir, Sylvia prit Yaëlle dans ses bras. Avec son sourire ironique, elle déclara crânement que, sans enfant, la vie d'une femme perdait tout sens.

Un autre jour de ces vacances au pays, sa tante Clémence et ses deux filles demandèrent à Annette si elle avait un homme dans sa vie en France. La tante avait épousé un avocat – Louis Bérat. Les sœurs Liman détestaient leurs cousines Bérat. Claudia et Betty les avaient toujours regardées de haut, se considérant d'une branche supérieure.

Bérat et leur père, Fred Liman, étaient quasiment des ennemis. L'avocat prônait le gaullisme et militait pour l'assimilation, tandis que l'agriculteur syndicaliste rêvait d'autonomie, même d'indépendance, pour la Guadeloupe. L'un rejetait ce qu'il appelait le dolorisme pathologique des Antillais descendants d'esclaves, alors que l'autre honorait ses ancêtres, revendiquant haut et fort sa condition d'héritier de nègres marrons.

Les cousines Bérat avaient fait de beaux mariages. Betty avait épousé un avocat, comme son papa. Et Claudia s'était mariée à un chirurgien-dentiste. Elles étaient d'un autre monde. Cet interrogatoire n'avait qu'un but : engranger de quoi alimenter leurs conversations malveillantes sur les Liman. Non, Anna n'avait pas d'amant. Pour quoi faire ? Même pas un chat à caresser. Elle n'était pas dépendante d'un homme. Ne voulait pas d'enfant. C'était son choix. Elle payait ses factures et ne demandait à aucun mari l'autorisation d'aller ici et là. « Je suis une femme libre et ma vie, c'est les voyages ! » déclara-t-elle d'un coup. Ces vipères, femmes au foyer, semblèrent soudain baver de jalousie. Alors, leur clouant le bec, Annette raconta les circuits touristiques organisés à travers l'Europe en cars Pullman. D'Amsterdam à Bruges, en passant par Rome et Barcelone. Elle en avait vu, du pays…

Achille Balinois, celui qui l'avait enceintée à l'époque, était un jeune mulâtre d'une famille bourgeoise résidant à Saint-François. Le père et la mère étaient des médecins généralistes. Sans l'informer de sa grossesse, Annette avait sèchement rompu avec Achille, prétextant un subit désamour et l'envie de prendre son envol, pour s'en aller éclore dans un monde plus vaste et bien moins hostile. Il avait curieusement demandé si c'était une question de couleur. Non, ses parents mulâtres ne la trouvaient pas trop noire…

Il réapparut des années plus tard.

Installée à la terrasse d'une brasserie, du côté de Montparnasse, Annette sirotait un diabolo-menthe. Elle attendait sa séance de cinéma au Gaumont. Achille Balinois n'était pas seul. La chabine à son bras, rondouillarde et enjouée, couvait des yeux trois enfants occupés à se régaler de glaces en cornet. Ils formaient une famille. C'était le printemps. Le soleil était haut dans un ciel sans nuage. Les Parisiennes avaient sorti leurs robes à fleurs.

Annette venait de fêter ses trente-cinq ans. N'avait pas tant vieilli. Lui avait perdu ses cheveux et pris de l'embonpoint. Son visage s'était empâté. Quand leurs regards se croisèrent incidemment, il cilla et fronça les sourcils, fouillant sa mémoire. Elle sut qu'il l'avait reconnue mais s'interdisait de la rejoindre, à cause de la femme à ses côtés. De loin, il la salua de la tête, comme redécouvrant une image floue surgie d'un passé suri, la photo d'un bonheur raté. Tandis que la chabine était aux toilettes, le regard d'Achille se fit plus nostalgique et insistant, diffusant de la surprise, un soupçon de regret et quelques pincées de joie. En quittant la brasserie, il lui adressa le sourire enjôleur d'autrefois. Le cœur serré, Annette détourna les yeux.

Cet après-midi-là, revisitant ses souvenirs, Anna marcha solitaire jusqu'au parc Montsouris. Trop tard pour les regrets, les remords, les « J'aurais dû garder mon bébé ». Trop tard pour les « Si j'avais su ». Impossible de réécrire l'histoire. Impossible de calmer son chagrin… Impossible d'annuler ses choix d'antan…

Comme pour alourdir sa pénitence, il y avait des enfants partout. Sur des vélos dans les allées du parc, jouant à cache-cache autour des bosquets, endormis dans des poussettes-cannes à l'ombre de joyeux parasols, agglutinés dans le carré du bac à sable, grimpant aux arbres, partant à l'assaut des toboggans, manipulant leurs petites autos avec passion sur les trottoirs, le long des parterres de fleurs taillés au cordeau. Des babillards et des ronchonneurs, des pleurnichards, des innocents nichés dans les bras de mères extatiques, épanouies, étalées sur les bancs, piaillant, veillant, donnant la tétée… Ce jour-là, Annette eut le sentiment que ces créatures triomphantes la narguaient avec une pitié crasse teintée de condescendance. Elles semblaient tellement imbues d'elles-mêmes, et si convaincues d'avoir accompli leur mission de femmes sur la terre.

À quarante-trois ans, célibataire et sans enfant, Annette se sent doucement flétrir de saison en saison. Seul son emploi de factrice égaie un peu son existence. Utile, même nécessaire au bon fonctionnement du monde, Anna se considère comme une messagère, une personne de confiance qui porte les bonnes et les mauvaises nouvelles, tisse des liens entre les êtres. Sa sacoche contient des missives attendues qui vont rassurer et rendre heureux ; aussi des recommandés, redoutés, que des mains tremblantes ouvriront dans l'angoisse. Anna ne partage ni la joie ni la peine des gens. Elle assure sa mission sans état d'âme, distribuant les plis telles les cartes obscures d'un jeu de tarot, avec ses arcanes, ses constellations, ses coupes et ses épées… Encore quelques années avec le courrier et elle sera à la retraite, si le Covid ne l'a pas tuée… Depuis peu elle est propriétaire d'un terrain à Sainte-Anne, en Guadeloupe. Met de l'argent de côté chaque mois pour bâtir sa maison au pays, profiter de son restant de vie sous les cocotiers, comme disent ses collègues blancs.

À la mi-octobre, quand Sissi l'appela, Anna fut d'abord attristée par la sale histoire des photos *nude*. Un faux pas… Une erreur de jeunesse… Puis elle se réjouit à l'idée d'héberger bientôt sa nièce.

Il était prévu que Yaëlle dorme avec sa tante, dans son lit 140 x 190 centimètres. Il n'y a pas d'autre couchage et c'est déjà bien d'avoir un toit gratis en bordure de Paris, même dans une cité-poubelle, se dit Annette. Elle a tout préparé dans l'appartement, fait de la place dans l'armoire pour les vêtements de Yaya, rempli le frigo de bricks de jus et pots de yaourts aux fruits exotiques bio, et rapporté de Barbès-Rochechouart du linge de toilette ainsi que des draps neufs.

Elle s'imaginait déjà ragaillardie dans cette vie à deux. Cuisinant joyeusement pour sa nièce. Assises côte à côte dans le canapé, elles auraient eu des éclats de rire complices en regardant la télé. Se seraient fait des confidences. Auraient parlé du pays jusque tard dans la nuit…

Mais Yaëlle n'est jamais arrivée. Maintenant, une semaine qu'Annette l'attend. Personne n'a de nouvelles depuis le 27 octobre. La petite s'est volatilisée. Un signalement a été déposé au commissariat de police de Pointe-à-Pitre. De plus en plus angoissée, proche de la crise de nerfs, Sylvia téléphone chaque soir. Elle n'y comprend rien et revient sans cesse sur le jour du départ de sa fille, répétant mot pour mot ses dernières paroles avant d'embarquer dans l'avion. « Elle a dit : Oui, je suis déterminée, maman. Tu seras fière de moi, maman. Je vais réussir cette fois. Je te jure, Anna, elle ne mentait pas. Me regardait droit dans les yeux. Elle avait promis de m'envoyer un SMS sitôt arrivée à Orly. Elle devait prendre un taxi pour se rendre chez toi… »

Loin de son ton railleur habituel, Sissi tient chaque soir sa sœur des heures au téléphone, ressassant, racontant encore et encore les embrassades et les larmes retenues. Décrivant jusqu'aux moindres expressions du visage de son enfant, elle sonde sa mémoire de fond en comble. Cherche inlassablement à tirer du néant un détail d'importance qui aurait pu lui échapper. À bout de mots, exténuée, elle met fin à son monologue, non sans avoir lâché : « Pourtant, Anna, je te jure, Yaëlle est bien montée dans cet avion de malheur… »

Annette Liman est en train de boutonner son manteau devant l'ascenseur quand son téléphone sonne. C'est la police. On lui demande si elle est apparentée à une certaine Yaëlle Desbois. Non, on ne peut la renseigner en aucune manière. Elle doit se présenter au commissariat ce jeudi. Convoquée à 15 heures précises.

En Guadeloupe, au même moment, il est 1 heure du matin. Trois fois déjà qu'on l'a changé d'endroit.

Une semaine plus tôt, des gars aux tronches patibulaires l'arrachaient à son lit *manu militari*. Il eut juste le temps de passer un débardeur troué à l'effigie de Bob Marley, un bermuda à fleurs jaunes et la paire de tongs marronnasses raplapla qu'il enfile pour descendre les ordures.

La veille, on a traîné Benja à travers le ghetto jusqu'au QG du boss, yeux bandés, les mains liées dans le dos.

Des heures qu'il se trouve cloué sur un tabouret, la mine déconfite, la gueule bouffie et démontée. Au petit jour, avant toute discussion, on a commencé par le rosser à coups de bâton. Ses bras le démangent furieusement. Il a mal à la tête, une impression de vertige, un goût de sang ferreux dans la bouche et la peur au ventre. Sa lèvre inférieure a doublé de volume. Il a envie de soulager sa vessie, mais n'ose pas demander.

Il se souvient confusément du soir où Yaëlle a décollé avec le colis…

Vers les minuit, il fuma un dernier joint, fit l'amour à Margy. Il s'endormit comme un bébé, la laissant causer de leur future croisière dans les Caraïbes. Et puis le temps du bonheur s'arrêta net. À 4 heures du matin, un sbire du boss passa un coup de fil glaçant. « *Bonbon-siwo la pa rivé…* » La mule s'était évanouie dans la nature. Pas de nouvelles. Yaëlle n'était pas au rendez-vous. « La marchandise était où ? » Sûrement déjà passée en d'autres mains… Benja devrait rendre des comptes à Hell. Au lever du jour, tous les rêves bâtis sur la came s'éboulèrent d'un coup. Pas moyen de se débiner. Il saurait bientôt à quoi ressemblait vraiment l'enfer…

Il donna d'abord un violent coup de tête dans le mur et fit voler le téléphone jetable à travers le salon. Puis il se rua dans la chambre où Margy dormait encore. Empoignant sa longue tignasse synthétique, il la tira du lit pour la traîner sur le sol de l'appartement comme un sac-poubelle trop lourd.

Tout est la faute de sa meuf.

Il se rappelle…

Il avait encore écouté ses démons…

Terrorisé à l'idée de ce qui allait lui tomber dessus, Benja tabassa Margy comme jamais. La roua de coups de ceinture. Tenta de l'étrangler à deux reprises. La piétina et lui flanqua une série de coups de pied dans le ventre, jusqu'à s'écrouler à ses côtés, le cœur battant à tout rompre. Elle ne poussa pas un seul cri tandis qu'il la frappait. Ne baissa jamais les yeux. Elle vit venir chaque coup, le regardant faire dans toute sa folle monstruosité.

Il se souvient de la mèche de cheveux dans son poing fermé, des gémissements de leur chiot, son regard atterré.

Il revoit le visage boursouflé de Margy, le sang mêlé aux larmes sur ses joues, ses sourcils étonnés, ses faux ongles rouges ébréchés, ses merveilleuses cuisses et son nombril qu'il aimait tant téter…

Tout est la faute de Margy qui lui a recommandé cette brebis galeuse. Il a fait confiance. Et à présent, à cause de ces deux gonzesses frappadingues, il a de très très gros problèmes. Il va payer cher pour l'incompétence d'une pauvre mule incapable de faire son job comme il faut. Et pendant que Benja est là, torturé par les gus du boss qui menacent de le rendre invalide, il se souvient qu'à un moment, elle l'a imploré d'épargner le bébé.

Quel bébé ?

Est-ce qu'elle parlait de leur chien, de Bébé Bo ?

Non ! S'il réchappe de cette embrouille, il ne reviendra pas vers Margy. Cette meuf vient de signer son arrêt de mort. Non, il n'y aura pas de pardon cette fois. Benja ne se laissera plus embobiner par la vie. « Adieu, Puce ! À jamais ! » C'est tout ce qu'il pourra lui dire.

Quel bébé ?

Bo, comme le chien d'eau portugais de Barack Obama ? C'était Margy qui avait choisi le nom du clebs. Marj'971, ses idées de gloire et de grandeur… Sa fascination pour le fabuleux destin de Michelle Obama. Ses mille followers… Son boul magique… Ses rêves de croisière qu'elle lui coulait à l'oreille. Ses mains caressantes et ses sourires imbéciles qui voulaient le leurrer, lui faisant croire que ce monde n'était pas un enfer…

« À qui t'as fourgué ma came ? » rugit soudain le boss.

Benja ouvre un œil. Sur son débardeur, le visage de Bob Marley est en sang. Bob pleure des larmes de sang. Ses locks sont une couronne d'épines. On dirait un Christ noir…

À côté d'un casque colonial taché de vieilles sueurs, l'unique source lumineuse émane d'une lampe à pétrole posée sur une table recouverte d'une toile cirée, méchamment tailladée.

Non, il n'est pas dans un cauchemar. Ça se passe en vrai dans cette case infâme. Hell le fixe sans ciller, à croire qu'il tente d'exhumer la vérité au plus profond des pensées marécageuses de Benja. Dehors, il y a une cacophonie rassurante de voix et cris mêlés, des vrombissements de moteurs automobiles, des sons de tambour et de dancehall tonitruants. Une sirène de police. Peut-être que quelqu'un viendra le secourir. Pour une fois, le *bad boy* serait content de voir débarquer la flicaille…

L'alizé souffle un air frais entre les persiennes de la case. Le pauvre Benja se redresse sur son tabouret et tente de garder un œil ouvert, priant un dieu du ghetto de lui venir en aide par n'importe quel miracle. Qui pourrait se pointer ? Il est en enfer, face au diable en personne…

Dépouillée de son verre, la flamme de la lampe danse le ragga. La lumière torve et inquiétante jette des ombres mouvantes et des lueurs furtives sur les visages peu amènes de trois larbins au garde-à-vous. Ils sont parés à exécuter tout ordre émanant du boss, même celui de décapiter Benja, lui faire sauter un bras. Ce sont des soldats sans états d'âme, de misérables chiens de guerre. À sa gauche, deux balafrés sont armés de fusils à canon scié, le troisième agite un sabre flambant neuf d'une longueur terriblement inhabituelle, comme fait sur mesure pour la mise à mort du boloss.

Des gourdins reposent dans un coin de la case. Sous un volet clos, quatre petits verres à punch d'une distillerie ruinée trinquent sur une sellette aux pattes rognées. Un coin de la porte d'entrée est accoré d'une nasse au treillage rouillé. Plus tôt dans la journée, au travers de son regard brouillé, Benja a cru y apercevoir une mouche à l'agonie, prisonnière d'une araignée affairée à tisser patiemment sa toile. Sale bête ! Il se souvient d'une autre de ces bestioles qui tirait ses fils, dans un conte créole à la fin tragique.

D'après ce que Benja a entendu, le *bando* où ils le séquestrent appartenait à un dénommé Simon, défunt grand-père maternel du boss – Hell pour la racaille de Gwada et les gars du bizness. Michel pour sa maman chérie.

Pêcheur de profession, le vieux Simon est mort depuis longtemps. Les vestiges de sa vie austère sont demeurés en place, quasiment intacts sous une duveteuse couche de poussière. Les planches de bardage disjointes et grises exposent une collection de portraits d'ancêtres en noir et blanc, retouchés à l'encre de Chine, datant des années 1940. Dans leurs cadres, les vieux semblent dévisager Benja d'un air contrit, à croire qu'ils connaissent déjà l'issue de cette tragi-comédie des temps modernes.

Une antique cafetière en aluminium et un canari aux fesses cabossées noircies sommeillent sur la paillasse de faïence tavelée. Un jeu de tasses ébréchées, quelques assiettes fêlées dépareillées, une paire de fourchettes aux dents tourmentées, une jambette et une carafe en Pyrex trônent sur une étagère de guingois…

Benja est aux abois. Il a soif. Sa gorge est sèche. La faim et la peur lui tordent les boyaux. L'envie de pisser le taraude. Mais il fait l'inventaire de la case au lieu de se concentrer sur ses réponses. T'es pitoyable, se dit-il. T'es qu'un loser… S'il pouvait, Benja aurait ri de lui-même et de sa situation.

« Où est ma came ? » répète le boss, détachant chaque syllabe à mi-voix. Il mord dans son bokit à la morue, puis mastique férocement, le regard froid. Considérant un long moment Benja, comme si celui-ci était déjà un mort-vivant, Hell avale une dernière lampée de bière Carib Premium et rote à plusieurs reprises.

Sans savoir pourquoi, Benja pense au sang du Christ qui lave le péché du monde. Il aurait pu inventer une histoire, gagner du temps, mais vaut mieux ne pas jouer à ce jeu-là. Sait qu'on va de toute façon en finir avec son corps. La messe est dite. Ils ne tarderont plus à le buter, lui tirer une balle, jeter son cadavre débité en menus morceaux au large de Marie-Galante ou dans une ravine des Grands-Fonds, brûler sa dépouille dans un four à charbon de bois d'une campagne reculée. Trop tard pour les prières…

« Tu vas parler, à la fin… Où t'as planqué la came ? » reprend le zig au sabre.

Benja lève la tête en reniflant douloureusement. Le sang pisse de son nez. Il ouvre un œil ; l'autre est déjà mort. Sa vision est floue. Entre deux poutres rongées de termites, une ligne molle ploie sous trois cintres de fer, l'un habillé d'un costume trois-pièces de Tergal bleu marine, un autre de drill blanc, le troisième d'un pantalon kaki et de deux chemises blanches, jaunies, élimées au col.

La marchandise n'a pas été livrée en temps et en heure. Qu'était-il arrivé ? Benja se perd en conjectures, se disant finalement que cette pouffiasse de Yaëlle Desbois avait dû être repérée et interceptée à son arrivée à Orly.

Il a entendu des bribes de conversation. Divers bruits courent sur les téléphones portables.

Comme quoi l'un des voyageurs aurait fait un malaise durant le vol. On ignore son identité, s'il a survécu… Un passager avait posté la vidéo d'une évacuation sanitaire précipitée sur le tarmac. Une ambulance au pied de l'avion. Un brancard entouré de quatre blouses blanches. On devinait juste un corps sous une couverture de survie. Il s'agissait peut-être de leur précieux colis…

Le lascar chargé de réceptionner la body-packer à Orly donnait un autre son de cloche. Il aurait vu la mule s'engouffrer en toute hâte dans un Uber. Ce qui laissait supposer qu'elle les aurait doublés. On avait envoyé une photo de la pipiche. Une négresse à longues nattes, jean bleu, parka noire. En fait, le gars ne s'était pas risqué à dire au boss qu'il y avait sûrement eu méprise. Débarquées de cet avion, au moins vingt meufs arboraient mêmes look, taille et corpulence.

C'était hallucinant ! Toutes ces filles noires aux chevelures synthétiques se ressemblaient.

« Où est ma came ? » hurle Hell.

Quand la bouteille de bière percute sa tête, le malheureux Benja croit voir luire des constellations et sortir des flammes rougeoyantes de la gueule du boss. Son œil valide se ferme et le visage de Margy emplit son esprit une fraction de seconde. Il s'interroge à propos de cette histoire de bébé. Encore une *fake news* ? Il songe à Bo, puis au petit garçon rieur et naïf qu'il était autrefois, avant l'arrivée des maudits beaux-pères. À l'instant où on lui assène le premier coup de sabre, Benja revoit Margy en train de twerquer sous son nez. Fouettées par de longues tresses rousses, ses fesses rondes si sexy dansent gaiement, le consolent une dernière fois. Alors, avec la mouche prisonnière de la nasse, il sombre dans la toile de l'araignée industrieuse, envisageant la mort telle une douce délivrance.

Elle est couchée sur le dos, shootée, l'aiguille d'une perfusion plantée dans une veine de sa main gauche. Depuis son réveil, elle n'a pas ouvert les yeux. Pourtant, Yaëlle perçoit la présence bienveillante d'une femme près d'elle, immobile et silencieuse. Elle n'a pas encore osé la dévisager. La femme est noire, c'est sûr. Yaëlle la voit dans sa tête. Une haute négresse aux yeux effilés et aux lèvres épaisses. Les cheveux crépus. Le corps revêtu d'une simple robe gaule blanche.

Depuis combien de jours est-elle hospitalisée ?

Elle l'ignore encore.

Elle a raté sa mission. Sait qu'on lui a ouvert le ventre pour en extraire les boulettes de coke repérées lors du scanner.

Elle a failli y passer.

Yaëlle a honte. Elle a déshonoré sa famille et sera bientôt à la une du journal *France-Antilles*. Traduite en justice… Elle est une mule qui a transporté de la cocaïne. A maintenant conscience d'avoir consenti à s'embarquer dans un monstrueux trafic.

Elle a frôlé la mort de si près.

Souvent, des blouses blanches poussent la porte de sa chambre. Elles entrent et sortent pour vérifier la perfusion et la sonde urinaire, changer la poche de colostomie, exécuter des soins divers, toilette, réfection du couchage… Des femmes font le ménage, passent le balai serpillière, déplaçant son lit à roulettes sans précaution. Une manière de la punir, pense-t-elle.

La veille, Yaya a entendu des mots créoles sortis de la bouche d'une aide-soignante. Une voix chaude, un rire gras qui déchire soudain le silence, des tchips aigres du pays… Il y a des Guadeloupéennes dans cet hôpital. La mule craint leurs regards. Se dit qu'elles doivent la juger. Connaissent son nom de famille. Savent sûrement de quelle parenté elle est issue. Sans doute ont-elles déjà fait courir la nouvelle là-bas, racontant son histoire et salissant un peu plus son image au fil des conversations.

Réunis au pied de son lit, des internes et des médecins parlent d'elle comme d'un cas clinique. Parfois des mots se dressent au-dessus des autres. Ils envahissent la chambre, se cognent aux murs et prennent vie, se déployant tels de grands oiseaux de triste augure. Convulsions, cocaïne, coloscopie, dose supra-létale, ovules, perforation de la muqueuse intestinale, overdose, body-paker, bouleteuse, scanner, ovules, ovules, ovules…

Yaëlle Desbois ne peut revenir en arrière. Alors elle garde les paupières closes. Elle ne veut voir personne. Ni parler à quiconque. Elle pense à sa mère, à Margy et son bébé, à la tante Anna. La seule personne qui lui ferait peut-être ouvrir les yeux est cette femme noire qui veille à ses côtés.

On ne lui a jamais vraiment adressé la parole. Yaëlle est couchée sur un lit d'hôpital. Les soignants exécutent des gestes techniques. Elle a l'impression d'être un corps, un paquet d'organes à maintenir en vie. Une mule malade, une pauvre bourrique sauvée *in extremis*, une femme-valise endommagée, rongée de honte…

Le visage de Rodrick lui apparaît de temps à autre. Elle ne peut chasser de son esprit leurs vains corps-à-corps. Ses photos *nude* continuent de l'obséder. Le remords l'étreint. Elle voudrait être morte. Alors elle fait la morte.

Le bas de son ventre tout endolori pèse lourd. La zone est sensible, tuméfiée. Elle suppose que ses entrailles ont été récurées, puis ravaudées. Ses jambes sont raides, deux poteaux de béton, impossibles à remuer. La douleur habite son corps, va et vient ici et là, entêtante, sans jamais capituler. On croirait une meute de bêtes aux abois, insaisissables, traquées dans un espace clos et s'entredévorant.

Se souvient…

Dans l'avion, elle a refusé le plateau-repas et sorti son cahier de chansons, puis son calepin de croquis. S'est enfoncée dans son siège, rassérénée, avec des idées plein la tête, la certitude d'avoir fait le bon choix, d'avoir déjà gagné cette manche.

Se rappelle les premiers signes d'inconfort. Son ventre durci, son estomac tendu qu'elle sait empli de coke. La sueur grasse perlant à ses tempes. Ses mains moites agrippées aux bras de son siège dans l'avion. Sa vision troublée, son cœur pris d'un emballement fulgurant, ses intestins assaillis de spasmes rosses. Derrière le hublot, elle revoit les nuages, un troupeau de moutons éperdus qui vont se jeter dans le néant de l'univers. Et l'angoisse qui la saisit en même temps que la pensée d'une mort imminente. Paniquée, elle croise le regard de sa voisine. Une dame pimpante aux cheveux blanc-coton, coiffée en afro. Une joyeuse bavarde au visage tiqueté qui pose des questions et s'étale, sourit et coupe sa viande en tout petits morceaux. La vieille mâchonne bruyamment et lui propose un yaourt aux fruits – trop sucré pour son diabète, explique-t-elle. Crispée sur son siège, Yaëlle renâcle et trépigne. Les mâchoires d'une créature vorace l'étripent de l'intérieur. En larmes, elle geint et se contorsionne.

Puis elle se sent partir, tomber dans les flots d'une rivière en furie.

Elle est prise de convulsions.

Portée au fil du courant, malmenée de-ci de-là, cognée, puis jetée d'une rive à l'autre, elle voudrait s'accrocher à quelque chose de solide. Une roche de la rivière, une branche, une main secourable…

Elle est gagnée par un sentiment d'étrangeté quand le visage de l'hôtesse de l'air se dédouble et se métamorphose sous ses yeux. Les lèvres d'un rouge éclatant se mettent à fondre comme du plastique au feu et dégouliner sur le menton carré. Le cou s'allonge. Les yeux verts se dilatent, le nez se déforme, la bouche s'ouvre et se ferme monstrueusement. Yaëlle est hébétée. Elle sait qu'on lui parle. Mais ne comprend rien à ces borborygmes qui grondent alentour. Il y a un tel tintamarre d'eau dans sa tête. Alors, ceinturée sur son siège, elle se laisse porter par les flots, s'abandonne à la mort.

Soudain, des mots percent ses tympans. On croirait une nuée de pointes acérées.

On la secoue. L'impression d'être harponnée, prise dans des filets.

Elle hurle.

Puis tout s'arrête.

Yaëlle quitte son corps et pénètre dans une autre dimension. Le lieu est étrange, lugubre, sans contour, comme sorti d'un conte poussiéreux.

Un coup de vent chasse cette vision. Elle se trouve maintenant dans un endroit calme, baigné d'une lumière crue qui ne blesse pas les yeux. En arrière-plan, se déploie une nature morte vibrante de couleurs jamais vues en ce monde. Une femme noire se détache soudain du paysage. S'immobilise un instant. Et puis recule, fixant Yaëlle, l'air effaré. La pauvre mule voudrait l'accompagner, la suivre. Elle l'implore en vain. Elle sanglote. Elle a chaud et froid en même temps. Mais l'autre la repousse, la tenant à distance par la seule force de son regard.

D'un coup, la grande lumière s'éteint, emportant la femme et toutes les couleurs. Yaëlle retombe brutalement dans son corps. Elle perçoit des bruits, une confusion de chocs métalliques et murmures d'eau, barouf de vaisselle cassée, notes de musique aiguisées réchappées d'une partition baroque. Des voix la traversent. La douleur est de nouveau là, campée dans son ventre, sa chair et ses os.

Trois heures après le décollage, Yaëlle Desbois était en train de dessiner une combinaison-pantalon quand la première boulette de coke se fissura. Un modèle incroyable – dos nu et pattes d'eph – taillé dans un sublime pagne des Wax Woodin (fleurs de mariage, rose et bleu indigo), rapporté du Bénin par une rasta, Guadeloupéenne-Africaine voyageuse. En même temps qu'elle crayonnait, l'impeccable visage d'Olivier Rousteing apparaissait dans son esprit. Yaëlle souriait alors, s'imaginant en grande conversation avec le génial créateur de Balmain. À la fin de leur entretien, elle se disait qu'elle ferait un selfie avec son idole, l'enverrait aussitôt à Margy. Un clin d'œil virtuel, un premier pas vers le succès auquel son amie répondrait par un émoji : smiley, gros cœur palpitant ou pouce levé.

Deux autres boulettes lâchèrent à la cinquième heure du vol Air Caraïbes Pointe-à-Pitre/Paris.

À l'atterrissage à Orly, Yaëlle Desbois était inconsciente et sous assistance respiratoire. Une ambulance du Samu l'attendait. La PAF l'attendait. Les douaniers l'attendaient.

La mort ne l'attendait pas. Au bout de cinq jours de coma, la mule revint d'entre les morts. Raccommodée, fracassée, mais vivante.

Elle s'appelle Agontimé.

Elle est née en 1812, à Abomey, au puissant royaume Danxomé – en ce temps, territoire du roi Adandozan.

Elle tient son nom de Na Agontimé qui fut une des plus belles reines d'Abomey. L'une des épouses du roi Agonglo et la mère du prince Gapke, demi-frère d'Adandozan.

En 1797, au sein même de la cour, une conspiration avait mené à l'assassinat du roi Agonglo. Sa première épouse la reine mère Hwanjile, deux autres coépouses et un migan-ministre étaient à l'origine du complot régicide. Na Agontimé, quatrième épouse et mère du prince Gakpe, aurait eu connaissance du projet, sans s'y opposer véritablement. Ce qui lui valut sa perte…

Meurtri, Adandozan succéda donc à son défunt père, le roi Agonglo. Pour châtier les assassins, le nouveau roi fit enterrer vivants la reine mère Hwanjile et le prince Dogan. Lors des rites funéraires, comme il était d'usage alors, on vit sacrifier des humains. Ces morts accompagnateurs des défunts étaient des prisonniers de guerre, des esclaves et serviteurs, parfois des enfants et des princes qu'on envoyait en messagers auprès des dieux. Dans ce voyage après la mort, leur mission était de rendre compte des affaires des hommes, de se mettre au service des divinités dans l'au-delà. Quant à la reine Na Agontimé, supposée complice, accusée de haute trahison par son beau-fils Adandozan, elle fut reniée, condamnée à l'esclavage et déportée au Brésil. Il y eut de vaines supplications, des adieux déchirants…

Esclavagiste, souverain sanguinaire et cruel, entouré de devins et grands maîtres en sciences occultes, Adandozan régnait alors sans partage sur le Danxomé. C'étaient les dernières années du XVIIIe siècle, un temps où le commerce négrier faisait florès.

Mais comme les temps, les hommes changent…

En l'an 1800, Adandozan déclara subitement que les esclaves devaient désormais rester sur place, pour travailler la terre et en exploiter les richesses. On dit qu'il succomba aux postures lascives et aux penchants humanistes de l'une de ses jeunes épouses. Une mulâtresse d'origine portugaise qui abhorrait l'esclavage et prêtait l'oreille aux échos des Lumières.

Interdisant sitôt la traite au Danxomé, Adandozan déclencha un grand émoi parmi les négriers, dignitaires, cabécères, militaires, migans, princes, altesses, intermédiaires, courtiers, propriétaires, boursiers, armateurs, capitaines, et tous Européens et Africains marchands d'esclaves, de France et de Navarre.

Pire que l'émoi : la colère, la rage, le désespoir…

Il faut savoir que la fantasque décision royale mettait en péril une solide chaîne d'intérêts qui se ramifiait jusqu'en des ports lointains, au Brésil, aux Caraïbes, dans les Amériques et toute l'Europe. Pour beaucoup, il était inconcevable de porter un coup d'arrêt à ce système légiféré et si bien organisé. C'était aller à l'encontre du progrès et de la marche en avant du monde… Une sotte idée à laquelle ne pouvait adhérer aucun esprit sensé. Dans le Vieux Monde et aux Amériques, de grandes fortunes royales, bourgeoises et créoles s'étaient déjà bâties sur le bois d'ébène. Banques et compagnies d'assurances européennes prospéraient grâce aux immenses bénéfices que générait l'immonde trafic. Comment se débrouillerait-on désormais sans les cargaisons de nègres qui faisaient pousser le sucre dans les colonies ?

En France, la traite négrière fut officiellement abolie en 1815. Mais d'un bord à l'autre de l'Atlantique, il y avait trop d'intérêts en jeu. Le commerce triangulaire et la déportation des esclaves ne cessèrent aucunement.

En 1818, constatant son autorité bafouée en son royaume, Adandozan voulut marquer les esprits, affirmer sa puissance. Quand il fit emprisonner Chacha Francisco de Souza (le plus rapace des négriers brésiliens de la côte des Esclaves), la coupe était pleine.

Vingt longues années avaient passé, mais le prince Gakpe n'oubliait pas sa mère déportée sur ordre de son demi-frère Adandozan. Attisée par la rancœur, sa douleur était demeurée intacte. Hélas, malgré les recherches entreprises au Brésil, la malheureuse Na Agontimé n'avait pas réapparu, brebis royale égarée dans le troupeau des esclaves débarqués aux Amériques. Revanchard, Gakpe rallia aussitôt le camp des contrevenants qui ruaient dans les brancards, notables et dignitaires de toutes catégories du Danxomé que le commerce de captifs enrichissait chaque jour. En sa qualité, le prince prit la tête de la rébellion et organisa l'évasion de Chacha de Souza. Puis, sans état d'âme, fomenta un complot pour détrôner Adandozan.

L'affaire fut rondement menée. Adandozan destitué, Gakpe se proclama aussitôt roi Ghézo, rétablissant d'autorité de Souza en sa fonction de seigneur marchand d'esclaves à Ouidah. Dans son alliance avec le Brésilien, Ghézo intensifia les razzias et perpétua la vente des captifs. Le monstre bicéphale était en place, insatiable, ratissant de toutes parts, négociant dans l'appât du gain et la fièvre.

Des millions de vivants, déclassés du genre humain, réduits à n'être plus que des animaux bâtés, sommés de ployer sous le fouet, les chaînes, le malheur. D'innombrables corps noirs marqués, vendus, mutilés, martyrisés, meurtris. Des bras destinés à charroyer, haler, pousser, hacher, bâtir, tenir, couper, ramasser, cueillir, soutenir, porter, emmener, décharger… Des jambes entraînées à marcher au pas et aux ordres, courir, piétiner dans la boue, aller chercher, revenir, danser au rythme du fouet, tracer la route les fers aux pieds, avancer sous la rigoise, se tenir debout, les os usés, dans l'enfer des plantations des Amériques…

Coûte que coûte, il fallait étancher la soif de ces Blancs venus des autres versants du monde, leurs caravelles chargées de fusils et canons, caisses de cauris, verroteries et pacotilles… Avec la bénédiction des autorités locales ils bâtissaient toujours plus de forts, de geôles, de barracones sur les côtes africaines… Chacha de Souza et ses comparses devaient les approvisionner. Sans fin, emplir les cales infâmes de leurs bateaux, encore et encore. Toujours davantage des nôtres. Hommes, femmes et enfants… Encore et encore…

Agontimé naquit en 1812, sous le règne du roi Adandozan. Ce nom lui fut donné par sa mère apparentée de loin à la reine déchue. Elle avait six ans de vie quand Ghézo prit sa revanche sur Adandozan.

Avec le roi Ghézo, la vie des villages alentour devint plus inquiète encore, incertaine. Le souverain appartenait à la caste des conquérants. Son armée était si féroce. Ses guerriers, des lions. Ses amazones, de redoutables tigresses. Son alliance avec Chacha de Souza, une perdition…

En 1828, Agontimé quitta le royaume de son enfance pour s'en aller vivre en pays Shabè. Elle avait seize ans à peine quand elle épousa le prince Akinni en sa ville de Savè-Idadu.

Au pays Shabè, elle percevait parfois l'écho de villages incendiés au loin. Elle entendait les rumeurs soufflées par le vent des savanes. Là-bas, derrière la forêt, des gens enterraient leurs morts et comptaient les disparus… Las, elle se pensait à l'abri du grand tumulte…

Des générations plus tôt, l'ancêtre de son époux avait fui la guerre et tourné le dos au Nigeria. Avec sa famille et ceux de sa tribu, Olouwafoumi avait traversé la grande rivière Okpara pour occuper une terre au pied des collines d'Oké Sabè et d'Ina Sabè.

Ceinte d'un mur épais, la concession familiale de Savè-Idadu était vaste : cinq cases de banco, une grande cour, des jardins, une multitude de poules, chèvres et chiens. Beaucoup d'enfants et de femmes. Agontimé était la seconde épouse de son prince. Neuf lunes après les épousailles, elle enfanta une fille, bien portante, à laquelle on donna le nom de l'aïeule défunte Olouwafoumi.

Hélas, non, en ce temps personne n'était à l'écart du grand tumulte… Quelques fugitifs d'ethnies voisines, rapportant qu'ils étaient les rescapés d'un grand péril, traversaient la ville pour gagner une grotte de la montagne, couler leurs corps dans la lagune, grimper dans les branches d'un iroko de la forêt… Parfois des nègres tremblants, évadés d'une colonne de captifs, surgissaient d'une savane pour débouler à Savè-Idadu. Ils trouvaient refuge au creux des mamelles d'Oké Sabè et d'Ina Sabè. On disait qu'ils guettaient nuit et jour l'assaut des Fons mangeurs d'hommes et des cruelles amazones du roi Ghézo. Sur les marchés, on entendait de rares villageois étrangers parler du commerce des esclaves sur la côte de Xwéda. Tout cela paraissait si lointain…

Agontimé touchait ses dix-sept années de vie terrestre quand on la captura. Ses seins étaient lourds du lait de son premier enfant. Avec d'autres qui grossissaient au fur et à mesure la caravane d'esclaves, elle marcha hébétée jusqu'à Xwéda…

Puis son corps fut transporté à fond de cale jusqu'à la colonie française de Guadeloupe. Là, en ce pays inconnu, on la dénomma Eugénie, peu avant de la jeter déboussolée dans les champs de canne, pour faire le sucre…

Certes, elle mit du temps à répondre aux avances du nègre créole Albert. Mélancolique, elle ne cessait de songer au prince Akinni. Au début, elle ne comprenait pas le langage créole d'Albert. Le bougre était arrivé à la Guadeloupe âgé d'à peu près six ans. Avait tout oublié du pays de ses ancêtres, la couleur de la terre, le nom des animaux, des arbres, des objets. Il ne se souvenait plus de la traversée ni du roulis… N'évoquait jamais rien de ses jeunes années. L'esclavage avait lavé sa mémoire. Albert avait eu une première compagne : Denise. Vendue à un colon en partance pour la Barbade, l'année d'avant…

Agontimé avait vingt ans quand Albert la mit en case avec ses caresses et ses mots doux créoles, des brins de fleur, du sucre et du sirop qu'il rapportait de la raffinerie. Il l'appelait : « Prune-café », à cause de sa peau très noire. Avec sa semence, elle produisit cinq *ti moun* dans l'esclavage. Quatre ti-mâles et une fille. Elle les nomma : Lucien, Ephrèm, Aristide, Baptiste, et Ifé – dite Suzanne.

En novembre de l'année 1842, après treize ans d'esclavage en Guadeloupe, elle perdit la vie. Déclarée morte par noyade à trente ans et enterrée sur l'habitation du maître Jean-Hubert Jacquelot, au cimetière des esclaves.

Agontimé est morte pour le genre humain mais elle n'a jamais vraiment quitté cette terre.

Son esprit est resté depuis ce temps.

Au fil des ans, elle s'est habituée à sa condition.

Elle peut être en plusieurs endroits à la fois.

Elle voit sa descendance.

Elle connaît et voit chacun de ses descendants.

Elle en a vu naître et mourir un grand nombre.

Elle en voit naître, vivre et mourir chaque jour.

Au siècle dernier, quelques-uns évoquaient encore sa mémoire, son histoire effritée au fil du temps. Comme se parlant à elle-même, une ancienne rapportait à bas bruit des paroles entendues jadis, racontait à la lune pleine le destin de l'esclave Agontimé, sa fin tragique, son désespoir dans la servitude. On aurait cru un conte du temps d'avant qu'on écoutait d'une oreille distraite. Et puis ces vieilles voix se sont éteintes, l'une après l'autre, au fur et à mesure.

La descendance d'Agontimé est flamboyante. Pareille à un arbre immense né d'une seule infime graine. Un pied-bois gorgé de sève, sorti de terre par la grâce du soleil et la bénédiction de la rosée. Pluies et vents, joies et peines le fortifient jour après jour.

Chaque branche de cet arbre porte un miracle. Toute feuille neuve couve une espérance. Le moindre bourgeon tient une promesse en son tissu. Les fruits qui éclatent dans les branches honorent la vie.

Ce qui choit de cet arbre ne meurt pas, mais rencontre et nourrit les peuples invisibles qui vont leur chemin dans le secret de la terre. Les fruits, même pourris, avortés, éborgnés par les oiseaux, piétinés par les humains, ne connaissent pas la mort. Ils libèrent graines, pépins, noyaux qui, dépouillés de leur chair, ne tardent pas, à leur tour, à germer et pousser des racines, hisser de jeunes tiges et une solide ramure qui portera feuillage et fruits, encore et encore…

En tous lieux où vivent ses descendants, Agontimé les voit. S'ils gardent leur libre arbitre, elle connaît les pensées et tourments qui les habitent. Elle partage aussi leur félicité. Sans qu'ils soupçonnent sa présence invisible, elle les regarde aller et venir sur la terre. De l'Afrique à l'Europe, de la Guadeloupe à la France. Elle en a suivi partout… Aux Amériques, au Canada, au Panama, à Benin City, Port-au-Prince, la Dominique, Saint-Pierre de la Martinique et Dakar… même en Indochine… Jusqu'aux Dardanelles en Turquie…

Avec eux, Agontimé a parcouru le temps et les espaces. Elle a souffert maintes guerres, avanies, intempéries. Ici et là, elle a vu des ouragans semer mort et désolation. Elle a enduré la méchanceté des hommes, le génie du mal qui les anime sans cesse. Elle a vu la terre trembler, ensevelir sans sépulture tant d'innocents. Elle a regardé le monde changer et rester tel dans sa barbarie.

Agontimé a assisté chacun de ses descendants, du premier souffle de vie qui les a traversés jusqu'au dernier râle qui les a emportés. Ils sont innombrables ceux qu'elle a déjà vus partir… Ils sont sa sève et son sang…

Aujourd'hui, elle n'a pas changé. Elle est restée telle qu'au jour de sa mort. Elle est toujours dans ses trente ans. Elle n'a pas un seul cheveu blanc. Son visage est demeuré lisse comme naguère. S'il vous plaît, ne l'appelez pas Eugénie. Son nom est Agontimé…

Novembre 1842.

Au lendemain de la mise en terre de son corps, Agontimé resta prostrée, assise un long moment sur un ti-banc. Les bras croisés parant son ventre, elle ne savait que faire de son état. La nuit finissante tardait à prêter sa place au jour. Dans le ciel du petit matin, la lune s'effaçait à reculons. La cloche n'avait pas encore sonné la négraille. Elle se redressa, puis se leva. Plus légère qu'un courant d'air, elle entra dans sa case, héla ses petiots et son nègre. Pas un ne l'entendit. En vain, elle tenta de prendre Ifé dans son giron. Hélas, ses mains traversèrent le corps de l'enfant comme un souffle. Sans savoir pourquoi, elle était bien heureuse de les revoir tous, même si dans la misère, couchés sur des hardes. Même si elle était dorénavant moins qu'une miette de vent au mitan des siens…

Sa nouvelle condition la laissait désorientée. Elle ne savait que penser de son inconsistance. Se demandait si c'était là le purgatoire dont parlait l'abbé Jean-Christophe : un temps indéfini à driver sans but et voir sans être vue.

Quand la cloche tinta, elle sursauta et puis rejoignit la cour. Par habitude, domestiquée qu'elle était, Agontimé reprit son rang devant le commandeur de l'habitation. Elle écouta nostr'homme cracher les ordres et distribuer les tâches à chacun.

Il ne cria pas son nom. Regardant les figures maussades de ses compagnons d'esclavage, elle sentit tout soudain monter en elle une chaude bouffée d'amour et de chagrin. Alors une grande rumeur suave et nacrée la pénétra. C'était comme si son cœur s'ouvrait avec son être. Elle absorbait leurs pensées, sentiments, intentions. Elle lisait en chacun. Rien ne pouvait demeurer caché à son entendement. Et chaque pensée était le fil d'une trame essentielle, solide et délicate à la fois.

Au long du jour, elle prêta l'oreille à leurs ruminations, se transportant sans effort ici et là sur l'habitation. Auprès du moulin à sucre et du magasin, à l'atelier, dans la touffeur des champs de canne, en chaque recoin de la rue Cases-Nègres, au bord de la rivière, du côté de la cambuse du maître où les négresses de la grand-case s'affairaient autour des chaudrons... Jusqu'à la chambre de Madame...

À la brune du soir, elle retourna auprès des siens. Ses trois garçons sommeillaient. Sa dernière-née Ifé avait les yeux ouverts. Son regard était froid comme une condamnation, un bannissement. Agontimé n'osa pas l'aborder. Une force la halait en arrière. Alors elle reprit sa place sur la couche de paille et passa la main sur le dos de son nègre Albert. Dans la noirceur de la case, ses doigts suivaient le relief de mornes et ravines profondes qu'avait laissés la morsure des coups de fouet sur la peau de son homme. Aussitôt, elle plongea avec lui aux confins des songes ténébreux qui le ramenaient petit garçon à l'enfer prétendument oublié de la cale du bateau. Puis son esprit la déposa avec lui sur l'estrade du marché des maquignons. Il était nu, présenté à la vente au plus offrant. Ils marchandaient son corps soumis. Des mains blanches tâtaient sa chair d'enfant, pressaient ses muscles pour évaluer son rendement dans un avenir proche. On inspectait le fond de sa bouche comme la mâchoire d'un bardot. Du bout d'une badine, on le faisait lever une jambe et puis l'autre, virer à droite et à gauche, se pencher en avant et en arrière. Quand un acheteur se décidait, il griffonnait sur un morceau de papier et l'affaire était conclue. Et ainsi, nuit après nuit, Albert redevenait la propriété de maître Jacquelot.

Trois lunes durant, chaque soir, Agontimé allongea son corps au côté de son compagnon de misère.

Dès que le sommeil l'emportait, Albert était pris de cauchemars.

Tantôt il entrait à pieds joints dans les récits d'autres nègres qui avaient été arrachés au pays de leurs aïeux. Avec eux Albert sanglotait, revivant le jour où le village avait été incendié. Le temps où ils s'étaient trouvés d'un coup entravés, contraints de marcher avec leurs semblables, pour embarquer dans la puanteur de la cale et voguer vers l'inconnu…

Tantôt, courbant l'échine, dessous le rire raide du soleil et la morgue du commandeur, il coupait de la canne encore et encore… Et tout ensommeillé sur son grabat, il était assidu à sa tâche, continuait à fendre la jungle des cannaies, lever et tomber le bras. Han ! Et trancher d'un seul coup de sabre les tiges de sa geôle. Han ! Recommencer encore et encore. De toutes ses forces. Han ! Han ! Han !

Tantôt il était amarré au poteau des châtiments, démonté sous les coups de fouet du nègre Balthazar. Ce jour où ils avaient tous deux été incriminés d'empoisonnement sur trois bestiaux de l'habitation…

Tantôt Albert se retrouvait au cachot, enchaîné accroupi, digne dans sa déchéance et ses excréments…

Il y eut la pluie, des vents, carême, hivernage…

Un jour, la maîtresse Jacquelot décida de recueillir la petite Ifé sous son toit. Elle la rebaptisa Suzanne.

Non, Agontimé ne vit pas passer les ans.

Quand Albert fit entrer Adélaïde dans sa couche, elle se résolut à déserter la case. La nuit, elle traînait son chagrin du côté de l'appentis, puis posait son corps sur un billot-tabouret du jardin. Elle usait les heures à regarder prendre force les gombos, le maïs, les pattes de bananes, les cerises-pays, les fleurs de groseilles... Compter les pois d'Angole et boukoussou dans leurs gousses. Caresser des yeux ses plantes à tous-maux, le basilic, la citronnelle, les zépyant, son agoman, l'armoise, ses piments rouges, les racines de ses si précieux pieds de coton... Au petit matin, avant que la cloche sonne, la couche branlait derrière des soupirs et des grognements. Agontimé entendait Albert jouir la vie et rire la joie avec Adé tandis qu'il lui écartait les cuisses et transperçait sa chair moite, pour semer la vie.

La journée, Adé amarrait les cannes derrière Albert. Au début, elle les haït tous deux dans son cœur. Puis raison la gagna. À quoi bon ! Adé prenait soin de ce à quoi la morte avait renoncé, devenant au fur et à mesure la maman de ses garçons. Puis son ventre s'arrondit et la femme enfanta le cinquième fils d'Albert. L'année où le marmot poussa sa première dent, Agontimé n'était déjà plus qu'un souvenir rassis dans les pensées de ses enfants. Celle dont on contait la folle légende à mi-voix...

Pendant un temps, l'âme en peine, Agontimé continua de driver à travers l'habitation, visitant les cases-nègres, marchant sur les pas des bougresses créoles, dans le sillage des nouveaux arrivants – nègres *bozanbo* et bossales – qui causaient encore entre eux en ces langues de l'ancien monde. Accorée à leur ombre, elle soupesa mille fois les malheurs d'ici-bas. Sous pluies et grands vents, espérant la liberté, elle traversa les ans à leurs côtés. Bien souvent elle trépigna de rage, les voyant endurer le fouet, se débattre dans le carcan, souffrir sans broncher dans les chevillières, le cachot, les chaînes... Elle les regardait rire, danser et chanter, même dans la maladie, les pieds mangés par des colonies de puces-chiques, le visage défiguré et le cou amarré par le pian. Leur joie éclatait comme une embellie en cette noirceur qu'était l'existence dans l'esclavage. Hélas, elle lisait toujours l'amertume et la désolation dans les sourires édentés et les soupirs d'aise. Devinait les peurs levées au détour des nuits où leurs corps usés se rencontraient pour inventer l'amour dans les fers.

Chaque jour, elle maudit le sort et tous ceux qui intriguaient pour faire durer l'esclavage. Maudit la maîtresse Jacquelot qui avait pris sa fille Ifé, la rebaptisant Suzanne. Maudit le ciel des cyclones. Maudit les bourrelles Constance et Clémence qui l'avaient accusée d'empoisonnement, ces jalouses qui ne savaient pas d'où elle tenait sa science des feuillages…

Combien de fois Agontimé voulut disparaître pour de bon… Mais elle demeurait attachée à cette terre de Guadeloupe, assujettie à l'habitation de maître Jacquelot. Sans chaîne, elle distrayait ses jours à épier jusque dans sa couche la maîtresse et surveiller de près les bougresses de la grand-case qui élevaient Ifé-Suzanne loin de ses frères.

Le temps passa…

Un soir de lune grosse, Agontimé vit luire la liberté à l'horizon. On aurait cru une bête à feux perdue dans l'immensité.

Oui, celle-ci vint enfin, en 1848, pareille à une pluie insensée au mitan du carême. Alors, avec les gens libres qui dansaient l'Abolition, elle éprouva la joie des jours nouveaux et crut aux soleils des lendemains.

Des nuits et des jours…

Un après-midi, adossée à un bois-flot, Agontimé se tenait au bord de la rivière Bambou, quand ses pensées la transportèrent soudain au royaume Shabè. Elle ne sait par quel prodige elle était arrivée au côté d'Olouwafoumi, sa petite fille née à Savè-Idadu, sa première-née.

Olouwafoumi avait déjà vingt ans et trois enfants.

D'un coup, Agontimé saisit l'ampleur de ses capacités.

Elle comprit tout subitement que, si son corps était mort et ses os couchés dessous la terre, son esprit était libre d'aller où bon lui semble. En Guadeloupe, en Afrique, partout dans le monde… Et le plus prodigieux était qu'elle pouvait se trouver en plusieurs endroits à la fois…

Les ans s'écoulèrent, avec des hauts et des bas, des rires et des pleurs, les jours sans pain et les lendemains sans manioc. Elle vit ses cinq enfants de Guadeloupe devenir de grandes personnes. Elle vit sa descendance d'Afrique prospérer.

Quand elle séjournait *ad vitam aeternam* dans ses trente ans, sa descendance flétrissait et ils mouraient les uns après les autres, laissant sur terre leur progéniture qui finissait par passer de l'autre côté à leur tour.

Agontimé a connu des générations de ses descendants…

Elle a vu tous les fruits de son arbre vivre, mûrir, faner et puis abandonner leurs corps charnels. Ils ont produit une multitude de rejetons qui sont devenus hommes et femmes, et ont procréé sans fin. Ils se sont éparpillés sur la terre, dans les villes et les villages, au gré des vents sur les îles et les continents, se multipliant sans fin en Afrique, en Europe, aux Amériques…

Elle ne les compte plus depuis un siècle révolu. Elle ne peut changer le cours de leur vie, ni les alerter d'un danger, non plus les guider sur les voies qu'ils empruntent. Elle ne peut que les regarder simplement aller et venir par monts et par vaux, subir, trimer, tromper la faim, combler les heures de toutes les façons. Parfois ils rêvent, rient et chantent la vie, en attendant la fin. Elle se prend alors à rire, chanter et rêver avec eux.

Une semaine après la disparition de Benja, tout éclopée qu'elle est, Margy Laroche trouve la force de jeter des vêtements dans un cabas de jute customisé d'un parement de wax multicolore – c'est une création de Yaya, son sac fétiche. Elle ne perd pas de temps à se laver et se pomponner longuement, comme à son habitude. Elle tremble de partout, vérifiant le contenu de son portefeuille : cartes de crédit, passeport, son billet d'avion pour Paris, trois cents euros en espèces ; oui, tout est à sa place. Son téléphone portable, son chargeur, OK ! Elle enfile un jean baggy et un sweat à capuche oversize de Benja, se coiffe d'une casquette rasta crasseuse. Margy claque la porte et dégringole l'escalier de son immeuble. Les plaies et ecchymoses qui recouvrent sa figure et son corps sont horribles. Des flaques indurées violacées sur ses bras et jambes, sa poitrine et son ventre. Avec un coquard noir cernant son œil droit, ses lèvres éclatées et l'empreinte d'une boucle de ceinture sur la joue, son visage lui semble irrécupérable.

L'air d'une folle hagarde perchée sur de hauts talons, son petit chien Bo sous le bras, Margy traverse la rue dans une course claudicante, sans regarder à gauche ni à droite. Rien à battre des coups de klaxon et des jurons des automobilistes. Le poids de plusieurs sacs et cabas à ses épaules la fait pencher en avant. À chaque pas elle donne l'impression d'être près de tomber, la tête la première. À la station des cars qui desservent les communes de Gwada, une dizaine de personnes l'observent à la dérobée. La pauvre fille paraît fuir tous les démons de l'enfer.

La veille au soir, on avait frappé à la porte.

Margy regarda dans l'œilleton. C'était la chabine qui livrait d'ordinaire la coke. Il était plus de minuit. La femme se tenait sur le palier en se rongeant un ongle. Margy déverrouilla la porte et l'entrouvrit. L'autre ne chercha pas à entrer. « Juste te dire de te tirer le plus loin possible avant que les *manblo* te délogent. Compte plus sur Benja. Ils l'ont fumé. T'as pas vu le journal ? Une mule a frôlé la mort sur le vol Air Caraïbes… Tu sais que c'est ta pote, hein ? » Sur ces derniers mots, la meuf lui tourna le dos pour se fondre dans la noirceur de la nuit.

Margy trouve une place tout au fond du car, entre une vieille mamie replète et une adolescente qui presse un bébé sur son cœur, au creux du LOVE floqué en rouge sur son T-shirt blanc. Enfin assise, encombrée de ses sacs, elle chausse ses lunettes de soleil et pousse un grand soupir. Dix heures du matin. Le chauffeur la connaît bien, l'a vue enfant. Il la mènera à destination. C'est un voisin de sa grand-mère à Capesterre-Belle-Eau. Elle se sent en sécurité dans le car bondé.

Quand la foudre lui était tombée dessus, Margy n'avait pas compris ce qui arrivait. L'idée que son amie puisse disparaître avec la coke ne lui avait jamais effleuré l'esprit. Elle n'avait pas non plus envisagé la rupture d'une boulette dans l'estomac de Yaëlle. C'était de l'ordre de l'inimaginable, une blague, un genre de mauvais scénar *made in Gwada*.

Quoi qu'il en soit, sa vie a pris un virage à 180 degrés.

À cause de cet accident de parcours, Benja l'avait massacrée et agonie d'insultes. Puis les brutes du boss avaient déboulé, embarquant son bourreau qui n'en menait pas large. Ils avaient laissé Margy sonnée dans l'appartement. Seule avec Bo, elle avait monté mille hypothèses pendant qu'elle ramassait la vaisselle cassée, balayait et passait la serpillière. À chaque instant, elle attendait le retour de Benja. S'interdisait de sortir, parce qu'elle devait être là, si Hell décidait de le gracier. Margy espérait alors quelque chose dont elle ne voyait guère les contours, un retournement de situation, une résolution spontanée de tous les problèmes, un coup de fil de Yaëlle…

La mère de Yaya avait tenté de la joindre à plusieurs reprises. Mon Dieu ! Pas question de répondre. Margy filtrait les appels et faisait la morte. La seule voix qu'elle aurait voulu entendre était celle de Benja. « Hé, Puce ! T'es là ? Tu me pardonnes… Descends, j'suis en bas… Je t'emmène en virée à moto… » Sur les réseaux sociaux, ses followers s'inquiétaient, la harcelant presque. Elle aurait voulu changer la puce de son téléphone portable, mais si jamais Benja ou Yaya appelait…

Cela fait deux ans que Margy Laroche n'a pas vu sa grand-mère. Derrière une haie touffue d'hibiscus rouges accrochée à une barrière éclatante de blancheur, la maison en bois perdue dans la campagne de Capesterre-Belle-Eau n'a pas changé. Augmenté de nouvelles espèces, balisiers géants, imposantes roses de porcelaine et spectaculaires oiseaux de paradis, le jardin fleuri de ses souvenirs a prospéré. Dessous l'ombrage d'un palmier royal, un mignonnet potager lui rappelle son défunt grand-père, papi Jean-Michel. Il voulait lui donner le goût du jardinage, l'obliger à fourrer ses mains dans la terre. Elle avait douze ans et s'était rebellée. Cela faisait des années qu'elle se méfiait des jardiniers.

Au téléphone, Margy a prévenu mamie Yvette : « Je viens à une condition ! Tu dis rien à mes parents et tu poses pas de questions. »

Âgée de soixante-quinze ans, la vieille femme vit seule depuis la mort de son époux. Margy est son unique petite-fille.

Il y a longtemps, Mamie avait pensé lui léguer la grande maison de Capesterre-Belle-Eau. Hélas, Margy l'avait terriblement déçue quand elle avait échoué au bac et commencé à jouer à la coiffeuse sans diplôme, tout en fréquentant la racaille de Gwada.

Enfant, Margy promettait tant ! Depuis ses six ans, elle passait la moitié des vacances scolaires chez ses grands-parents. En plus de lui enseigner les bonnes manières, ils lui donnaient des dictées, la faisaient lire et compter. Au vu de ses bons résultats scolaires, ils voyaient se dessiner pour elle un radieux avenir de doctoresse ou avocate. Et puis, sans raison aucune, le beau scénario s'était éboulé. À l'adolescence, Margy avait mal tourné et il n'était plus question de lui léguer quoi que ce soit…

La dernière fois qu'elle a mis les pieds dans cette campagne d'un autre âge, Margy était en première au lycée. Elle n'était déjà plus la fillette docile que sa mamie s'autorisait à guider et conseiller. Comme la Binta d'un clip d'Alonzo, elle était apparue sur une grosse moto chevauchée par un grand échalas à locks, arborant trois rangées de chaînes en or autour du cou. Ils étaient escortés de cinq motards non moins effrayants. Au lieu de saluer la grand-mère, les mauvais garçons considérèrent avec un intérêt certain la villa créole nichée dans son jardin de carte postale. Derrière leurs Ray Ban noires, ils avaient l'air de caresser l'idée d'un cambriolage, échafaudant des projets machiavéliques. Yvette faillit ne pas reconnaître sa petite-fille. Margy était hilare et planait un peu à cause de la weed qu'elle venait de fumer. Vêtue d'un short ultracourt et d'un mini-débardeur rose qui montrait son nombril orné d'un piercing, elle était outrageusement maquillée et coiffée d'une épaisse chevelure blonde traversée de mèches bleues.

À cette époque, Yvette était déjà veuve. Pour la première fois de sa vie, elle s'était sentie d'un coup immensément seule et vulnérable. Dans le cercle d'amis auquel elle appartenait, la jeunesse du pays était un sujet de conversation récurrent, toujours source d'angoisses et d'affliction. Retraités pour la plupart, ils causaient d'une époque révolue où il faisait si bon vivre en Guadeloupe : « Autrefois, les cases demeuraient ouvertes au voisinage, les enfants respectaient leurs aînés… Aujourd'hui, il n'y a plus ni bonjour ni bonsoir ! » déploraient-ils. La modernité avait apporté tant de maux. Hélas, on devait à présent s'enfermer à clé chez soi, se barricader, monter des murs hérissés de tessons de bouteilles et de barbelés autour de son bien. Ce n'était plus qu'incivilités, violences, braquages et assassinats, un monde de barbarie sans nom. Pour cette jeunesse perdue, fainéante et désœuvrée, la Guadeloupe s'était métamorphosée en une cruelle « Gwada » dont on ne présageait rien de bon. Les garçons poussaient sans éducation ni morale, pis que chiendent. Les filles se déshonoraient, marchant à moitié nues dans la rue. Quant à leurs danses, c'était une bamboula de tous les diables… On aurait dit ces nouvelles générations possédées par Lucifer en personne. Le plus effrayant était les armes qu'ils se procuraient et la drogue qui circulait au vu et su de tous, ce au cœur même des familles les plus honorables…

Au retour de Margy à la résidence Beauséjour, sa mère la sermonna vivement. Bien sûr, Yvette l'avait balancée. Dès lors, elle ne s'arrêta plus jamais chez sa mamie. Dans ses randos à moto à travers Gwada, Capesterre-Belle-Eau n'existait plus. Les souvenirs de son enfance heureuse auprès de ses grands-parents appartenaient désormais à un passé honni, terne, émaillé de contraintes et d'austères réprimandes. Sa mamie l'appelait encore de temps à autre. Quand elle était d'humeur, Margy décrochait. Éludait les questions et restait évasive sur sa vie chaotique à Pointe-à-Pitre. À peine si Yvette avait le temps de glisser quelques mots que sa petite-fille abrégeait la conversation, prétextant une urgence, un départ imminent.

Il est midi.

Yvette lui a préparé son plat préféré : un succulent colombo de poulet. Mais Margy n'a pas faim. « Merci, Mamie. Ce soir, peut-être… » murmure-t-elle, retrouvant sa voix de fillette. Sa grand-mère hoche la tête et garde les lèvres pincées. Comme promis, elle ne pose pas de questions. De bons petits plats-pays, du repos à la campagne, une présence réconfortante, c'est tout ce dont a besoin Margy. Yvette a vu le visage boursouflé, l'œil au beurre noir derrière les lunettes aux verres teintés. Elle a compris. Sait que sa petite-fille vit en couple avec un certain Benja du ghetto, mauvais larron. En a eu des échos peu rassurants par la mère de Margy.

Sa chambre est prête dans la maison de Capesterre-Belle-Eau. Mamie Yvette a fait les poussières et disposé sur le couvre-lit rose quelques peluches et jouets d'antan. Un ourson, une girafe Sophie, un gros baigneur blanc et la poupée noire que sa petite-fille se plaisait à coiffer à toute heure.

Margy se débarrasse de ses sacs dans un coin de la pièce, puis elle ferme les rideaux pour barrer les rayons du soleil. En vrac, Bo dans les bras, elle s'assoit sur le lit, remerciant Dieu de lui avoir permis d'arriver jusque-là saine et sauve. Éreintée, Margy tente en vain d'organiser ses pensées. Se concentrer sur son départ prévu le 15 décembre. Garder le cap. Quitter Gwada. Débarquer à Paris. Retrouver Yaëlle en vie… Quand elle retire ses escarpins, elle a l'impression d'accomplir un exploit titanesque. N'a pas la force d'ôter ses lunettes noires ni de se déshabiller. Son corps bascule sur le lit, empêtré dans les vêtements trop grands de Benja. Les draps exhalent la lessive. Une odeur de propre, un frais parfum d'enfance et d'innocence. Elle s'endort aussitôt, assommée par la vie.

Depuis l'histoire des photos *nude*, Victor Desbois n'a pas repris son poste au centre pénitentiaire. Il passe ses journées en short et T-shirt, la plupart du temps assoupi dans le canapé du salon, face à la télé, les pattes en l'air et ses lunettes de travers sur le nez.

Quand Yaëlle disparut brutalement des radars, seule Sylvia parut s'en inquiéter. Il reçut la nouvelle de l'hospitalisation de sa fille unique comme un coup de massue. C'en était trop pour un homme ! Il s'enfonça un peu plus dans son apathie. Pas question d'aborder le sujet. « Je veux rien entendre de cette histoire de cocaïne ! marmonna-t-il, dans sa barbe de cinq jours. Débrouillez-vous toutes les deux ! J'ai jamais eu mon mot à dire ! Voilà le résultat de l'éducation que tu lui as donnée, à ta princesse Yaya. C'est plus mon affaire… C'est pas à moi de payer les pots cassés… On verra ! Quand elle se retrouvera en taule… »

Sylvia Desbois liquida ses derniers congés annuels et courut se procurer un billet d'avion. Le 6 novembre, une collègue la conduisit à l'aéroport.

Le vol lui sembla durer une éternité. Un long épisode du cauchemar fleuve où elle se débattait sans fin, l'esprit assailli d'effroyables questions et de réponses échafaudées à partir de supputations sans fondement. Qui ? Quoi ? Comment ? Pourquoi ? Dans l'incapacité de dormir sur son siège raide de la classe éco, elle ne cessa de remâcher l'appel d'Annette. Deux jours plus tôt, sa sœur avait pris mille précautions pour lui annoncer la nouvelle, bonne et mauvaise à la fois. Certes, on avait retrouvé Yaëlle. Vivante, mais dans un état très grave. L'idée des boulettes de cocaïne ingérées par sa fille était une vision d'horreur qui ne quittait pas Sylvia. L'estomac empli d'ovules, le vagin et le rectum pleins à craquer… Elle aurait voulu pouvoir se confier à quelqu'un, sa mère. Mais la pauvre Germaine reposait au cimetière depuis plus de quinze ans.

La veille de son départ pour Paris, Sylvia avait été convoquée au commissariat de police de Pointe-à-Pitre. À l'accueil, dès qu'elle déclina son identité, le flic en uniforme la considéra d'un œil suspicieux. Elle poireauta une demi-heure sur un banc, avant d'être introduite dans une salle d'interrogatoire. Ils étaient trois des Stups à la jauger et la cuisiner, comme si elle avait pu être un gros maillon de la mafia Gwada, ou pire, la marraine d'un puissant cartel américano-caribéen. Pressantes et insidieuses, les questions fusaient de toutes parts. « Avez-vous connaissance du réseau de drogue auquel votre progéniture appartient ? Est-ce la première fois qu'elle fait la mule ? Combien de fois s'est-elle rendue en métropole ces dernières années ? Étiez-vous au courant de ses accointances avec ces trafiquants ? Avez-vous entendu parler d'un certain Hell ? Pouvez-vous nous donner des noms ? Où étiez-vous le jour de son départ ? Qu'a fait votre fille le matin du décollage ? Qui était censé la récupérer à Orly ? À quelle adresse devait-elle être hébergée ? Quel était l'objet officiel de son voyage ? Avez-vous vérifié l'inscription à cette école de couture ? »

« Mère indigne ! » disaient leurs yeux.

À son arrivée à l'aéroport Charles-de-Gaulle, Sylvia Desbois tente encore une fois de joindre la copine Margy – celle-là est aux abonnés absents.

Victor n'a pas voulu l'accompagner. Comme toujours, il l'a accablée au lieu de chercher et trouver une solution, passer à l'action. Elle a fait des courses avant de s'envoler pour Paris. Rempli le congélo de surgelés. Acheté six packs d'eau de la source Capès. Elle lui a pris ses médicaments à la pharmacie. Sylvia a prévenu la famille de son absence, suggérant aux uns et aux autres de veiller sur son mari. Elle pense à lui comme un vieux chien fainéant, mauvais gardien, qu'il faut nourrir et soigner.

C'est la première fois qu'elle découvre la banlieue où vit sa sœur depuis vingt-cinq ans.

En débarquant du taxi, Sylvia ne dit pas un mot de travers sur la cité sale, les carcasses noircies des automobiles incendiées et les façades des immeubles taguées et décrépites. Elle ne s'appesantit pas sur le pénis du local à poubelles, non plus sur le gazon hirsute jonché d'ordures et laissé à l'abandon au pied des arbres morts. Ne toise pas les trois dealers en faction dans le jardin d'enfants. Ne s'offusque pas quand un junkie la bouscule par mégarde. Elle n'ajoute pas non plus à l'humiliation d'Annette en pointant d'un doigt moqueur les boîtes aux lettres dévastées du hall d'entrée, l'ascenseur hors service comme par hasard ce jour-là, les escaliers crasseux au carrelage éclaté. Elle ne rit pas au spectacle des portes des appartements défoncées et vérolées de son quatrième étage…

Sylvia Desbois s'effondre et pleure dans les bras de son aînée. Son corps est secoué de sanglots. Annette n'est pas coutumière de ce genre d'effusions. À peine si les sœurs se touchent en temps ordinaire. Juste une bise pour dire bonjour et au revoir, quand elle est en Guadeloupe.

Anna sent tout contre elle les seins lourds de Sylvia, le souffle chaud de sa respiration, le plomb de sa désolation. Elle éprouve une bouffée de compassion en même temps qu'une forme odieuse de soulagement. Grâce à Dieu, la vie ne m'a pas donné d'enfant, se dit-elle. Alors elle pense à la Maghrébine du cinquième, croisée un jour de panne d'ascenseur dans l'escalier de leur bâtiment. « T'es seule, toi. T'as bien raison. Vaut mieux pas faire de mômes ! Au final, c'est que soucis et compagnie, crois-moi ! » Annette connaissait à peine cette vieille femme voilée. Mais l'autre avait lâché ses cabas à ses pieds et s'était mise à faire la conversation, déballer surtout la somme de déboires que lui causaient ses quatre enfants : une fille et trois garçons. « Je reviens de Fleury-Mérogis où Ahmed mon fils aîné est incarcéré depuis un an pour affaire de cannabis. Je suis usée, mais si je vais pas le voir, il me fait la guerre. Le deuxième, Amir, m'a déjà frappée au visage. Il lit le français pas plus que moi, mais il roule avec voiture, je sais pas comment il a payé de sa poche. Je peux pas dire de quoi il vit. Regarde mon visage, tu vois la cicatrice, là ! Il rentre et il sort et j'ai pas le droit de poser des questions. Il profite parce que j'ai pas de mari. Son père est mort. J'ai élevé seule mes quatre enfants… Le troisième, Sofiane, est retardé du cerveau. Faut que je l'accompagne dans centre pour handicapés trois fois la semaine. Il mange toute la journée, et même la nuit il se lève pour manger, c'est son seul plaisir. Tu vois ces courses, gâteaux chocolat, pizzas surgelées, sodas et glaces ! Rien que pour lui. Je te dis même qu'il fait encore pipi au lit à dix-huit ans ! Et ma fille, Jamila ! À vingt-trois ans, elle a déjà deux enfants sans mariage. Elle vit avec moi comme une princesse fauchée… Se prend pour Shéhérazade, j'te jure. Et c'est moi qui m'occupe des petits… » Tous les stéréotypes de l'émigration maghrébine réunis en une seule pauvre femme…

Jusqu'à ses six ans, Yaëlle était la princesse de Sylvia. Au fil du temps, sa fille unique lui avait procuré tant d'amertume et de déceptions… La petite princesse des Mille et Une Nuits s'était transformée en une affreuse diablesse des contes créoles. Perverse, enjôleuse, cruelle, menteuse… La beauté au service du Mal…

L'après-midi file. Il fait presque noir dehors.

Elles sont au salon, assises dans le canapé deux places. Sylvia a déjà répété trois fois : « Je vis un enfer, Yaëlle est la plaie de mon existence. »

Anna secoue la tête et lui tend un mouchoir en papier. Dans son cœur, Yaëlle reste à jamais Yaya, la merveilleuse petite Yaya qu'elle avait chérie et gâtée à chacun de ses séjours en Guadeloupe. Sylvia a beau dire, un fil solide relie Anna à sa nièce.

« Cette histoire de cocaïne est une erreur », déclare-elle, tapotant gauchement le dos de sa sœur.

« Tu vois, reprend Sylvia, se mouchant bruyamment, tout ce qui arrive me fait penser à ce genre de bobo purulent, qui démange et pourrit les chairs jusqu'à la nécrose. Les gens sont tellement méchants en Guadeloupe… »

Sylvia est aide-soignante. S'y connaît en bobos et plaies inguérissables envoyés par l'entremise de quelque sorcier aux mains sales. Dressant la liste des défauts et travers, échecs et mensonges, tares et roueries de sa fille, elle soupçonne bien sûr l'œuvre puissante et maléfique d'un *gadèzafè*.

« Il y a une explication à cet enchaînement de malheurs, glisse Anna. Comme pour l'affaire des photos *nude*, Yaya a dû pécher par ignorance et naïveté.

– Tu sais qu'elle se drogue… J'ai trouvé de l'herbe dans sa chambre, planquée sous son matelas… Chez moi ! Tu te rends compte !

– Avant de la juger il faut l'entendre, Sissi. Savoir ce qu'il s'est réellement passé. Elle a frôlé la mort et risque maintenant la prison. On doit prendre soin de Yaya. Et si c'est une malpropreté de sorcellerie, y a sûrement moyen de conjurer le sort ou renvoyer le mal à son expéditeur… »

Sylvia dort chez Annette depuis une semaine.

Chacune à son tour rend visite à Yaya. Les deux sœurs guettent le goutte-à-goutte et l'aiguille à son bras. Elles restent assises à son chevet et attendent, l'esprit tourmenté d'innombrables pensées qui vont et viennent entre hier et demain. Couchée, sur son lit d'hôpital, Yaëlle ne parle pas.

L'hiver s'étire.

La maladie de Crohn d'Annette s'est réactivée et ses douleurs au ventre l'accablent de nouveau. Ses nuits sont agitées.

Les deux sœurs réapprennent à vivre ensemble.

La vie les a abîmées, mais elles exécutent les gestes du quotidien avec application. À tour de rôle, elles balayent l'appartement et passent la serpillière, époussettent les meubles et les bibelots – comme autrefois, dans la case de leur mère Germaine. « Ça me rappelle notre enfance », dit Sylvia. Le dimanche, silencieuses, elles préparent à manger côte à côte dans la minuscule cuisine. Ne rient jamais parce qu'elles ressassent sans fin. Chacune compose avec ses regrets.

Elles se cognent dans le petit deux-pièces et l'étroit couloir qui mène à la chambre. La présence de Sylvia encombre Anna.

Leurs regards se heurtent, surtout au moment du dîner. Devant la télé, elles se méfient des mots qui pourraient leur échapper. Prennent garde à combler les silences de paroles sans conséquence.

Leurs corps se frôlent par accident au creux du matelas. Au mitan de la nuit, Annette cesse de respirer, puis se réveille en sursaut. Elle sait que sa sœur fait semblant de dormir. Sans qu'elle le veuille, Sylvia revit l'expédition chez la vieille devineresse terrée dans sa case, au bout d'un champ de canne. Se souvient des esprits qui habitaient jadis les rêves d'Anna. Se dit que sa mère avait su prendre les choses en main pour empêcher Anna de tourner folle, comme la vieille tante Anastasie. Son cheminement de pensées l'amène au chevet de sa fille. Persuadée que la méchanceté des gens est à l'origine de tous ces drames, elle imagine encore des forces sorcières en action.

Le matin, elles prennent un thé vert, accoudées face à face à la table de la cuisine. Elles n'ont rien à se dire. Puis Annette s'en va au travail, laissant sa sœur seule devant la télé.

Un après-midi sur deux, Sylvia prend le métro pour se rendre à l'hôpital. Ne comprend pas ce qu'elle a raté. Elle voudrait remonter le temps et revenir à la petite enfance de Yaëlle. Si l'occasion lui en était donnée, elle ferait preuve de plus de vigilance, écarterait les mauvaises fréquentations, fouillerait sa chambre de fond en comble au moins une fois par semaine. Il y a eu tellement de malentendus entre elles deux. Tant de silences qu'elle n'a pas cherché à percer, par pure complaisance, se dit-elle aujourd'hui. Sylvia prie Dieu au chevet de son enfant. Elle prie aussi pour Anna, au regard de sa vie insipide, de ses problèmes de santé, sans doute dus à cet avortement dont elle ne parle pas.

Yaya n'a jamais ouvert les yeux ni prononcé le moindre mot depuis son entrée à l'hôpital. Les médecins assurent pourtant qu'elle devrait s'en sortir sans trop de séquelles.

Au chevet de sa fille, Sylvia ne cesse de ruminer. Ce que les policiers lui ont raconté ressemble à un polar de piètre envergure. Non, il ne s'agit pas de l'enfant qu'elle a porté dans sa chair.

Qui est cette mule ?

Où est la Yaëlle prometteuse qui s'en allait faire une école de stylisme à Paris ?

Après les travaux des champs, Agontimé campait souventes fois son corps au bordage de la méchante rivière Bambou qui longeait l'habitation du maître Jacquelot.

Elle regardait les roches prêter le flanc aux assauts des flots qui ne finissaient jamais de cascader. En saison sèche, ses eaux se faisaient doucinantes et chantaient une petite berceuse aux oreilles des grosses pierres noires qu'elles ceinturaient gentiment d'un cordon de limon vert, si velouteux. Quand pointait septembre, le temps des cyclones, Bambou changeait d'humeur et devenait plus furibonde que le commandeur, plus féroce que le nègre Balthazar préposé à fustiger ses semblables sur l'habitation Jacquelot. Enflée de rage et mauvaiseté, elle fouettait les roches sans discontinuer. Se gonflait d'un charroi de branchages et crasures de feuillages arrachés aux bois de la forêt, là-haut. Dégorgeait ses eaux sales et bileuses, jusqu'à monter la savane Périnette, pour noyer les bestiaux qu'on n'avait pas eu l'heur de haler au sec. Pluie et rivière entraient en complicité. Du ciel rugissant déferlaient des torrents, tandis que les grandes crues de Bambou inondaient les champs en deux temps trois mouvements. La rosse crachait des trâlées de rigoles et flaques, des milliers de serpents d'eau qui, se multipliant, rampaient jusqu'aux cases-nègres. Sous les pieds de la négraille, le sol infesté de sangsues se transformait alors en lavalasses de boue, des jours durant.

Au carême, si Agontimé restait trop longtemps à fixer le courant, les roches brunes se métamorphosaient sous ses yeux. Au fur et à mesure, elles s'incarnaient, se mouvant douloureusement à fleur d'eau. On aurait dit des corps entiers immergés. Mais n'apparaissaient ni bras ni jambes. Seulement des dos noirs rondis jetés ici-là, et des têtes de nègres aveugles. Et même si ces nègres pétrifiés n'étaient plus que dos, plus bons à rien du tout, Bambou continuait de les flageller, encore et encore…

Et ce que Agontimé mirait dans les remous de la rivière, c'était aussi son corps démembré. Son dos meurtri, livré au fouet, à la pimentade, au sel et au citron. Ses bras et ses jambes restés là-bas, dans l'enfer des champs de canne, réduits à trimer sans relâche au service du seigneur Sucre. Son ventre, une panse ensemencée par son nègre, seulement utile à enrichir le cheptel du maître. Et sa tête juste censée obéir à la loi de l'habitation…

Son corps et son esprit tout entiers asservis.

Son existence réduite en menus morceaux, déchue dans l'esclavage.

Plusieurs du cheptel avaient déjà péri dans la rivière. Bambou avait ballotté leurs corps de roche en roche, puis les avait emportés, déchiquetés, on ne sait vers quelles embouchures ou lointaines rives. Grâce à Dieu, certains échappaient à la noyade. Survivants du pire, miraculés, ils s'affranchissaient d'eux-mêmes, et s'en allaient au galop rejoindre une tribu de marrons en résistance dans les mornes.

Un vieux Ewé, conteur à ses heures, augurait que Dieu veillait à ce que les âmes des Africains regagnent la terre ancestrale. Hélas !… On ne quittait pas si aisément cette rive amère.

À la colonie, les esclaves défunts ne trouvaient ni la paix ni les chemins du retour… Ils se transformaient en esprits…

Bien des temps après leur trépas, on les voyait alanguis dans les arbres de la forêt qui approchait l'habitation. Ils semblaient en attente de quelque chose, pareils à des oiseaux mélancoliques aux ailes brisées. D'autres âmes perdues infestaient les mornes alentour, erraient sans fin. Certaines, animées de rancœur ou mauvaises intentions, coursaient les gens dans les bois.

Quand l'un ou l'autre de ces disparus réapparaissait furtivement aux abords de l'habitation, on ne pouvait jurer de rien… S'agissait-il de nègres en marronnage ou bien d'esprits perdus revenus hanter les vivants ?

Avec ses molosses et quelques planteurs de ses amis, maître Jacquelot organisait parfois des battues, traquait marrons et vagabonds dans les bois. Les évadés que ramenaient les chasseurs étaient mis à la barre. On les fouettait au sang au mitan de la cour. La plupart subissaient les quatre-piquets avant d'être relégués au cachot deux jours, six mois, oubliés une année, deux, même trois. Agontimé a vu combien d'esclaves mourir à petit feu, aux fers, un rouleau à pied avec chaîne remontant jusqu'à la ceinture. Après les coups de sabre, le cachot était le pire des châtiments ; sur l'habitation Jacquelot, on l'appelait le tombeau des vivants. Albert y passa un mois après qu'on l'eut accusé d'empoisonnement sur trois bœufs du maître. C'était avant la naissance de la petite Ifé…

Les jours de lessivage, Agontimé se tenait peu ou prou à l'écart des autres femmes. Guère frayante, elle écoutait leur babillage créole en songeant aux langues d'Afrique terrées dans les mémoires et refondues dans le parler d'ici. Tout en frottant les hardes, les bougresses de l'habitation Jacquelot bagoulaient et riaient sans fin, à croire que leur condition ne pesait pas.

Elles essoraient le linge misérable, veillant mollement du coin de l'œil sur leurs négrillons qu'on aurait presque dits libres. Même si les mères promettaient les quatre-piquets et le fouet pour une bêtise, ils étaient dans l'innocence du jeune âge. Pour ces marmailles, l'heure d'entrer dans la canne n'avait pas encore sonné. Alors, intrépides, ils sautaient de roche en roche comme des petits cabris. Quelques-uns plongeaient attraper au *kali* des ouassous qu'ils jetaient fiérots dans un grand *makout* calé au creux d'une roche. D'autres délogeaient un butin de vigneaux dans des trous d'eau. Deux, trois fabriquaient des esquifs de bois-flot dont ils rêvaient la nuit sur leur grabat de paille rêche.

À quoi rêvait Agontimé de son vivant ?

Non, sa condition d'esclave ne pouvait l'empêcher de rêver. La nuit venue, Agontimé retournait toujours au pays sien. En songe, elle se voyait libre de nouveau, voguant sur un grand canot au milieu de la mer immense. Devant elle, se dessinaient les contours de sa terre africaine… Non, maître Jacquelot n'avait pas de prise sur ses rêves… Et quand elle posait un pied sur le sable brûlant de la plage de sa terre, c'était comme si elle renaissait… Et elle pleurait et riait en même temps. Mais toujours, à l'appel matinal de la cloche, sa joie s'éteignait d'un coup. Elle ouvrait les yeux et se retrouvait encore une fois sur la couche infâme du quartier nègre de l'habitation Jacquelot.

Agontimé confesse qu'elle enviait ces négresses décaties de tenir bon dans la fatalité, de composer malgré la déveine, le joug et les coups… Trouver toujours au fond d'elles quelque raison de pousser des rires, le cœur serré, malgré leurs bouches édentées, toujours croire en un demain sans chaînes. Il en faut du courage pour se distraire dans l'esclavage… Danser, chanter, s'extasier d'un rien, chérir ses petits – des *timoun* qui ne leur appartenaient même pas…

Oui, il en fallait de la patience pour croire aussi, sans trop s'illusionner, que la liberté était bien en approche…

Agontimé demeurait perdue dans ses pensées, les yeux rivés sur les dos-roches de la rivière Bambou. Peu lui importaient sa rouerie, son humeur changeante. Et tant pis pour la couenne des nègres qui endurent et s'accommodent de tout, se disait-elle…

Plus elle voyait l'eau dévaler, plus elle sombrait dans la mélancolie. À quoi bon vivre à la colonie dans un esclavage sans fin ? Un monde d'injustice rapiat de la moindre espérance pour les nègres. Un malheur sans certitudes, au bon vouloir de la loi des maîtres. Et m'en fous des nègres qui courbent l'échine et grignent dans les fers, et dansent et chantent, et flattent le Monsieur Jean-Hubert et la Madame Jacquelot, et frayent avec le géreur et le commandeur, et trahissent leurs semblables pour une maigre faveur, un petit grade, une grimace de la maîtresse, une pièce de toile, une pincée de sel, quelques abats ingrats, un quart de farine-France…

Agontimé contemplait la rivière comme une promesse de liberté, la fin de son calvaire.

Après la naissance de son quatrième garçon, elle se refusa longtemps au plaisir de son nègre Albert. Elle ne voulait plus enfanter. Las, vaincue, elle finit par lui céder.

Trois fois, elle avait déjà porté des marmots qui ne naquirent jamais en ce monde.

Trois fois, elle réussit, par de savantes tisanes et décoctions de racines, à faire couler les œufs qu'elle couvait.

Trois fois, elle cria victoire parvenant à soustraire : dos, bras et jambes d'esclaves au maître Jacquelot.

Et puis un dernier œuf se crocheta à ses entrailles. Celui-là, elle échoua à le dépendre. Elle dosa maintes potions amères. Elle chavira cent fois son corps sur les roches de la rivière

Bambou. Elle bourra son ventre de coups de poing sacrilèges. Hélas, dans ce combat la vie fut plus forte que la mort.

Quand les trois bœufs périrent d'un coup, dans la même nuit, une tempête tomba sur l'habitation. Maître Jacquelot fouina et chercha l'empoisonneur. La rumeur se mit à courir derrière le dos d'Albert par la bouche des bourrelles Constance et Clémence. Comme quoi Agontimé s'y connaissait en plantes à maléfices. Dans le quartier nègre, ces deux bourriques la voyaient depuis toujours douciner les simples de son jardin. Un jour, la Clémence lui avait demandé si elle tenait sa science des feuillages à médecine de son pays d'avant. Agontimé ne trouva pas les bonnes paroles créoles. Elle souffla le nom de sa grand-mère guérisseuse qui soignait les maux des femmes du village, là-bas. Des mois auparavant, l'autre maquerelle l'avait déjà surprise en train de compter les jeunes pousses d'un breuvage qui ferait revenir ses menstrues. Constance l'avait regardée, l'air de penser que la Prune-café d'Albert était peut-être une sorcière.

Agontimé portait son enfant depuis trois lunes quand l'affaire des bestiaux fit trembler le quartier nègre. Même si elle était désignée comme la prétendue empoisonneuse, c'est Albert qui paya pour complicité dans l'assassinat des bêtes. Quelqu'un avait juré l'avoir vu près des bœufs, la veille même de leur mort. Le maître épargna les fers à l'esclave Agontimé-Eugénie, car son corps promettait une vie qui lui appartenait. En rage, Madame la maîtresse commanda qu'on lui inflige quand même trente coups de fouet bien comptés, en évitant sa panse.

Au mois d'août 1842, Agontimé accoucha d'une fillette nommée Ifé. Agontimé était déjà là sans être là. Elle commençait à s'enliser dans une sorte de mélasse sans fond, dépérissait sur pied à l'idée que son sang ne pourrait jamais s'appartenir. Alors, elle donnait à téter son lait tourné à son bébé sans oser le regarder, se disant que l'enfant la maudirait plus tard de lui avoir baillé la vie en ces temps d'esclavage.

Trois mois après son accouchement, Agontimé bascula son corps avec Ifé dans la rivière Bambou.

Et pourtant, la rumeur de liberté filochait déjà sur les habitations. Les maîtres étaient inquiets et redoublaient de cruauté envers leurs esclaves. On n'entendait que ça, partout. « Liberté ! » Dans les mornes, sur les marchés de la ville, au bordage des rivières. « Liberté ! » Jusque dans la cambuse de la grand-case, la chambre des Jacquelot et la chapelle de Jésus-Christ. Des lunes d'une rumeur perpétuelle. Des lustres d'espoirs déçus dans l'attente d'un seul mot : « Liberté ! »

Loin de sa terre, treize ans déjà qu'Agontimé avait été razziée et croupissait dans cette colonie…

Treize ans à mourir à petit feu.

Entrer dans la geôle des cannaies.

Courber l'échine.

User ses os.

Gaspiller sa vie.

Treize ans à subir la loi de ses bourreaux…

Et rêver de retourner un jour au pays sien, avant que d'être trop vieille…

Treize ans de malheur, sous les noms d'Eugénie et Prune-café…

Mais elle demeurait au loin, la liberté pour les nègres, pareille à une pluie que promet l'horizon dans les temps de sécheresse.

En novembre 1842, elle n'eut plus d'autre issue que de se jeter dans la rivière Bambou.

Et ce fut une délivrance.

Comme si elle s'envolait…

Comme si des ailes se déployaient dans son dos…

Comme si elle était un oiseau échappé de sa volière…

Après, on retrouva son corps mort qui avait été bourradé et bringuebalé de roche en roche au fil des eaux, sacrément doucereuses ce jour-là. Les nègres braillaient autour d'elle. Une femme secouait sa tête en hurlant : « *Ejéni mo! Ejéni mo! Prinn-kafé a Albè mo!* »

Agontimé regarda ce corps en désordre couché sur le carré d'herbe où on l'avait halé. C'était elle, inerte, les pieds dans la boue, ses nattes coiffées d'une couronne de fleurs roses détrempées et de feuilles vertes et jaunes chiffonnées. Non, Agontimé ne pleura pas sur sa dépouille. Elle était désormais en deux parties : chair et esprit séparés. Vivante et morte à la fois. Du ciel et de la terre en même temps. Triste et joyeuse comme une enfant gâtée qui ne sait que faire de sa chance…

Puis elle entendit d'infimes cris, tout pareils au pépiement d'un oisillon qui hèle sa mère envolée. Son attention se porta sur Hortense, une négresse d'âge qui avait enfanté douze négrillons – dont la moitié mort-nés. La vieille vacillait, parée à tomber. Agontimé la savait malade des bronches et souffrant d'un gros pied d'éléphantiasis. Non, ce qui faisait tanguer ainsi Hortense était une charge trop lourde pour elle. La femme tenait dans ses bras un petit corps d'enfant animé de hoquets et soubresauts. Peut-être, ce jour-là, Bambou était-elle dans une humeur à faire des miracles, se dit Agontimé. En effet, la rivière avait déposé la petite Ifé au sec, au creux d'un nid de ti-bois et plumes de tourterelles.

Ifé survécut aux desseins de sa mère.

La maîtresse qui avait fait fustiger Agontimé la recueillit, la prénommant Suzanne. Autant elle avait haï Agontimé, autant elle prit son enfant en affection. C'était à n'y rien comprendre…

À six ans, Ifé-Suzanne vit la liberté de 1848.

Elle échappa aux champs de canne.

Ifé alla à l'école et apprit la couture par elle-même.

Avant de s'éteindre, Madame veuve Jacquelot lui bailla une dot et un bout de terre, devant notaire.

Un jour de l'année 1865, Ifé épousa un nègre Congo illettré, dénommé Évariste Chanty. De leur union naquirent trois fils : Bernard, Daniel et Josué son dernier, né en 1870.

Trois longues branches de la descendance d'Agontimé.

Après, Ifé n'enfanta plus.

Il faut savoir qu'Ifé avait un fond mélancolique. Par quelques vieilles négresses bavardes, elle avait eu connaissance de la légende de sa mère : cette Eugénie dite Prune-café, femme folle, qui s'était jetée dans la rivière Bambou avec son bébé sauvé des eaux par la main du bon Dieu.

À croire qu'elle était hantée par ce jour où Agontimé avait voulu la noyer pour lui épargner l'esclavage, Ifé craignait l'eau.

De toute son existence, on ne la vit jamais prendre un bain de mer, non plus entrer dans une rivière…

Sur le bureau, à côté d'épais dossiers de toutes couleurs, un vase est garni d'un bouquet de roses jaunes. Joycy se retient d'en tâter les pétales. Elle peine à croire que ces fleurs soient naturelles. Ne se fie plus trop à ce qu'elle perçoit du monde. S'est laissé berner tant de fois. La vie lui a tellement menti. Les apparences sont trompeuses, elle l'a compris depuis cinq ans déjà.

Joycy est anglophone et vient du Nigeria. A passé son enfance entre Lagos et Benin City. Elle ne maîtrise pas encore les subtilités de la langue française. Près d'elle, une interprète noire traduit tour à tour ses propos et ceux de la femme blanche qui écoute, prend des notes et interroge. Comme Joycy, ces dames portent des masques chirurgicaux ; la Covid rôde toujours.

Entre les questions, la traduction et les réponses, il y a de longs silences. Le regard de Joycy erre à travers la pièce. Elle guette l'arnaque. Où est le piège ? se demande-t-elle. Dans cet espace clos, tout semble respirer l'empathie et la bienveillance. Pourtant Joycy est sur ses gardes. Des sourires, des petites attentions un peu trop appuyées. Ne veut plus se faire duper. Si elle osait, elle écraserait un pétale de rose entre ses doigts. S'il s'agit de fleurs artificielles, cela signifiera qu'elle doit s'armer de vigilance. Si les roses sont vraies, Joycy en dira peut-être un minimum… On ne sait jamais. Ses interlocutrices se présentent comme des bénévoles au service de victimes. Qu'ont-elles donc à gagner dans ce combat ?

Plus tôt, on lui a affirmé qu'elle est maintenant en sécurité. Une Bénédicte, petite souris à lunettes, lui a apporté un café et un croissant qui a laissé quelques miettes grasses au pourtour de ses lèvres. Sur un mur, une affiche déclare que la traite d'humains est un crime. Une autre montre un poing levé. « Non à l'esclavage moderne ! » Dans sa tête, Joycy traduit : *Modern slavery*.

Cela fait deux jours qu'elle a été recueillie par cette tribu de femmes blanches et noires qui la veillent, la nourrissent et l'hébergent gracieusement. Elles déclarent être en guerre contre l'esclavage sexuel. Veulent recueillir son précieux témoignage, la sauver de ses bourreaux. Leur but est de traduire en justice les trafiquants, passeurs, mamas. Les envoyer tous croupir derrière les barreaux des prisons du pays des droits de l'homme.

Joycy a déjà raconté…

Benin City, c'est un endroit sur la terre où grouillent les malfaisants de jour comme de nuit. Des meutes de passeurs infestent les rues, les faubourgs, les marchés. Ils guettent leurs proies. Campent devant les écoles, hôtels et immeubles. Ils ont la tchatche pour te parler du voyage. T'ensorcellent avec leurs paroles qui dessinent l'Europe-Eldorado en 3D. Ils sont connectés au monde des Blancs. Ils promettent tout ce que tu veux pour t'embarquer dans leur bizness.

Lagos, c'est un morceau d'enfer déposé en ce monde. À Lagos, il y a les millionnaires et les miséreux. Dans les faubourgs malfamés, que tu coures en zigzag ou que tu marches bien droit sur le côté de la route, tu peux pas échapper aux flammes qui te poursuivent. Un jour ou l'autre, elles te prennent tout entière et te crachent en Europe, en Italie, Sicile, sur les trottoirs brûlants de Palerme, dans les bas quartiers de la belle Suisse bien propre, au milieu des bois de Vincennes où rôdent les loups de Paris, dans la fange de Strasbourg-Saint-Denis, à Berlin, Liège, même en Russie où la chair noire est prisée plus qu'on ne croit.

Lagos, c'est une nasse dont on sort pour être vendue comme une sirène lubrique et exotique sur les marchés d'Europe. On pense quitter la misère pour la fortune. Car là-bas, à Lagos, tu rencontres une bonne mama nigériane installée à l'aise. Elle te caresse du regard, promet le travail et l'argent facile auprès d'un vieux Blanc pas méchant dont tu vas t'occuper sans te casser le dos : laver et donner à manger à la petite cuillère, parce qu'il a plus de dents et peut même pas te mordre. Avec ce job bien payé, tu pourras envoyer des sous à la famille, vieillards, oncles et tantes, frères et sœurs, améliorer la vie de ceux qui sont restés, même bâtir un château… La mama t'embarque dans sa voiture allemande climatisée et montre les villas construites avec l'argent des Nigérianes qui ont fait le beau voyage. L'or et la prospérité brillent à ses oreilles, ses poignets et autour de son cou. Ses ongles sont manucurés, sa bouche bien fardée. Elle ne transpire pas sous son fond de teint. Elle te pommade et te donne des petits noms sucrés. Elle sourit et t'assaisonne bien comme il faut, pour te pousser dans un rêve. Elle jure que tu seras protégée de tous les maux. Elle répond à toutes les questions sans froncer les sourcils. Te cajole tellement que toi-même tu es pressée de quitter. À force d'entendre causer de la vie rose d'Europe, tu vois le pays en noir. Ton regard change par sortilège. Tu remarques la laideur et la misère partout. Les bords de route parsemés d'ordures, les sachets plastique qui volent au vent dans les savanes, les bœufs maigres, les eaux mortes dans les rues de terre défoncées, les mendiants éclopés, les culs-de-jatte, les femmes hagardes suivies de trâlées d'enfants pieds nus, sales, habillés de haillons… Tu veux quitter à l'instant. L'Europe t'apparaît alors pareille à la lumière d'un poteau électrique au lointain, un espoir incarné, une parole divine… Ta seule chance…

Sa carte d'identité décrète qu'elle est née à Benin City, en 1996, et se nomme Mercy Ann Smith. En vérité, Joycy est venue au monde en 2003, à Lagos. Après la mort de sa mère, ses tantes l'ont trimballée, ici et là, entre l'État d'Edo et le Nigeria. Elle n'avait que treize ans quand on l'a débarquée en Europe.

Joycy est la descendante d'Olouwafoumi, la première fille d'Agontimé native du pays Shabè.

Née en 1829, Olouwafoumi grandit dans l'ignorance de sa mère véritable, dont on taisait le nom après son rapt. Élevée dans la concession de son père, le prince Akinni, elle vécut toute sa vie à Savè-Idadu au royaume Shabè. Mariée à un cousin à l'âge de quinze ans, elle enfanta trois enfants qui firent des générations au fil des ans.

L'une des arrière-petites-filles d'Olouwafoumi migra à Benin City en 1890.

Elle s'appelait Sécounom…

Avec l'emprise des Blancs sur le continent, les peuples ne savaient où fuir en cette ère tourmentée. Beaucoup quittaient la terre des ancêtres pour se soustraire au joug venu d'ailleurs, essayer la vie sous d'autres cieux. L'esclavage voulait finir mais les colons européens s'accrochaient partout, comme des tiques sur le dos des bestiaux. Leur prétention était immense et leur rouerie sans fond. C'était des tractations à rallonge avec les rois et dignitaires, des échanges occultes, des terres pillées, des partitions sournoises, des paraphes arrachés dans des jeux de dupes, des partages de territoires en dépit du bon sens, des mensonges enrobés de sauce blanche, des allées et venues incessantes de bateaux…

Les guerres s'éternisaient. Le roi Glélé – onzième roi d'Abomey et successeur de son père, le roi Ghézo – menait une sévère razzia sur les concessions françaises. En 1889, ses armées avaient attaqué Porto Novo, en représailles de l'alliance scélérate passée avec les Français – notamment le traité de 1878 relatif à l'attribution des droits de douane de Cotonou à la France.

Succédant à son père Glélé, le prince Kondo fut proclamé roi Béhanzin en 1890, au royaume Danxomé. Tandis que diverses armées européennes se disputaient partout les royaumes d'Afrique, les Français débarquèrent à Cotonou.

Avec son jeune époux, Sécounom venait de prendre racine à Benin City où régnait l'oba Ovonrawmen. Chaque jour, elle entendait des bruits sur la guerre qui faisait rage au pays de ses aïeux.

En 1892, Sécounom reçut la visite d'un vieil oncle sorti du Danxomé. Au bout d'un long voyage, le vieux fit les salamalecs d'usage, demanda des nouvelles des uns et des autres. Puis, buvant son thé brûlant, il narra les événements avec force détails.

Les Français intriguaient pour déchoir le roi Béhanzin qu'ils nommaient Bec-en-zinc, avec quelques rires et un certain dédain. Menées par le général Dodds, les forces armées avaient débarqué à Lagos en août 1890. En octobre, la France installait un protectorat sur le Dahomey. En son palais, Béhanzin espérait encore repousser les ennemis. Préparant ardemment la guerre, il parvint à se procurer auprès des Allemands des fusils en échange d'esclaves. En 1892, les troupes Fons et les amazones du Dahomey attaquèrent avec succès un navire de guerre battant pavillon français. Hélas, le roi Béhanzin fut vaincu à la bataille de Dogba. À l'hivernage,

Dodds et ses troupes terrassaient l'armée royale. Le palais d'Abomey fut pris et incendié. Les trésors pillés et expédiés en France dans les musées d'ethnographie.

Ce jour de la visite du vieil oncle, cette descendante d'Agontimé pressentit que la guerre des Blancs se répandrait partout sur la terre.

En 1893, emportant un bétyle aux pouvoirs magiques, Béhanzin se réfugia dans la forêt profonde d'Atchérigbé, d'où il tenta de négocier avec les plus hautes instances coloniales, envoyant même un ambassadeur à Paris. Ignoré dans ses requêtes par le président Sadi Carnot, trahi par les siens, traqué jusqu'à Akajakpa, il signa sa reddition le 15 janvier 1894. Les Français avaient gagné. Le 30 mars 1894, il fut déporté en la colonie française de la Martinique.

Benin City était alors une cité prospère férocement convoitée par les Britanniques. Impatients de s'approprier la région, ces derniers tentaient d'annexer le royaume.

En 1892, l'année même de la chute de Béhanzin au Dahomey, ils arrachaient du souverain d'Edo l'autorisation et la signature leur permettant d'exploiter les importantes ressources naturelles du pays. Cet accord se fit à coups de discussions, menaces et traités retors.

Quatre ans plus tard, les mécréants réclamaient leur dû, conformément aux accords passés. S'ensuivit le massacre des ambassadeurs de Sa Majesté la reine Victoria par les guerriers du souverain d'Edo. La couronne britannique répliqua aussitôt, assiégeant Benin City, incendiant le palais du roi Ovonrawmen, détruisant les murs de fortification, pillant les trésors royaux, puis menant exactions et expéditions punitives dans tout le royaume. De la même manière que le roi Béhanzin, l'oba Ovonrawmen dut se résoudre à l'exil. D'entre les griffes des Britanniques, le territoire devint ainsi colonie et protectorat du Nigeria.

En 1896, Sécounom avait déjà trois enfants lorsqu'elle accoucha d'un garçon. Koffi, le bisaïeul de Joycy, naquit en cette nouvelle colonie britannique. Il ignorait alors que la vie le mènerait à Dakar où, âgé de dix-huit ans en 1914, il serait enrôlé dans la force noire, matricule 1267, chair à canon du bataillon des tirailleurs sénégalais. Il ne savait pas encore qu'il s'en irait en découdre avec les Allemands du côté de Saint-Raphaël et dans la boue des Dardanelles, qu'il chanterait *La Marseillaise* en saluant le drapeau français, qu'il serait blessé à Verdun et transporté agonisant à Revigny où il trouverait la mort sur un lit d'hôpital, la gueule cassée…

Qui se souvient du visage défiguré de Koffi, ses membres en lambeaux pris de convulsions, son interminable agonie ?

En ces heures sombres, il avait si peur, Koffi. Il songeait à sa mère Sécounom. Et ses pensées volatiles tournaient folles dans le grand dortoir des mourants de l'hôpital, le ramenant sans cesse à la concession de son village. Il courait pieds nus sur la terre rouge des savanes. Dans son dernier souffle, il retourna à sa petite enfance, sous le soleil d'Afrique. Comme autrefois, accolé à son grand frère Hamidou. Se taquinant l'un l'autre, ils mangeaient du bout des doigts une crémeuse purée d'igname tirée de la même calebasse. Koffi rêvait déjà de devenir un artiste du bois, tandis que son aîné se voyait en valeureux chasseur.

Qui se souvient de ce matin blafard de l'année 1914 ? Du jour où Koffi poussa son ultime râle ? Quand le souffle de vie déserta son corps, on le recouvrit d'un drap grisâtre. On emporta son cadavre sur un brancard. Et on le jeta dans une fosse commune, sur d'autres corps en putréfaction, martyrisés, puants, figés en des postures ridicules. Soudain, abandonnant sa dépouille, l'âme de Koffi s'envola, pour disparaître au firmament…

C'est l'heure du déjeuner.

Joycy avale un grand verre d'eau derrière les cachets anxiolytiques qu'un médecin a prescrits. Les femmes de la tribu guerrière l'emmènent dans une salle. Une grande table, quelques chaises. On pousse devant elle une barquette McDonald's. C'est ce qu'elle a demandé : un hamburger et des frites. Les Françaises ôtent leurs masques antivirus et partagent une salade composée.

L'après-midi, devant un thé Darjeeling, Joycy raconte avec plus d'entrain. Elle se vide de ces souvenirs qui l'encombrent depuis si longtemps. Selon le rituel d'allégeance Juju, elle n'a pas le droit de parler. Mais elle cause et dénonce. Elle n'a plus peur des représailles des hommes de la confraternité nigériane. Elle se sent en confiance avec ces femmes déterminées. L'interprète traduit ses propos au fur et à mesure.

« Avant de partir, la mama t'emmène chez le sorcier vaudou censé te procurer la protection pour le grand voyage. C'est le rituel du Juju. Ça se passe souvent dans une église, un quartier sale. Moi, c'était dans une cahute de pisé. On couvre ton corps d'une poudre noire. On te fait prendre une boisson alcoolisée. On sacrifie un coq. Tu dois manger la chair devant le pasteur et la mama et d'autres qui te surveillent. Moi, c'était un coq rouge et noir. Après, les visages changent. Les paroles se font acides. Ils te disent que ce que tu as bu et mangé te lie à tes protecteurs, ceux qui ont avancé l'argent pour toi, pour parer aux frais du voyage. Si tu romps le pacte en racontant leurs affaires, ils avertissent qu'une malédiction s'abattra sur toi et ta famille. Tu seras promise à la mort, et tous ceux de ta parentèle périront dans de grandes souffrances. »

Joycy garde les yeux fermés un moment. Tous les mots se transforment en images dans sa tête. Chacune de ces images lui fait mal. Elle aspire une bouffée d'air, puis se tourne vers l'interprète et reprend son récit.

« Après, ils t'enferment dans une maison jusqu'au départ. Chaque jour, ils ramènent des filles qui tremblent. Et puis c'est le bon moment. On grimpe à l'arrière d'un pick-up bâché. Entassées là. Les unes sur les autres, comme des chèvres qu'on va vendre au marché. La peur et le doute s'insinuent en toi au fil des heures La faim et la soif te tenaillent. Certaines meurent. C'est prévu d'en perdre quelques-unes en chemin… Faut pas s'attacher ou se lier d'amitié. On est que de la marchandise. Y a pertes et profits. C'est prévu, tout ça… Il y a des disparitions. Des corps jetés dans le désert de Libye. Il y a des viols… On ferme les yeux, pour rien voir… On traverse sur de mauvaises routes. Le paysage qu'on entrevoit par les trous de la bâche change. Des bois, des savanes, le désert de sable immense. On arrive en Libye. Parquées dans une geôle fermée avec un gros cadenas, on attend. Deux mois, six mois. Le manger une fois par jour. D'autres filles perdent la vie sous les coups. Faut pas pleurer ni réclamer quoi que ce soit. Juste rester là et espérer le paradis d'Europe. La terre promise… »

Joycy se douche. Elle est logée dans un appartement avec d'autres victimes de traite qui ruminent leur déchéance nuit et jour. Toutes les rescapées portent sur le corps d'anciennes blessures qui marquent leur peau de laides cicatrices, taches noires, scarifications suicidaires, zébrures étranges, ronds laissés par des brûlures de cigarettes. Certaines ont tenté de blanchir leur teint noir, devenu rosâtre à quelques endroits, pâle et pigmenté de pointillés bruns.

Joycy laisse l'eau couler et se savonne plusieurs fois. Elle frotte sa peau avec vigueur. Se sent si sale de ses années de prostitution.

Quand elle se couche, elle a peur de s'endormir. Peur de se réveiller sous le regard de la mama. Peur d'être dans un cauchemar qui la ramènera aux geôles de Libye, à l'enfer de sa vraie vie.

Joycy est de nouveau assise dans le bureau qui dit « Non à l'esclavage moderne ! » Elle allonge la main vers le bouquet et tâte un pétale de rose. « *Natural flower* », fait une petite voix dans sa tête. Cette fois, face à elle, se tient une femme noire de l'association.

Se tordant les doigts, Joycy raconte la traversée de la Méditerranée. Le débarquement en Sicile où une mama l'attendait. On lui avait donné un numéro de téléphone qu'elle serrait précieusement dans sa culotte depuis des mois. On lui avait dit d'appeler sitôt débarquée. Une Nigériane résidente sur place devait prendre soin d'elle, l'héberger et lui trouver un bon travail. Joycy voyait enfin le bout de son calvaire. « Qu'est-ce que tu croyais, ma fille ! Ici, lui avait craché la mama en rigolant, le seul travail pour les Africaines, c'est la prostitution ! Ouvrir tes cuisses et donner du plaisir aux hommes blancs. Vendre ton corps tous les jours, c'est ça que t'es venue faire en Europe ! Tu croyais quoi ?! Le sexe rapporte gros si tu t'y prends bien. Faut faire tout ce qu'ils demandent, les sucer bien comme ils veulent et tu deviendras riche... »

Joycy dénonce la prostitution organisée. Revoit toutes ces Nigérianes déboussolées sur les trottoirs de Palerme. L'horreur de l'avenue où on lui avait assigné une place dessous un parasol. Le défilé des voitures. Les regards concupiscents des hommes blancs. Les colères des mamas qui battaient les récalcitrantes, les épiaient nuit et jour, ne cessaient de les harceler pour de l'argent. Les menaces quotidiennes, le rappel infernal du pacte Juju, les coups encore, quand elles ne rapportaient pas suffisamment... Aussi les visites furtives des religieuses, des bénévoles sauveurs, des associations...

La pauvre fille explique et détaille les situations triviales et honteuses. Les crises d'angoisse, la douleur morale, la solitude, le silence, les maladies, les avortements. La sensation poisseuse d'être un déchet humain, une marchandise… Rien qu'un bout de viande froide payé en espèces, trituré par des mains avides, pénétré par des centaines de phallus inconnus. Un objet sexuel dénué d'âme…

Joycy s'est prostituée pendant trois ans à Palerme. Ensuite deux ans à Paris, au bois de Vincennes. Il fallait rembourser 50 000 euros aux sponsors qui avaient financé son voyage. Elle devait verser 1 000 euros par semaine sur les passes à 20 euros. Payer 4 000 euros chaque mois la mama pour l'emplacement sur le trottoir. Avec d'autres compatriotes, elle logeait dans un pavillon coquet en meulière, du côté du Val-d'Oise. Les filles de la mère maquerelle étaient étroitement surveillées, sans cesse terrorisées.

Elle travaillait dur. Sept jours sur sept. Une vingtaine de passes quotidiennes. S'était habituée à son sort. Avait fini de rêver d'ailleurs. Lagos et Benin City, Palerme, Paris ou Berlin, c'était du pareil au même… Elle avait seulement remboursé 15 000 euros. N'avait aucune nouvelle de ses tantes. Avait subi cinq avortements, la faute aux hommes qui la prenaient sans protection. Ses rêves de fortune évanouis, elle avait souffert de blennorragies et autres infections. La honte lui collait à la peau. Avait l'impression de puer la charogne.

Joycy a maintenant dix-huit ans et quelques mois.

Il y a peu, elle avait entendu que Ewuare II, oba du Bénin, aurait dénoncé la prostitution organisée, condamnant fermement les pasteurs vaudous qui cautionnaient ce système et s'acoquinaient avec les trafiquants d'êtres humains. Une des filles lui a confirmé le scoop : à la télé, l'oba avait solennellement libéré les filles du Juju depuis l'année 2018.

Le lundi de la semaine passée, Joycy a vu une affiche de l'association et mémorisé le numéro de téléphone…

Le mercredi, elle a échappé à la vigilance de la mama en courant à travers bois. Elle a laissé un vieux Blanc chauve adossé à un arbre, avec son pantalon baissé et son sexe ratatiné. Elle a couru, couru, couru… Puis elle s'est engouffrée dans une bouche de métro…

Aujourd'hui, elle regarde le même bouquet de roses sur le bureau. Les fleurs jaunes sont presque toutes fanées. Des pétales brunâtres et des feuilles rabougries font la ronde autour du vase. Quand la directrice de l'association soulève un gros dossier, un pétale s'envole et vient se déposer sur le genou gauche de Joycy.

Ce matin, les médecins annoncent que la patiente Desbois est stabilisée.

« Son état de santé s'améliore. Les constantes sont satisfaisantes. Les résultats des dernières analyses sanguines s'avèrent encourageants, madame. Grâce à la chirurgie, les fonctions vitales de votre fille ont été préservées. La cocaïne évacuée. Bien sûr, elle devra garder la poche de colostomie quelques mois encore. Le chemin sera long. La justice attendra... »

Ils évoquent ensuite un choc post-traumatique. Le psychisme, durement ébranlé, réagit par un état pseudo-cataleptique.

Sylvia voit Yaya comme une princesse endormie par maléfices et sorcellerie. Elle peine à croire que son enfant garde les yeux fermés, ainsi que cette rigidité musculaire caractéristique du corps et du visage, afin d'occulter un trouble sous-jacent.

« C'est une manière d'échappatoire mentale due au stress, balbutie un interne aux cheveux hirsutes. Pour l'instant... Si je puis me permettre, la patiente se défend de revenir à la réalité. »

Les praticiens renchérissent par quelques mots savants de leur jargon. Puis promettent la visite prochaine d'une psychologue à son chevet. Ils pensent la transférer dans un service de psychiatrie. En son for intérieur, Sylvia envisage très sérieusement de consulter le marabout d'Afrique qu'une amie lui a recommandé. Pas question de laisser tomber la piste de la sorcellerie. Elle a noté l'adresse et repéré le métro Barbès-Rochechouart sur un plan de Paris. Elle va prendre rendez-vous.

Yaëlle ne bronche pas tandis qu'ils débattent sur son cas. Elle reste de marbre dessous les caresses inquiètes de sa mère.

Elle est ailleurs.

Depuis des jours, telle une envoûtante mélopée, une voix bruisse dans son esprit, lui racontant l'histoire de la dame noire. Yaëlle se laisse porter par un récit qui remonte le temps et raconte l'Afrique des anciens royaumes, les villages paisibles, les guerres fratricides, l'enfer des razzias…

Yaëlle se voit marcher pieds nus sur un étroit chemin de terre rouge bordé de broussailles.

Elle croit ressentir mentalement tout ce que la femme noire a souffert et vécu dans sa chair.

Elle découvre tout ce que l'autre regarde.

Yaëlle est comme son double, constituée de la même pâte et du même esprit.

Les deux femmes forment une seule entité. Les deux corps ne font plus qu'un. Les deux esprits se chevauchent et mêlent leurs pensées. Elles semblent communiquer d'une manière sensorielle, intuitive et parfaite dans son opacité.

Ils sont plus de vingt entravés. Onze hommes maintenus ensemble par des chaînes et une longue fourche de bois. Sept femmes encordées ; l'une d'elles, de souche nago, a le dos enflé de son nouveau-né emmailloté dans un pagne couleur de curcuma. Au bout d'une grande laisse, quatre enfants hébétés peinent à suivre la colonne.

Yaëlle et Agontimé sont du nombre de ces malheureux captifs.

Cela fait des lieues qu'ils cheminent ainsi sous la badine et la chicotte. Ils avancent, le corps las. Les pieds nus usés ont déjà rencontré poussière et rocaille… Piquants, racines traîtresses, eaux dormantes… Sable brûlant, boue, limon… Les jambes les supportent tant bien que mal. Quand l'un d'eux trébuche ou s'affaisse d'un coup, le fouet claque et lacère son dos déjà recuit par le soleil.

À distance des villages, la colonne serpente entre les bois épineux d'une forêt marécageuse où les bêtes-longues grouillent sous les feuilles mortes, où des nuées de moustiques les assaillent et les mordent au sang. Puis, des jours durant, ils traversent des étendues de brousse. L'un derrière l'autre, ils pénètrent des mangroves labyrinthiques où pullulent crabes et tortues, poissons voraces et sangsues. Ils fendent des lagunes hostiles et les corps s'enlisent jusqu'au cou dans la vase. Ils se blessent encore, s'accrochant aux lianes et aux branches des palétuviers. Effarés, ils longent des immensités de savanes sous la brume, découvrant de grands lacs infestés de crocodiles auxquels les gardes menacent d'offrir ceux qui larmoient et traînent les pieds. Ils ignorent le sens et la destination de cette interminable épopée.

Abrutis de fatigue, la bouche sèche et le ventre vide, ils arrivent quelque part. C'est la nuit. Une ville qui dort, étalée sur le sable. Des points de lumière tremblotent à l'intérieur des cases. Ils croisent des silhouettes furtives qui détournent le regard et s'enfilent, sans un mot, dans la pénombre des ruelles.

Certains sont restés derrière eux. Un Egba, abandonné en chemin à quelques vautours charognards de la brousse. Au pied d'un acacia de la savane, deux enfants dont la chair boursouflée et meurtrie servira de festin aux termites, aux hyènes ou aux chacals. La femme nago a été jetée avec son petit dans un ravin, au mitan d'une forêt.

Les survivants sont exsangues après ces longs temps de marche forcée. Ils n'ont plus de cris dans la gorge et pressentent un grand malheur, l'achèvement d'un cycle et le commencement de terribles tribulations qu'ils ne peuvent encore entrevoir. À ce moment, pas un seul ne saurait mesurer l'enfer qui les espère, de l'autre côté de la mer.

Ils entendent Xwéda, puis Ouidah…

Au terme de la longue marche, ils débouchent sur une place éclairée, ici et là, de quelques fanaux qui trouent à peine la nuit noire. Des soldats armés les tiennent en joue. Des silhouettes leur tournent autour en un ballet funèbre. Ce sont les répartiteurs qui les convoitent et les jaugent. Puis on en mène une partie vers les concessions des cabécères royaux, dignitaires et grands courtiers ; ces autres-là, jusqu'aux geôles infâmes des forts européens de la Traite.

C'est Ouidah, le nom de l'endroit maudit sur la côte des Esclaves.

Les gardes et les courtiers murmurent le nom de Chacha de Souza.

Des noms craints qui reviennent à toute heure.

Ouidah ! Chacha ! Ouidah ! De Souza ! Ouidah !

Les captifs attrapent au vol d'autres mots étrangers. Bateau, barres de fer, yovogan, poudre, esclaves, traversée, cauris, baffetas…

Ils sont séparés en trois lots.

Ils marchent de nouveau.

On les pousse soudain dans la noirceur d'un barracon, enclos de bambou et banco recouvert de feuilles de palmier. À l'affût du moindre bruit, ils restent cloîtrés là des lunes. L'endroit de réclusion est veillé nuit et jour par des gardes armés. On dirait qu'ils ont maintenant de la valeur… Une grande valeur marchande…

Ils constituent un trésor précieux, et méprisable à la fois…

Certains n'ont jamais vu la mer. Ils perçoivent au loin une puissante respiration. Pareille au souffle continu d'un lion mastodonte qui inspire et expire à pleins poumons. C'est l'océan qui va et vient sur la côte. Les monstrueuses vagues rugissantes qui s'élancent puis se retirent sans fin, espérant bientôt les avaler…

Tels des animaux parqués, ils n'ont rien d'autre à faire que rester là. Alors, entre colère et stupeur, ils s'épient, à croire qu'un traître se trouverait parmi eux. Font leurs besoins dans un recoin puant, à même le sable corrompu. Comprennent vite qu'on les stocke dans l'attente de nouvelles livraisons de captifs. Il y a des arrivages presque chaque jour. Nègres et négresses harassés, bourrés dans le dos, avec leurs cris et pleurs, terreurs, prières et lamentations, qui viennent s'ajouter à ceux des premiers reclus. On les nourrit d'une pitance infâme. On les entasse les uns sur les autres tels des sacs de mil, des planches de bois, des manches de pioche, de la marchandise… L'enclos est plein aux barrots…

Qui peut dormir au mitan d'un si cruel désarroi ?

Et quand la plupart se résignent déjà, d'aucuns voudraient trouver un responsable à leur emprisonnement. Quel sorcier leur a jeté un sort ? Quel Dieu du panthéon vaudou les a-t-il punis ? Pourquoi Lègba – le Protecteur – n'est-il pas intervenu ? Ils implorent Sa haute clémence. À quel moment ont-ils fauté ? Ils n'ont pourtant pas manqué d'honorer les ancêtres, de respecter les rites. Ils se mortifient, croyant avoir offensé leurs dieux, omis de faire des offrandes et des sacrifices…

« Elle n'est pas une marchandise. Elle s'appelle Agontimé… »

Les yeux fermés, gisant sur le lit comme une morte, Yaëlle perçoit pour la première fois le nom de celle sur laquelle la

Voix lève le voile. C'est une si vieille histoire, oubliée, ensevelie sous les ans…

« Elle s'appelle Agontimé », marmonne la Voix dans la tête de Yaëlle.

« Agontimé ! Ton aïeule Agontimé… »

« Agontimé. » Yaya aurait bien voulu répéter le nom à voix haute. Mais les mots ne viennent pas à ses lèvres.

Alors elle ouvre enfin les yeux, s'attend à croiser le regard de la dame noire. Mais il n'y a personne à son chevet.

Seulement cette voix insistante dans sa tête…

« Tu entends, par son mariage avec Akinni, Agontimé était une princesse. N'oublie pas ta lignée…

« Ils l'ont ravie à sa destinée…

« Sa petite Olouwafoumi avait un mois de vie à peine. Agontimé avait seize ans quand on l'a séquestrée en cette geôle de Ouidah, ses seins gorgés de lait.

« Dans cet enfermement, elle s'est sustentée de son lait qu'elle recueillait, trois fois par jour, dans une calebasse ébréchée prêtée par une vieille femme ewé. Elle buvait un peu de l'eau grise, mais ne mangeait pas leur gruau. Non, elle ne pleurait pas non plus. Agontimé n'accolait pas ses cris à ceux des captifs. Elle attendait de voir ce qu'ils allaient faire de son corps. Tout ce qui lui importait était la vie de son bébé resté là-bas, au royaume Shabè. Alors elle priait dans son cœur pour que la première épouse de son prince nourrisse sa petite Olouwafoumi de son propre lait, qu'elle lui baille aussi un brin de son amour de mère.

« De ce temps dans l'enclos, Agontimé a gardé le souvenir de l'odeur pestilente due aux selles, à l'urine croupie, aux humeurs des corps tenus dans l'incurie. Elle se souvient des visages résignés, de la sidération, des cris, du bourdonnement incessant des prières… Elle n'a jamais oublié ceux qui sont morts là, de peur et d'épuisement…

« Après toutes ces années, elle serre toujours en sa mémoire le visage de cette négresse décharnée qui, sans fin, la voix brisée, invoquait Lègba, implorant sa complète protection. Revoit cet autre, en écho, promettant des offrandes et mille sacrifices au dieu qui voudrait exaucer ses prières. Et ce vieillard qui sommait Ogun d'intercéder en sa faveur et de le libérer des fers par sa toute-puissance. Elle entend encore la plainte de ce garçon qui servait de bâton de vieillesse à sa grand-mère aveugle et impotente restée en son village. Il y avait aussi les sanglots de cet orphelin qui demandait à rejoindre l'âme de ses parents défunts…

« Non, elle n'a rien oublié…

« Lorsqu'ils vinrent les chercher pour le grand voyage, Agontimé et la femme maigre étaient du premier convoi. Dix nègres amarrés les uns aux autres. C'était une nuit d'harmattan où le dernier quartier de lune comptait les étoiles blêmes à ses flancs. D'un coup, entraînant Agontimé dans sa chute avec d'autres, la malheureuse jeta son corps sur le sol. Se mit à manger du sable comme une possédée. Voulait en finir, s'étouffer. On la releva à coups de boutou. Puis, bâillonnée et poussée dans le dos, elle perdit la parole. Devant eux, la mer bistre roulait et grondait, pareille à une gigantesque mâchoire de fer fabriquée dans l'atelier d'un forgeron du dieu Ogun.

« Ensuite, les geôliers les firent embarquer sur une pirogue menée par deux colosses. Avant de se lancer, ceux-ci attendirent la bonne vague qui devait les porter de l'autre côté de la barre où un grand navire à voiles les espérait à l'ancre. Des requins les escortaient… »

OUIDAH

À chaque nuit d'une vie…

12 décembre.

9 heures du matin et il fait noir dehors. La nuit déborde dans les journées d'hiver qui s'amenuisent. Les bras croisés, Sylvia Desbois tourne en rond dans l'appartement. Elle est frigorifiée. Les radiateurs sont allumés à fond, pourtant le froid siège en roi au salon. Sous trois pulls, un épais jogging et des chaussettes de laine, elle frissonne encore. Ses congés annuels sont épuisés. Un médecin lui a accordé un arrêt de travail de dix jours supplémentaires. Impossible de prolonger davantage son séjour en France. Anna l'a dissuadée de repartir avec sa fille, promettant de rendre visite à Yaya au moins trois fois par semaine. Pour tout le monde, il vaut mieux que Sissi rentre seule en Guadeloupe.

Aux dernières nouvelles, Victor est en train de dépérir. Il l'appelle uniquement pour se plaindre. Incapable de se prendre en charge, son mari déjeune et dîne chaque jour chez sa mère. Les frères et sœurs Desbois sont à bout. Ne cessent de presser Sylvia de regagner la Guadeloupe au plus tôt, afin de s'occuper de son époux, comme il se doit. Ils pensent qu'elle est une mauvaise mère et une femme exécrable ; Sylvia en a eu les échos. Ils n'en finissent pas de casser du sucre sur son dos. Profitant de son absence, Victor s'est largement épanché.

A raconté à ses proches de quelle manière il est tenu à l'écart en permanence dans son foyer, abandonné à son sort, si peu considéré… Obligé de se faire à manger et repasser lui-même ses vêtements… Si Yaëlle a mal tourné, la responsable est toute désignée. Après la malpropreté des photos *nude*, la non moins sale histoire de cocaïne a fait le tour de la Guadeloupe. Les Desbois n'ont jamais éprouvé autant de honte dans leur famille !

Acculée, Sylvia a fixé son retour en Guadeloupe au 21 décembre.

L'état de santé mentale de Yaëlle ne s'est guère amélioré. Transférée dans une unité de soins psychiatriques depuis deux semaines, elle demeure mutique et figée sur le lit. Les symptômes, qui avaient d'abord orienté les médecins vers une forme de catalepsie, leur évoquent à présent une probable entrée dans la schizophrénie. Les praticiens ont donc troqué les myorelaxants contre un traitement à base de neuroleptiques et benzodiazépines, ajusté déjà à trois reprises. Si Yaëlle ouvre maintenant les yeux, son regard demeure fixe, comme perdu dans une autre dimension.

Sylvia n'en a rien dit à sa sœur, mais elle est bien allée chez le marabout d'Afrique qui officie à Barbès-Rochechouart. Honorine, son amie de Guadeloupe, affirme que ce médium a un don extraordinaire. Il l'aurait libérée des forces du Mal, lui permettant de rencontrer enfin l'amour…

Héritier d'un pouvoir ancestral transmis depuis sept générations, l'homme d'une soixantaine d'années est présenté sur sa page Facebook comme un grand sage, spécialisé en sciences occultes et intercesseur direct auprès de l'Univers céleste. Un expert en divination et désenvoûtement. Son don serait très puissant. Selon les nombreux likes et témoignages de satisfaction, les résultats escomptés se manifesteraient de façon immédiate, quasi miraculeuse.

Situé non loin des magasins Tati, le cabinet de consultation était perché au sixième étage d'un bâtiment vétuste, peu engageant. Quelques fenêtres aveugles parsemaient la façade noirâtre, taguée de haut en bas. Sur le trottoir crasseux où s'entassaient des sacs-poubelles éventrés, se pressaient quelques rats et une foule bigarrée. Sylvia dut jouer des coudes pour atteindre l'entrée de l'immeuble. Sous le chambranle, un vendeur de parfums et montres de contrefaçon proposait ses articles à des prix attractifs. Elle n'était pas intéressée et gravit les étages de l'escalier de bois étroit, s'effaçant à plusieurs reprises pour laisser passer les gens qui descendaient. Des Noirs pour la plupart, africains et antillais.

Un jeune homme costaré, au visage scarifié, se tenait sur le palier du sixième, son téléphone portable à la main. Avec moult courbettes, Sylvia fut introduite dans le petit appartement et invitée à patienter dans une salle d'attente au papier peint défraîchi. Les murs exposaient des diplômes et certificats divers. Des masques de bois peints. De nombreuses photos du marabout, lors de cérémonies religieuses ou honorifiques, sous un soleil pétant. Derrière un rideau de filasse et perles, on devinait un bout de cuisine sombre, embâclée de grasses marmites posées à même le linoléum noir et blanc. Une porte s'entrebâilla soudain. Poussant devant elle un enfant au crâne rasé, une grosse femme en boubou apparut, le visage luisant, épais.

« C'est ton tour, va ! Bonne chance… » fit la cliente africaine au fort accent sénégalais.

Assis en tailleur sur un tapis à motifs beiges et marron, le vieil homme à barbichette grisonnante égrenait son chapelet. Il portait une grande djellaba tie dye vert et bleu, brodée sur le devant. D'un mouvement de menton il autorisa Sylvia à prendre place, face à lui, sur un petit tapis vermillon élimé.

« Toi, tu es tourmentée, commença le sage en tortillant les poils de sa barbe. Tu viens pour l'amour, un désenvoûtement… Donne-moi déjà cinquante euros pour ouvrir la voie.

– C'est ma fille… » commença Sylvia.

Sans plus d'informations, l'intercesseur direct compulsa un porte-vues fatigué, en extirpa une photocopie de mauvaise qualité, noircie d'une série de prières et versets.

« L'année dernière, mon amie est venue vous voir. Une Guadeloupéenne, vous vous souvenez… Elle m'a dit que vous avez un don…

– Oui, la grande sagesse m'a été donnée par le Très-Haut. Les clés des mystères et les réponses m'apparaissent divinement. Je vois dans les ténèbres. Je découvre ce qui ne doit être ni vu ni entendu. Je perce la vérité dans l'ombre des mensonges. Je lève les secrets dans les profondeurs du silence. Rien ne peut rester caché à mon esprit. Une Nigériane de mes clientes, professeure à l'université, m'a dit que le nom du don est *serendipity.* »

Sylvia entendit « sérin-dipi-té » ou « sérendi-piti ». Un mot certainement d'origine africaine, supposa-t-elle…

Sans plus de question, elle déboursa les cinquante euros en échange du document salvateur. Après inspection, le billet disparut dans une poche bleue.

« Ferme les yeux à présent ! » Le souffle éraillé puait le tabac brun.

Elle s'exécuta *illico*. Pareils aux pattes d'une énorme araignée, les doigts secs et noueux du sage vinrent se poser sur le visage de Sylvia. Marcher sur son front de long en large, piétiner ses joues, déambuler sur ses tempes. Elle était dégoûtée à l'idée que le marabout vienne peut-être d'uriner, manipuler son vieux machin. S'était-il lavé les mains après coup ? Sûrement pas… Pourtant elle resta là, livrée aux doigts arachnéens de l'individu qui avait selon elle sauvé Honorine du désert amoureux.

Quand il en eut fini, Sylvia éprouva une immense lassitude. Tout son corps semblait ramolli à jamais. Il lui ordonna d'ouvrir les yeux.

« Un terrible danger fonce sur toi, madame, continua-t-il. Pour le détourner, il faut revenir dans la semaine, afin que j'entame le vrai travail efficace. Prends rendez-vous avec mon secrétaire. Oui ou non, tu veux la guérison pour ta fille ?...

– Bien entendu, balbutia Sylvia, la bouche toute cotonneuse.

– La mort est à envisager si on tarde, 1 500 euros est un bon prix. Un paiement à tempérament, si tu veux. Il y a urgence... La balle est dans ton camp... »

La séance dura une petite demi-heure, dont un quart passé à négocier la somme allouée au travail de guérison définitive. La consultation l'avait vidée de ses forces. Sylvia descendit les escaliers agrippée à la rampe, se disant que le vieux nègre *makanda* ne songeait qu'à l'argent. Non, il ne lui avait rien appris, se cantonnant à répéter les informations qu'elle lui avait soufflées par trop de naïveté.

Non, Sylvia ne donnerait pas suite. Elle déboula sur le trottoir du boulevard Rochechouart, se répétant le mot étrange sorti de la bouche du vieux fripon. Sérendipité... Sérin-dipité... sérindi-piti... Fourmi folle, elle se heurta à quelques noires araignées égarées dans la jungle urbaine et la marée humaine.

Sylvia s'est mise à compter les jours. Merci, mon Dieu, elle sera bientôt en Guadeloupe. Adieu l'hiver, la neige et les gris manteaux ! Sa valise est prête dans un coin de la chambre.

La donzelle Laroche l'a déjà appelée plusieurs fois. Quel retournement de situation ! Mais c'est trop tard... Margy faisait la morte et à présent elle est ressuscitée... De qui se moque-t-on ? Avant de lui demander de ne plus jamais chercher à la contacter, Sylvia l'a copieusement insultée. Désormais, elle raccroche sèchement dès qu'apparaît le numéro de la fille, chaque sonnerie faisant surgir la vision de Yaëlle pétrifiée sur son lit d'hôpital.

Trois jours après la consultation africaine, comme un signe, la télé diffuse une émission en *prime time* dénonçant le bizness juteux des médiums, marabouts et autres voyants, mécréants, arnaqueurs. Défaite à côté de sa sœur dans le canapé, Sylvia demeure silencieuse, craignant de trahir son trouble si elle émet le moindre commentaire. Impossible pourtant de chasser de son esprit les grosses pattes de l'araignée noire arpentant son visage…

Quand l'avion s'arrache du tarmac de l'aéroport Pôle Caraïbes, Margy Laroche s'enfonce dans son siège et pousse un long soupir de soulagement. Enfin ! Elle a réussi. Elle quitte Gwada.

Derrière le hublot, c'est la nuit noire, épaisse comme l'antre de ce four à charbon de bois qu'elle avait vu, enfant, chez un voisin de sa mamie. En bas, Gwada disparaît peu à peu. Des milliers de petites braises flamboient encore, des tisons essaiment et tracent ardemment la route en tous sens dans la pénombre, finissant par s'éteindre, bois-brûlé.

Margy s'en va. Laisse son île se cramer les ailes et partir à la dérive. Elle abandonne les gens-Gwada à leurs cancans, à la mesquinerie et la mauvaiseté. Décidément, ses rêves sont trop grands pour cet insignifiant pays.

Un jour, sa mamie Yvette lui avait raconté qu'en d'autres temps, les gens des campagnes se débarrassaient des ennemis trucidés en enfouissant leurs cadavres dans des fours à charbon de bois. L'espace d'un instant, Margy imagine Benja réduit en un ridicule petit tas d'os et de cendres fumantes.

Elle boude la barquette de blanc de poulet accompagné d'une ratatouille dont l'odeur lui donne la nausée. Du bout des lèvres, elle croque dans la tartelette aux pruneaux d'Agen.

Quand la petite bouteille de vin de son plateau-repas est séchée, l'esprit de Margy s'emplit de lourds nuages parés à crever. La larme à l'œil, elle songe avec douleur à son chien Bo resté en garde chez Yvette. Et tandis qu'elle sombre dans le sommeil, Benja lui apparaît pareil à un zombie, carbonisé, le cœur noir et ratatiné comme le pruneau qu'elle a avalé entier, en souvenir des saucisses de cocaïne…

Ce 16 décembre, il est 6 heures du matin en France. L'avion se pose à Orly. On dirait que c'est encore la nuit. Sitôt débarquée dans la froidure, Margy allume une clope et se remet à harceler Madame Desbois au téléphone. Après l'avoir assaisonnée de quelques insultes, Sylvia ignore de nouveau ses appels.

Plus tard, par on ne sait quelle voie, la fille dégote alors le numéro d'Annette Liman. Malgré ses supplications, la tante la rembarre sans ménagement. Margy trouve son adresse le surlendemain.

Ce dimanche après-midi, lorsqu'elle tambourine à la porte de l'appartement de la cité Voltaire, les sœurs sont en train de regarder Michel Sardou à la télé. Quel toupet ! Anna baisse le son et attend, les bras croisés, secouant la tête par intermittence. Sur le palier, ça hurle maintenant. « Madame ! Madame ! C'est Margy ! Ouvrez-moi, s'il vous plaît ! J'suis la copine de Yaëlle. Madame ! Madame ! S'il vous plaît… J'dois vous parler, j'veux voir Yaëlle ! Ouvrez-moi, s'il vous plaît… J'vais tout vous expliquer… »

À cause du tapage dans la cage d'escalier, Anna la fait entrer à contrecœur. Grâce à Dieu, Yaya est toujours hospitalisée.

Au vu de la dégaine de Margy Laroche, les deux sœurs retrouvent la complicité d'antan. Elles se retiennent de lui tomber dessus, pis qu'un cyclone. Mais les mots créoles fusent et se déversent en un long flot d'injures sur la pipiche sexy…

« *Sakré ti isalop! Ki jan ou fè pou mélé zanmi-aw adan manjé kochon la-sa? Koch ki ou yè! Daprè-w, ou pa té sav sa ki té ké rivé-y!!!* » Toutes griffes dehors, elles seraient d'accord pour lui décrocher son tissage auburn, arracher ses longs ongles verts pailletés, lui flanquer une sacrée rouste, comme autrefois dans la cour de l'école, lorsqu'elles massacraient cette grande girafe laide qui terrorisait les petits du cours préparatoire.

Furieuses, mêlant leurs voix, elles jettent en désordre les épisodes pathétiques du calvaire de Yaëlle, depuis son arrivée à Paris. Les convulsions, l'opération chirurgicale, la catalepsie, la suspicion de schizophrénie, les boulettes de cocaïne fissurées, la colostomie, le mutisme, la sonde urinaire, les benzodiazépines et les neuroleptiques, les flics, l'enquête, la menace d'incarcération…

Sans se défendre ni risquer un seul mot, tête baissée, Margy se tient debout devant Anna et Sylvia. Elle pleure et essuie ses yeux rougis dessous ses noirs sourcils tatoués. Elle songe à Bo qui lui manque déjà. Elle fait une prière au bon Dieu, pour l'âme de Benja. Elle dresse le bilan de sa vie. Tous les followers orphelins de Marj'971, sa clientèle perdue, ses rêves à reconstruire à Paris. En son for intérieur, elle se promet de suivre les conseils avisés de sa grand-mère, de marcher droit dorénavant, de lire avec attention *Les quatre accords toltèques*, ouvrage que lui a chaudement recommandé sa voisine dans l'avion. Margy chasse la pensée du bébé qui vit en elle, pareil au souvenir d'un amour avorté…

Quand les sœurs ont fini leur diatribe en gros créole des campagnes, elles se taisent d'un coup.

Margy ne les a pas écoutées. Dans ce genre de situation désagréable, elle s'échappe par la pensée. Elle a sa tactique bien rodée : fermer les écoutilles, distraire son esprit, se soustraire à la pénibilité de l'instant qui passera assurément… Dès ses huit ans, elle a appris à se protéger ainsi.

À la télé, Michel Sardou chante en sourdine.

Là-bas, au Connemara,
On sait tout le prix du silence.
Là-bas, au Connemara,
On dit que la vie
C'est une folie,
Et que la folie,
Ça se danse…

Les yeux rivés sur Michel Sardou tout fringant dans le petit écran, Margy demande alors pardon. « Yaëlle est mon amie depuis toujours. Non, je l'jure, j'ai pas voulu ce qui arrive. » Elle évoque ensuite l'emprise d'un *bad boy* qui les a obligées à transporter de la drogue *in corpore*, menaçant de les trucider, de les livrer à Hell. C'était le boss, le pire des méchants caïds de Gwada… Hell avait le projet de les violer avec ses potes, puis de les jeter sur les trottoirs de la prostitution internationale. Avec moult détails, elle décrit le déchaînement de violence des soldats du boss. Comment ils l'ont rouée de coups de pied, l'abandonnant inconsciente sur le carrelage de son appartement. Pour preuve, Margy remonte un peu plus sa minijupe et montre les traces violacées sur ses cuisses. Dans la foulée, elle pointe les cicatrices laissées par la boucle du ceinturon de Benja sur sa joue, dessous les trois couches de fond de teint. Elle invente une histoire de Mafia-Gwada qui l'aurait traquée sans relâche depuis la disparition de Yaëlle avec le butin. Tous les responsables du couac devaient maintenant rendre des comptes et périr. Certains ont reçu une balle, d'autres ont été retrouvés décapités. Elle a dû ruser pour échapper aux représailles des trafiquants…

En conclusion, le regard fuyant, Margy improvise, déclarant qu'un contrat pèse sur sa tête. Elle est une fugitive aux abois. Se poser en victime est sa seule échappatoire.

La copine de Yaëlle avait narré la même fable à mamie Yvette. Et ça avait marché. Benja avait disparu de la circulation. Personne n'avait retrouvé son corps, même pas un petit morceau, une jambe, un bras, une main. Par ouï-dire, tout le ghetto le savait passé de vie à trépas… Non, ce pauvre Benja ne viendrait jamais contredire sa version des événements.

« Hell veut notre mort, à Yaëlle et moi… C'est pour vous prévenir que je devais vous voir… marmonne Margy en reniflant.

– Hell ! Le gars s'appelle Hell ! *Sé non ay…* » Sylvia est sidérée.

« Oui, ça veut dire "enfer" en anglais », souffle Margy.

Anna et Sissi sont presque émues par cette histoire glauque et mouillée de larmes à laquelle est mêlée Yaya. Margy Laroche les a complètement retournées. À présent, elle leur fait même pitié. Les sœurs la réconfortent dans la langue française, promettant de ne rien dire à la police. Anna hausse le son de la télé, propose un thé bien chaud et une part de gâteau au yaourt.

Déjà 5 heures de l'après-midi.

Derrière les vitres du salon, il neigeote. Des petits flocons inconsistants. Poussés par le ciel noir, ils se transformeront au fil de la nuit en mares de boue sur les trottoirs. Annette a d'un coup mal au ventre. Les mâchoires serrées, elle gagne sa chambre à pas comptés, puis rapporte des draps et une couverture pelucheuse. Cette nuit, sous prétexte de la neige dehors, Anna invite la fille à dormir sur le canapé. Margy dit : « Merci, madame. Merci beaucoup pour votre gentillesse… » Elle prend sa voix de petite fille, comprenant bien qu'avec son histoire elle a touché la tante et la mère de son amie en plein cœur.

Anna est terrassée par une nouvelle crise de sa maladie de Crohn. Elle tient son ventre à deux mains et lâche que le dîner est au frigo. Une salade et deux parts de quiche lorraine décongelées à passer au four à micro-ondes. Enfin, traînant les pieds, elle va se coucher.

Plus tard, Sylvia et Margy se retrouvent devant *New York Unité Spéciale*. Dans cet épisode, la belle Mariska Hargitay traque un dealer soupçonné d'agression sexuelle sur une adolescente enrôlée dans son trafic. Sylvia pense à sa petite Yaya, à tout ce que sa fille a traversé… Et je n'ai rien vu, se dit-elle, se sentant tellement coupable et impuissante.

Le lendemain après-midi, Anna va un peu mieux grâce à quelques pilules. La copine de Yaya l'accompagne. Dans la rame de métro cahotante, la tante demande à la pipiche ce qu'il en est de sa situation à Paris. Margy explique qu'elle vit presque au jour le jour depuis son arrivée. Les temps sont durs. Grâce à une amie Facebook ivoirienne, elle a trouvé un job de coiffeuse du côté de Château-d'Eau. C'est du précaire, juste un dépannage. On l'a recrutée le samedi dans un salon afro. Elle doit gagner de l'argent. Manger. Payer sa chambre d'hôtel. Elle craint de se retrouver bientôt à la rue…

Quand elles arrivent à l'hôpital, Anna a pris sa décision. Après le départ prochain de Sylvia elle proposera à Margy de s'installer chez elle, le temps de voir venir…

Dans la chambre de Yaëlle, une soignante s'active. Elle mesure les constantes et vérifie la poche de colostomie. Anna fait marche arrière et referme la porte. Mais la blouse blanche l'invite à entrer. « J'ai fini dans une seconde, pas de soucis. Vous avez vu ! Elle ouvre les yeux ! » C'est Cathy, une

Bretonne, qu'elle a déjà croisée plusieurs fois dans ce service de psychiatrie.

Anna remercie pour les bons soins. Elle sourit et hoche la tête. Dans son esprit, de vieux souvenirs font la ronde, comme toujours.

Anna porte en elle de si pesants secrets. C'est sûr, son mal au ventre perpétuel y prend sa source. Ses remords remâchés sans cesse se nichent dans ses entrailles. Ses regrets sont le fiel de ses jours. Quelle est l'intention d'Anna lorsqu'elle décide de recueillir la copine Margy ? Peut-être l'occasion insensée de rapiécer l'histoire d'une vie déchirée. Son sourire n'est rien de moins qu'un emplâtre sirupeux pour masquer sa douleur.

Margy s'approche du lit. Son mascara bon marché cerne déjà ses yeux. De fines coulées noires glissent sur son visage. Non, elle ne retient pas ses pleurs. Elle voudrait être engloutie sous un flot de larmes. Y noyer son corps secoué de sanglots. Elle prend la main de Yaëlle dans la sienne, la caresse longuement et murmure un pardon, mille pardons. C'est tout ce qu'elle peut dire pour l'instant. « Pardon ! Pardon ! Pardon ! »

Anna l'avait prévenue…

Mais Margy est effondrée. À peine si on reconnaît Yaëlle qui a perdu au moins dix kilos en quelques semaines. On dirait une vieille femme sur son lit de mort, les yeux grands ouverts. L'aiguille fichée dans le bras, les tubulures qui sortent de son corps, la poche de colostomie… Cette fois, Margy ne veut pas fuir la situation désagréable. Tout est sa faute. C'est bien elle qui a entraîné Yaya dans cette galère. Alors elle se force à regarder, pour imprimer ce tableau morbide dans sa tête, ne jamais oublier.

« Pardon, pardon, pardon… »

À quoi bon tous ces pardons… Margy veut être utile à quelque chose. Pas rester là, les bras ballants, à mirer sa culpabilité et déplorer la situation. Pas continuer à pleurnicher sur elle-même. Pas s'arrêter sur la fixité du regard de Yaëlle, la rigidité des membres et les cheveux en jachère…

Alors, essuyant ses larmes noires, l'idée lui vient soudain de passer à l'action. Faire ce qu'elle maîtrise le mieux : coiffer. Enfouir ses doigts dans cette tignasse emmêlée, masser le crâne, procéder à un vigoureux shampooing, enduire la chevelure d'huile, puis la peigner comme une princesse d'Égypte : de belles tresses soyeuses, des macarons bien lustrés… Un prétexte pour la toucher, une manière de lui prodiguer des caresses, de lui dire sa tendresse et sa désolation, son amitié sincère.

Elle a l'âme guerrière, Margy Laroche. Elle donne souvent le change. Au fond, nul ne sait les tempêtes qui l'ont déjà malmenée.

Tomber est toujours facile. Rester écroulé par terre ne demande pas d'entraînement spécifique. Se relever est un dur combat. On a besoin d'une canne, d'une épaule, de jambes solides. Quand le monde s'effondre autour de vous, tenir debout exige une volonté de fer, un mental aguerri, une féroce envie de survivre…

Margy est décidée à stimuler Yaëlle. Pour l'instant, la pauvre fille est KO. Mais si elle l'aide, son amie-sœur finira par sortir du silence, se lèvera de son lit, et tout redeviendra comme avant…

Anna la regarde déballer son sac avec fébrilité. La coiffeuse sans diplôme marche partout avec son matériel. Pas question de rater une occasion de mettre son art en pratique. Il est temps de montrer à la tante qu'elle est une professionnelle. Surgissent des flacons divers, des brosses et des peignes de toutes tailles, des pinces-crabes, un lot d'épingles, trois barrettes fleuries, un pot de baume au karité, un grand flacon d'huile d'aloe vera, un sachet d'élastiques, des perles multicolores et une rivière de cauris… Son attirail magique disposé sur la table de chevet, Margy s'attelle aussitôt à sa tâche.

Le 21 décembre, elles sont à l'aéroport de Paris-Charles-de-Gaulle, quatre heures avant le départ. Sylvia a promis de revenir bien vite, sûrement au printemps. Elle part confiante. Anna et Margy vont veiller sur sa princesse endormie. D'ici là, les trois femmes veulent croire que Yaya sera complètement rétablie.

Après les contrôles de police aux frontières, Sylvia Desbois leur envoie un dernier baiser. Margy et Anna s'en vont sans se presser, bras dessus, bras dessous. On les dirait mère et fille, heureuses de se retrouver à deux. Elles font du lèche-vitrines, puis s'arrêtent chez le marchand de journaux du hall.

En Guadeloupe, Margy a l'habitude de se procurer les revues black qui la tiennent informée des dernières tendances pour les cheveux afro-américano-caribéens. Elle voudrait juste feuilleter les nouveaux numéros de *Blackhair*, *Amina* et *Essence*. Sans que Margy ait rien demandé, Anna lui tend un billet de dix euros, l'encourageant à se perfectionner dans son métier.

Anna voit la copine de Yaya comme une pâte à modeler. Elle s'imagine capable de redresser ses travers, d'en faire une personne respectable. Aimerait aussi lui apprendre à se protéger du monde, en éviter les pièges… Voudrait que Margy soit moins crédule, acquière du discernement et des bonnes manières… Annette rêve déjà de l'emmener avec elle en Belgique, lors de son prochain voyage organisé en car Pullman, peut-être au printemps…

Dans la file de la caisse, Margy attend son tour avec le billet de dix euros et son magazine *Amina*. Elle hausse les yeux au ciel et se retourne agacée quand, juste derrière, la valise d'une cliente la frôle légèrement. « Désolée, pardon ! » fait Maya Lesueur. C'est une jeune femme métisse aux bouclettes dorées. Margy sourit et dit : « Pas grave, j'ai connu pire… »

Maya Lesueur est perdue dans ses pensées. Se demande si elle est réellement au bon endroit, au bon moment. Une habitude chez elle de toujours cogiter. Vérifier les choses et les situations. Anticiper. Évaluer les conséquences de ses actes. Envisager de multiples scénarios. Peser le pour et le contre, faire un tableau Excel pour un oui ou pour un non, cocher des cases à l'infini…

D'ordinaire raisonnable, Maya a coutume de longuement réfléchir avant de prendre la moindre décision. Se méfie de ses intuitions et ne suit jamais son instinct.

Arrivant quelque part, Maya s'assure d'être la bienvenue, que sa présence ou sa couleur de peau ne pose pas de problème…

À cause de son teint café au lait, de ses « chouettes » bouclettes, Maya sait qu'elle est hors norme. Elle se demande qui sont les Invisibles ? Les Blancs, bien sûr. Car ils la classent d'emblée dans la catégorie obscure des « Minorités visibles », dans le casier fourre-tout du vaste monde de la « Diversité », des « Non-Blancs », des « Français d'ailleurs, de deuxième ou troisième génération ». Les gens, noirs ou blancs, ne peuvent s'empêcher de la questionner sur ses origines. Ne sait pas vraiment à quoi elle doit s'identifier. Mais c'est un passage obligé, où qu'elle se trouve.

Depuis ce matin, complètement déboussolée, traînant sa valise à roulettes, elle déambule dans le hall de l'aéroport. Elle est entrée dans le Relay, pour passer le temps, occuper son esprit. Comme par hasard, elle est tombée sur un roman écrit par un Sénégalais, Mohamed Mbougar Sarr, prix Goncourt. Dans sa valise cabine, elle a trois guides touristiques du Sénégal. En bonne étudiante, Maya a bûché son sujet. Les pages des bouquins sont stabilotées de rose et hérissées de post-it multicolores.

Un enchaînement de quiproquos m'ont menée là, se dit-elle. À trop écouter les belles paroles de Djibril, elle craint maintenant de s'être emballée. Il l'a manipulée et prise dans ses filets. À présent, Maya s'en veut d'être passée à l'acte. Quelle gourde ! comme dirait son papi Edgar.

Ils se sont dressés sur leurs ergots lorsqu'elle a annoncé son projet de vacances au Sénégal. Pour une fois, Maya sera loin d'eux au moment des fêtes de fin d'année. Elle leur a tenu tête. A bravé ses angoisses, les peurs de sa mère et tous les préjugés de ses grands-parents. Elle leur pardonne : ils sont nonagénaires. Campée sur ses positions, et galvanisée par le discours de Djibril, elle se sentait forte alors. Majeure, vaccinée, libre d'aller où bon lui semble. Que risque-t-elle en Afrique ? À bientôt vingt-cinq ans, elle ne croit plus au père Noël. De toute façon, qui dit qu'elle va à l'aventure ? Djibril est sur place depuis deux jours. Il a promis de la réceptionner dès son arrivée à l'aéroport Blaise-Diagne de Dakar. Elle ne part pas en terre inconnue, le nez au vent, un sac à dos sur l'épaule. Elle a de l'argent, son pass sanitaire, sa carte Visa, son téléphone portable avec les numéros d'urgence, les médicaments anti-palu, une batterie de crèmes et lotions anti-moustiques, son passeport français…

Quand elle quitte le Relay, elle croise Anna et Margy. Sûrement mère et fille, se dit-elle. Deux femmes noires qui semblent complices et heureuses d'être ensemble.

Maya et sa mère Claire ne se sont jamais beaucoup entendues. N'ont même jamais nulle part marché bras dessus, bras dessous. Maya leur sourit. Margy lui rend son sourire, manière de confirmer qu'elle ne lui tient pas rigueur de l'avoir effleurée dans la file d'attente. Anna la regarde de haut en bas, se demandant d'où Margy connaît cette fille.

« C'est pas gentil de laisser ta maman seule avec papi Edgar et mamie Odette autour du sapin… Et puis t'es fragile, pense aux maladies, aux djihadistes, aux prises d'otages… On annonce une nouvelle vague de Covid… Dans quoi tu vas te fourrer encore ? Tu ne parles même pas leur langue… N'oublie pas que c'est un pays musulman… Ils ne mangent pas comme nous… Tu sais, il n'est pas trop tard pour renoncer au voyage ! » serine une petite voix aiguë dans sa tête. Mais Maya Lesueur est fière, n'a pas envie de rentrer à la maison avec sa lâcheté et toutes ses angoisses.

Si elle fait machine arrière, Maya sait déjà ce qui l'attend. Claire affichera son sourire bonasse. Avec son amour de maman envahissante et son insupportable empathie, elle la rejoindra dans sa chambre et voudra parler, débriefer, discuter, débattre du pourquoi et du comment, des freins psychologiques, des phobies qui lui pourrissent la vie : peur de dormir dans le noir complet, peur de se noyer, peur de réussir… Afin d'exorciser toutes ces peurs, sa mère lui a maintes fois proposé de se jeter du haut d'un pont, faire le saut de l'ange à l'élastique…

La meilleure façon d'aller au bout de ce délire, se dit Maya, est de ne plus réfléchir. Couper la tête des pensées morbides qui germent dans son esprit. Alors elle sort son passeport, son billet et son test PCR, présente le tout au policier dans sa cage de verre. « Bon voyage, mademoiselle ! » fait l'agent. Elle suit le troupeau de moutons qui piétinent devant elle. Certains voyageurs portent un masque de protection, d'autres pas. Mécaniquement, elle enlève sa veste saharienne, sa montre, sa ceinture et ses chaussures. Vide ses poches. Dépose son téléphone portable et sa tablette Apple dans le bac noir qui disparaît dans le sas des rayons X. Elle franchit le portique de détection des armes, puis se positionne, jambes écartées et bras levés, face à une contrôleuse qui la palpe entre les cuisses. Comme une somnambule, le regard éteint, Maya récupère ses affaires, se rhabille, enfile ses chaussures. Elle a remis son masque sanitaire et erre maintenant dans les boutiques de parfums, alcools et tabacs. Le plus dur est fait. Elle en est à un point de non-retour. Elle va embarquer pour l'Afrique.

Ne pas penser. Préserver sa paix intérieure. Gérer ses émotions.

Après la lecture de romans, ce qui la distrait le mieux de ses ruminations est le Sudoku, niveau expert. Elle a prévu de remplir les grilles l'une derrière l'autre durant le vol Paris/Dakar.

La psychologue qu'elle consulte une fois par semaine lui a conseillé de s'inscrire à un cours de théâtre et d'écrire (mot vaste et nébuleux) afin d'exprimer ses émotions, se recentrer, structurer ses pensées, voir plus clair en elle. Maya a l'intention de tenir un journal de bord pendant son séjour.

Pour le théâtre, elle ne se sent pas vraiment prête à affronter le regard d'un public… La psy lui a dit qu'elle a toutes ses chances. En effet, les métisses ont la cote en ce moment. On les voit dans toutes les pubs. Ils passent partout et cochent les cases de la « Diversité ».

Étudiante depuis six ans, elle a commencé par la pharmacie. Après avoir tenté trois fois de passer en deuxième année, Maya a fini par renoncer. Trop de chimie de synthèse. Elle aurait voulu exercer une médecine plus naturelle, soigner les patients avec des plantes, peut-être devenir naturopathe... Sa mère pense qu'elle s'interdit de réussir. La psychologue est du même avis. Cette dernière a expliqué que Maya serait dans une spirale d'échecs qui l'empêcherait de mener à bien ses projets. Elle doit cesser de se saborder, décider de se construire et vaincre ces phobies qui l'empêchent d'avancer. Il faudrait en trouver l'origine, sûrement dans l'enfance. Il a dû y avoir un choc... Claire a évoqué la présence tenace d'un Lulu, ami imaginaire toxique, dans les jeunes années de sa fille. Maya ne se souvient pas...

Après son échec en pharmacie, elle a bossé un an dans un call center. Puis elle a repris le chemin de l'université, entamant cette fois des études de lettres. Parallèlement, elle occupe un poste de manager à mi-temps dans un fast-food, ce qui la rend quasi autonome financièrement.

Son ami Djibril est étudiant en littérature, comme elle. Ils se sont approchés sur les bancs de la fac. Bien vite, ils ont commencé à prendre des pots à la terrasse des cafés, discutant de sujets politiques, sociétaux et existentiels. Djibril est sénégalais. Il connaît les grandes lignes de l'histoire du Sénégal et des pays africains voisins. La colonisation, la post-colonisation, la néo-colonisation, la mainmise de la France sur les richesses naturelles du continent africain, l'aberration du franc CFA, le paternalisme de certains Français, les expatriés et coopérants, le rôle des ONG, le calvaire des migrants... La loi Taubira, le mouvement Black Lives Matter... Djibril est intarissable sur ces questions très pointues – ce qui lui vaut l'admiration béate de Maya.

Un jour, il lui demanda d'où lui venaient sa peau ivoire tirant vers le beige, ses cheveux dorés bouclés, son petit nez rond et ses lèvres bien remplies. Plus de six mois qu'ils se fréquentaient et c'était la première fois qu'il abordait le sujet.

La plupart du temps, Maya rechignait à satisfaire la curiosité des gens. Elle vivait avec sa mère, blanche, qui avait toujours refusé de lui livrer l'identité de son géniteur. Le regard fuyant, sa mamie Odette lui avait confié qu'il y aurait eu une brève rencontre avec un homme « de couleur », en Angleterre… Papi Edgar avait rectifié : « Tu veux dire que notre fille s'était amourachée d'un métèque qui l'a laissé tomber ! » Les deux avaient poussé un soupir de dépit.

Stupéfait, Djibril sembla profondément choqué – même ému – par cette révélation. Il connaissait ses différents lignages sur plusieurs générations et avait du mal à concevoir l'abyssale béance suspendue au-dessus de la tête de sa précieuse amie. Selon lui, Maya Lesueur souffrait d'une carence identitaire, ce qui expliquait bien des choses…

Jusqu'alors, Maya n'en a jamais été consciemment affectée. Plus jeune, bien sûr, elle s'était interrogée sur son père, mais n'avait pas sondé plus loin. S'imaginait parfois une ascendance maghrébine, une histoire d'amour ratée, un homme basané évanoui dans la nature… Elle se trouvait d'ailleurs une ressemblance avec des Marocains de sa rue. À la boulangerie de leur quartier, on confondait souvent Maya et sa copine Fathia.

Djibril n'en resta pas là. Lever le voile sur la béance des origines de Maya paraissait crucial à ses yeux. Le sujet le passionnait comme une énigme policière qu'il devait à tout prix élucider. Un soir, tandis qu'ils musardaient dans les pages de Marcel Proust, *À la recherche du temps perdu*, Djibril lui glissa l'idée du test ADN. Rien de plus facile ! Elle devait juste passer commande du kit sur un site de généalogie en ligne.

« Dis, si ta mère te cache le nom de ton papa, au moins tu connaîtras son pays d'origine, donc le tien. Ce sera déjà ça… Tu y vas *step by step* pour remonter à la source de ta négritude, comme dirait Césaire… »

Muni d'un écouvillon fourni dans le kit, il suffisait de recueillir un peu de salive, puis d'envoyer le prélèvement à un laboratoire américain. Au bout de trois semaines, la réponse arrivait par mail. Sur un planisphère, apparaissaient alors vos principales origines géographiques. Il y avait des tableaux et des graphiques. Si des gens de votre famille avaient déjà effectué leurs tests ADN, on vous trouvait une lignée, des parentés… De nombreuses personnes reconstituaient leur arbre généalogique grâce à la magie de l'ADN. « C'est scientifique et indiscutable ! » assura Djibril.

Ils avaient parié. Maya était persuadée de trouver son origine au creuset de l'Afrique du Nord. Djibril avait émis des doutes. La peau légèrement ambrée ne masquait pas les traits négroïdes bien marqués. Selon lui, les ancêtres de son amie étaient des Sub-Sahariens de pure souche, peut-être même des Yorubas… Si elle perdait son pari, Maya s'engageait à faire le voyage au Sénégal, après les examens de décembre, pendant les vacances universitaires.

« Tout Noir en ce monde doit un jour ou l'autre retrouver ses racines sur la terre de ses aïeux, déclara Djibril d'un ton sentencieux. Il en va de sa santé mentale. *Si tu ne sais pas où tu vas, regarde d'où tu viens*… dit le proverbe. »

Dans l'avion, elle est coincée entre deux femmes corpulentes, à la peau très foncée, revêtues d'amples boubous en wax et bogolan. Sans s'inquiéter de sa présence, les deux mamas causent en wolof au-dessus sa tête et de son plateau-repas. Masquée, Maya leur a proposé par deux fois de changer de place, mais ces dames préfèrent rester comme ça : l'une côté hublot, l'autre côté allée. Elles sont plus à l'aise ainsi. L'une a besoin de regarder le paysage de nuages pour s'aérer la tête ; l'autre veut pouvoir se lever sans déranger quiconque lorsqu'elle va aux toilettes. Leurs bras occupent l'entièreté des accoudoirs et débordent sur la maigrelette métisse prise en sandwich.

Le vol de la compagnie Air Sénégal est complet. Beaucoup d'Africains de tous âges. Parmi eux, quelques visages pâles et basanés. La classe business est majoritairement occupée par des hommes d'affaires en costume-cravate, Noirs et Blancs, équipés d'attachés-case et de plusieurs téléphones portables. Parmi ces messieurs, on compte cinq dames noires. Trois vêtues de tenues africaines richement brodées et parées de lourds bijoux en or. Deux habillées d'ensembles pantalons de bonne facture, plus sobres, mais non moins chic. Toutes ont en main des sacs de marques haute couture : Vuitton, Dior, Gucci, Chanel, Dolce & Gabbana… La plupart sont coiffées de tresses, fausses ou naturelles. Deux sexagénaires arborent des perruques bouclées – genre Elizabeth Taylor des années 1960 – plus ou moins bien ajustées.

Ses voisines se sont assoupies. Maya allume sa tablette. Déjà deux heures de vol. Allons-y pour une grille de Sudoku…

Quand les résultats de son test ADN tombèrent sur le site MyHeritage, elle en fut bouleversée. Un vrai choc ! Afrique de l'Ouest, 72,9 %. Europe 14,9 %. Les 12,2 % en sus constituaient un reliquat négligeable à ses yeux. C'était comme si elle était née sous X et venait de retrouver sa branche paternelle, sa terre ancestrale, ses origines millénaires, son identité, son sang noir, son âme… Elle envoya aussitôt un WhatsApp à Djibril : « Tu as raison… 72 % Afrique West !!! Tu as gagné ton pari pourri. » Il répondit aussitôt : « Bienvenue au Sénégal ! » Message suivi d'un émoji : cœur rouge.

Le soir même, manière de fêter sa victoire, Djibril l'invita à dîner dans un restaurant africain bon marché, situé du côté du Faubourg-Saint-Martin, à Paris. C'était une première pour Maya, la porte d'entrée d'un monde abyssal.

Très concentré, Djibril examina longuement le planisphère sur la tablette de Maya. S'il confirma qu'elle était bien de souche africaine sub-saharienne, il pointa le Nigeria, 41 %, et le Bénin, 28 % – anciennement Dahomey –, comme l'épicentre de ses racines. De nombreux autres pays africains étaient cités, avec des pourcentages de bien moindre importance. Togo, Sénégal, Sierra Leone, Ghana, Mali, Côte d'Ivoire, Tanzanie…

« Il n'y a pas de doute… reprit Djibril en la regardant droit dans les yeux. Tu es une Africaine… même si un peu décolorée. Une Nigériane ou une Béninoise…

– Qu'est-ce qu'on fait, alors ? demanda Maya.

– Tu sais, les gens ont beaucoup voyagé autrefois. Ils se sont mélangés sur tout le continent… »

Il réfléchit un instant, se gratta la tête.

Maya considéra le couple attablé à côté, puis les autres clients du restaurant. Ces Africains savaient clairement d'où ils venaient. Leur aisance montrait de sûres assises et de vigoureuses racines. Maya pensa que ce savoir les rendait légers et joyeux. Tout ce qu'elle n'était pas… Djibril avait raison : ceux-là n'avaient nullement besoin de faire un test ADN pour connaître leurs origines et affirmer leur identité.

« Bon, tu viens d'abord au Sénégal ! Comme on a dit, tu poses le pied sur la terre de tes ancêtres ! Je t'emmènerai visiter le pays. Saint-Louis, Rufisque, Saly… Tu sentiras les vibrations de la terre africaine… Nous prendrons aussi la chaloupe pour Gorée… Après, la deuxième semaine, tu devras voyager seule vers le golfe de Guinée. Il y a des avions sûrs. J'ai bien étudié la question… Tu viens de là, c'est certain. Je ne pourrai pas t'accompagner, mais j'ai une tantine à Cotonou. Avec son mari, elle est propriétaire d'un gîte touristique à Ouidah. Ils sont d'accord pour te recevoir… »

Pendant qu'il ouvrait un pan méconnu de son histoire, Maya buvait les paroles de Djibril. Il lui semblait plus beau, fort et désirable. Il était le prince africain d'une vénérable lignée de Peuls alliés à des Wolofs, des Toucouleurs et des Sérères. Il connaissait parfaitement plusieurs langues africaines. Il savait d'où il venait et n'en était pas peu fier. Que cherchait-il vraiment ? Devait-elle lui faire confiance ? Il souriait toujours entre deux phrases, touchait le bout des doigts de Maya, pour retenir son attention ou mieux l'hypnotiser. Elle avait l'impression qu'il l'ensorcelait dans le but de la séduire. Sans doute, toute cette affaire des origines n'était qu'un prétexte au service d'un diabolique stratagème…

« Tu es d'accord avec ce programme, ma sœur africaine décolorée ?

– OK! On fait ça… » Lui souriant, elle pensa à l'émoji cœur rouge, à un sentiment amoureux qui fleurissait peut-être dans l'esprit de Djibril.

Il s'empara de la carte du restaurant. Maya devait instamment accoutumer ses papilles à la cuisine africaine.

« Yassa, thiéboudiène ou mafé ? » s'enquit-il.

On pourrait croire que Margy Laroche s'est sournoisement incrustée chez Anna. Tout a changé d'un coup dans le deux-pièces demeuré si longtemps spartiate, plus morne qu'une cellule de nonne. Le séjour de l'appartement s'est transformé en chambre à coucher. Le canapé est devenu son lit, sur lequel traînent draps et couvertures en pagaille. La cuisine ressemble à un champ de bataille. Et la salle de bains a tout d'un salon de coiffure et esthétique en bordel. Margy sème ses affaires partout.

À les voir, on serait tenté de penser qu'Anna est trop faible pour affronter Margy… Que la tante subit malgré elle la loi de cette fille perverse tombée du ciel. Il n'en est rien. La routine d'Anna est complètement chamboulée, mais elle est aux anges. Non, elle ne rouspète pas. En vérité, Margy égaie son existence de manière tout à fait inattendue. Avec son désordre, son impulsivité, sa naïveté et ses chimères virtuelles, Margy prend de la place dans son cœur. Elle est l'enfant perdue retrouvée. Elle est la fille qu'Annette aurait dû avoir. À ses yeux, Margy incarne la joie de la réparation, la plénitude et la consolation.

Margy coiffe et maquille Anna qui se laisse faire sans broncher, comme une poupée de chiffon.

Margy fume par la fenêtre en cachette. Pour masquer l'odeur du tabac, elle allume des bâtonnets d'encens dans le salon. C'est son petit plaisir, se dit Anna. À quoi bon la contrarier…

Margy fait la dînette et invente des plats avec ce qui lui plaît, ce qu'elle trouve dans le réfrigérateur, ce qu'elle charge Anna de lui rapporter, au gré de ses caprices.

Margy met la radio et chante sur du zouk. Le soir, allongée sur le canapé, sa tête reposant sur les cuisses d'Anna, elle choisit le programme qui la distraira. Anna n'a pas de préférence. Ce qui rend Margy heureuse la réjouit toujours.

Margy parle un créole moderne, émaillé de mots nouveaux, dépoussiérés, anglais, bizarres et tellement marrants. Anna rit et ne se lasse pas de cette femme-enfant, *rara simèn-sent*, qui envahit son espace.

Margy raconte la vie à Gwada. Ne dit jamais « Guadeloupe ». Gwada et ses travers, sa folie, ses turbulences. Les Noirs et les Blancs de Gwada. Les nuits chaudes et les jours de grève. Les cyclones, les *bando* du ghetto, les plages sous le soleil, la musique qui enivre et le rhum que l'on boit comme de l'eau de coco. Gwada par-ci, Gwada par-là. Gwada, je t'aime et je te hais…

Selon Anna, Margy croit que la vie est facile. La petite est convaincue que Jésus va bientôt guérir sa copine. « Les séances de coiffure à l'hôpital lui font du bien. Elle se lèvera sous peu. Ses yeux bougent à présent. La dernière fois, dit-elle, Yaya a hoché la tête quand je lui ai demandé si les tresses lui plaisaient. »

Le 31 décembre, elles ont déambulé sur les Champs-Élysées, bu une bouteille de champagne et mangé du foie gras. Au petit matin, émerveillées comme à la fête foraine, elles étaient au pied de la tour Eiffel, dévorant croissants et pains au chocolat. En France, Anna n'a jamais vécu avec autant d'intensité. Le printemps est encore loin, mais grâce à la présence solaire de Margy elle n'a plus mal au ventre.

La fille Laroche a pris ses marques à Paris. Aucun regret de sa vie à Gwada. Elle connaît maintenant le métro comme sa poche. Elle se déplace mieux qu'une vraie Parisienne. Son carnet d'adresses se remplit petit à petit. Elle trottine toute la journée sur ses hauts talons, pareille à une fillette qui joue à la grande dame. Elle va et vient, de la banlieue au salon de coiffure africain de Château-d'Eau où elle a réussi à augmenter ses heures. Elle court, de l'hôpital au quartier du Marais où elle a trouvé des amis, de Barbès-Rochechouart à de lointains villages desservis par les TER, où résident trois de ses clientes africaines et antillaises.

Deux fois par semaine, Margy se fait un devoir de s'occuper de Yaëlle. Elle dit que la coiffure est un soin miraculeux. Si la coiffeuse est maîtresse de son art, elle guérit sa cliente de toutes sortes de maux. « Yaya va s'en sortir, tata ! Tu verras ! Fais-moi confiance… » Anna acquiesce, trop heureuse d'entrer à pieds joints dans ce genre de rêve éveillé.

Margy a fait table rase du passé et va de l'avant. Par ses nouveaux contacts parisiens, elle pense bientôt approcher Steeven Zamor, avec l'idée de coiffer les mannequins de son agence. Devenir peut-être la coiffeuse en vogue des top models noirs…

Margy a rayé de son esprit l'idée qu'elle porte un enfant…

Sans qu'elle en ait conscience, Anna perçoit cette présence supplémentaire dans l'appartement. Un petit être en devenir qui prospère et s'épaissit à bas bruit, comme une graine dans le ventre de la terre. Anna a oublié, mais elle a déjà connu cela autrefois, il y a longtemps, lorsqu'elle attendait l'enfant d'Achille Balinois. Une âme frêle flottait en dedans d'elle et empesait l'air alentour.

La nuit venue, ses rêves lui soufflent la présence de l'enfant à naître. Mais Anna dort comme une roche aveugle dans le lit de la rivière Bambou. Chaque matin elle se réveille en sa parenthèse enchantée, oubliant tous ses rêves et cauchemars.

Le 10 janvier, Margy a du mal à boucler la ceinture de son pantalon. Elle a grossi. Trop de pizzas, kébabs et paninis. Avec Anna, elles se sont tant bâfrées pendant les fêtes de fin d'année. Quand elle arrive à l'hôpital, elle est prise de nausées, met ça sur le compte de l'abus de graisse et d'alcool.

Elle pose une petite radio à piles sur la table de chevet de Yaëlle. Tropic FM diffuse le bon son caribéen qu'elles écoutaient et les paroles des chansons qu'elles reprenaient en chœur, à Gwada. Un tourbillon de musiques dansantes et variées à peine perturbées par la pub et la voix des animateurs. De quoi réveiller un mort, tirer Yaya de son état morbide.

Margy se met à virevolter dans la chambre, entonnant les couplets d'un air du groupe Kassav'. Une brosse à cheveux en guise de micro.

Zouk la sé sèl médikaman nou ni
An malad, an malad, an malad
Zouk la sé sèl médikaman nou ni…

Puis Margy se calme et commence à défaire en douceur les nattes rassises de son amie. Yaëlle ne réagit pas. Son corps demeure inerte, le regard fixe. Elle voudrait parler pourtant, même ânonner les couplets de la chanson qui emplit la chambre, remercier au moins Margy pour sa présence et sa bonne volonté. Elle se souvient qu'elle aimait chanter à Gwada… Cette époque paraît tellement lointaine à présent. On croirait que des siècles se sont écoulés…

« Pourquoi tu veux pas parler ? supplie Margy, enduisant les cheveux de Yaya d'une généreuse portion de Shea Miracle, de la marque African Pride. Dis-moi quelque chose, s'il te plaît ! Parle-moi ! Dis un mot, ma petite chatte… »

Mais Yaëlle n'a présentement rien à dire à son amie. Elle est sous emprise. La Voix dans sa tête mobilise toute son attention. Une voix ferme qui ressasse et martèle les mots.

« Agontimé, c'est ainsi qu'elle fut dénommée, il y a longtemps, au Danxomé. Elle est née à Abomey, en 1812, dans la concession de sa mère, au temps du roi Adandozan. Elle était une princesse alors… »

Des mots déjà entendus, rabâchés, lancinants…

« Son nom lui a été donné en hommage à la reine Na Agontimé, qui était l'une des épouses du roi Agonglo à la cour royale d'Abomey, et la mère du prince Gakpe qui succéda au roi Adandozan sous le nom de Ghézo.

« Une branche de sa famille maternelle était apparentée à la reine Na Agontimé.

« Elle se souvient d'un puissant royaume, de riches palais, de rois et reines, princes et princesses, dignitaires et migans, une multitude de chefferies, des marchés immenses…

« Elle se souvient des anciens faisant le récit des temps de guerre avec le pays Mahi et le royaume d'Oyo.

« Elle se souvient de la destitution du roi Adandozan en 1818, renversé par son frère Gakpe, dit Ghézo.

« Agontimé avait six ans…

« En 1818, elle n'était qu'une enfant dans la concession familiale. Sa mère, Ama, se trouvait au mitan de la cour, revêtue d'un pagne vert et ocre. Ses coépouses se réjouissaient et fêtaient l'accession au trône du roi Ghézo. Des cris de joie, des rires et des chants couvraient les sanglots d'Ama. Car elle pleurait encore Na Agontimé déportée en esclavage au Brésil, en 1797, sous le règne d'Adandozan. Au retour de quelques voyageurs en terre africaine, Ghézo entendait dire que la reine déchue n'était pas morte. Certains juraient avoir vu Na Agontimé ici et là au Brésil. Là-bas, disaient-ils, elle honorait les ancêtres et les dieux, transmettant son savoir et les rites vaudous. Hélas, il espéra en vain…

« Dix-neuf longues années sans retrouver la trace de Na Agontimé. »

Yaëlle a déjà eu connaissance de ce récit, mais elle ne s'en lasse pas. Car, à chaque reprise, la Voix étoffe un peu plus son propos, ajoutant dans la trame de l'histoire des motifs, des fils et des couleurs nouvelles. Elle tisse un conte auquel Yaya prête une oreille attentive, pendant que Margy chantonne au-dessus de sa tête, passe et repasse les doigts dans ses cheveux, fait des raies et des tresses et encore des raies et des tresses.

« En 1828, Agontimé épousa un prince issu d'un peuple venu de la grande cité d'Ilé-Ifé, le berceau de l'humanité fondé par le roi Oduduwa, l'ancêtre divin des Yorubas. Les descendants d'Oduduwa ont créé les royaumes de Kétu et de Shabè…

« Avec le prince Akinni, elle vécut à Savè-Idadu, la grande ville agenouillée au pied des collines aux trois mamelles sacrées d'Okè Sabé. Au royaume Shabè, les palais étaient moins imposants, bien moins guerriers que ceux du Danxomé. Mais elle aima vivre ce petit temps à Savè-Idadu où elle enfanta pour la première fois…

« Elle vient de si loin… »

Yaëlle se laisse bercer par la Voix chaude qui conte dans sa tête. Chaque verset de l'histoire ancienne rapportée est une vague qui vient et se retire, en amenant une autre chargée du sable d'une mémoire antique, des bris de coquillages d'un temps échu.

« Le clan d'Ama, la mère d'Agontimé, appartenait à l'ethnie des Awori, originaire d'Ado-Odo situé à l'embouchure du fleuve Yewa et au nord de Badagry. Lorsqu'elle était enfant, des guerres avaient poussé l'ancêtre Ifé et sa tribu jusqu'au village de Jabata, au bord de la rivière Okpara. Puis les rivalités de clans les avaient menés de-ci, de-là au royaume Danxomé, jusqu'à ce qu'ils s'enracinent au cœur même d'Abomey.

« Kignaou, le bien-aimé père d'Agontimé, était un tisserand d'origine Fon. Sa famille comptait des parentés chez les Kotokoli et les Gouang. Kignaou avait appris son art du vénérable Otewa Atata qui avait lui-même recueilli la science secrète du tissage du kanvô à Abomey, auprès d'un maître artisan tisserand du roi Agonglo, père des futurs rois Adandozan et Ghézo. Ama était sa cinquième épouse, la plus jeune de ses femmes. Il avait déjà quinze enfants quand Agontimé naquit en ce monde.

« Elle se souvient de la terre rouge d'Abomey.

« La couleur rose et douceâtre des petits matins.

« La saison tiède et brune de l'harmattan.

« L'immensité des bois verdoyants autour, sous le ciel épais et laiteux.

« Elle se souvient des yeux effilés de sa mère, la douce Ama.

« Elle se souvient de ses frères et sœurs demeurés à Abomey.

« Elle se souvient de leurs mères, coépouses de son père Kignaou…

« Agontimé restait des heures à regarder ce dernier nouer et tirer le fil devant son métier à tisser. Elle se cachait sans qu'il devine sa présence. Les doigts du tisserand maniaient des milliers de fils. La navette glissait dans la foule, ajoutant trame après trame dans les fils de chaîne. Elle rêvait de maîtriser un jour son métier à tisser, afin de créer des tissus aux motifs attrayants, marier des couleurs jamais vues en ce monde. Elle imaginait des femmes portant des pagnes et des voiles faits de ses mains. Las, en ce temps, le tissage était un art réservé à quelques initiés de sexe mâle…

« Elle se souvient aussi du beau pays Shabè de son prince Akinni.

« La ville assoupie dessous le mystère des trois grosses mamelles de la montagne sacrée d'Okè Sabé. Le grand marché grouillant de monde, les rues de terre, les cases de pisé…

« Aujourd'hui encore, elle peut nommer les animaux des plaines et des savanes dans les langues d'autrefois…

« Les noms des arbres…

« Kikiba, apaka, iroko, néré, karité, ibabo, opa, asapa…

« Elle vient de si loin…

« Elle se souvient du jour où on l'a volée à la concession de son prince… »

Margy a terminé la coiffure. Sur la tête de Yaëlle, les nattes entortillées font comme une couronne princière ornée de perles et de cauris.

« Allez, regarde-toi dans la glace ! Regarde comme t'es belle ! Quoi ! Arrête ! Arrête de fixer ce plafond ! Tu me fais peur… » s'écrie Margy.

Alors Yaëlle entrouvre les lèvres. Elle prend une inspiration et souffle. Puis recommence encore une fois. Dans son ventre, les mots gargouillent et lui tordent les boyaux. Elle voudrait les vomir, retrouver la parole. Qui sait d'où viennent les mots ? Dans sa tête, d'autres mots en désordre bataillent pour sortir du silence. Elle leur ordonne de descendre dans sa bouche.

« Vas-y ! Parle, Yaya ! Tu peux le faire ! T'es une guerrière, comme moi ! Tu vas pas te laisser abattre… Vas-y, parle ! »

Yaëlle croise le regard de son amie. Elle déglutit douloureusement, se racle le fond de la gorge. Prise de hoquet, elle se met à tousser, puis cracher des glaires.

Margy la secoue, essuie sa bouche, essaie de la redresser sur son oreiller. « Oui, tu me vois. C'est bien, c'est moi, Margy ! Allez, Yaya, fais encore un p'tit effort !… »

« A… A… Agontimé! murmure enfin Yaëlle, surprise par le son rauque de sa voix. Tu l'entends ? Tu entends cette voix qui raconte… »

À l'arrêt de la station Château-d'Eau, dès que le métro freine et s'immobilise, les femmes noires jouent des coudes pour gagner du terrain. On se croirait au mitan d'un marché. Sitôt les portes ouvertes, elles s'extirpent de la rame bondée. Une nuée de poulettes libérées de leur caloge. Elles réajustent leurs sacs et, la mine renfrognée, s'élancent sur le quai. Quand elles grimpent les escaliers, sans regarder ni à droite ni à gauche, ces dames savent déjà qu'il leur faudra affronter les rabatteurs des salons de coiffure. Sur le trottoir, ils sont toujours là, massés tels des rapaces autour de la bouche du métro. Une volée oppressante de noirs vautours criards et piaillards qui les talonneront et les étourdiront de leur baratin, vantant les bons prix assurés, les mains expertes des tresseuses, la rapidité dans l'exécution des tissages, défrisages, et tout ce qu'on veut pour domestiquer le cheveu crépu. Ici, la femme noire est une reine adulée, très convoitée. Ces gars ont tellement faim ! Chaque cliente alpaguée représente des euros grappillés. Un petit pourcentage que les propriétaires des salons auxquels ils sont liés leur alloueront après d'interminables palabres.

Cela fait près d'un mois qu'elle est affranchie des mères maquerelles et du Juju. Joycy loge dans un appartement parisien qu'elle partage avec trois autres Nigérianes : Lovely,

Britney et Mariama. Des victimes de l'esclavage moderne. Trois gamines d'à peine vingt ans, brisées, qui ressassent sans fin et sursautent dès qu'on frappe à la porte. Les filles parlent anglais entre elles, se racontant par bribes leur existence d'avant, à Lagos, Benin City. Et puis leurs espérances déçues, la traversée du désert de Libye, les mortes abandonnées sur le bord de la route durant le voyage… Le tapin au fond des bois, l'hiver à se geler les fesses dans des tenues affriolantes, les clients dégueulasses, la vie glauque sur les sinistres trottoirs d'Europe… Chacune serre en sa mémoire des anecdotes scabreuses et pathétiques, une histoire de vie entre rires et larmes. La nuit elles ne rêvent pas, elles crient, se débattent dans des cauchemars qui les ramènent sans fin à l'enfer.

Comme les autres, Joycy apprend la langue française, grâce à un cours qu'une bénévole donne le matin, de 10 heures à midi. Elle a régulièrement des rendez-vous avec l'assistante sociale, l'avocate et la psychologue. Ces femmes se battent bec et ongles pour Joycy et ses colocataires. Il faut régulariser les situations administratives, défendre leurs droits, réparer les blessures émotionnelles et conforter l'estime de soi. L'association pourvoit à tous leurs besoins.

Ce matin, telle une mouche à miel perdue loin de sa ruche, Britney est entrée toute vibrionnante dans la chambre de Joycy. « *Wake up, Joy ! Hurry up !* » Fallait se préparer en vitesse pour l'accompagner à Château-d'Eau. Elle avait décousu son tissage durant la nuit. Voudrait se faire coiffer mais craint d'y aller seule, de tomber sur des Africains de sa connaissance, une mama qui la reconnaîtrait et brandirait le pacte Juju pour la remettre dans le circuit des scélérats proxénètes de la confraternité nigériane.

« Tchip ! » Joycy a secoué la tête. Pas question ! Elle n'est encore jamais sortie de l'appartement. Se méfie des quartiers de Paris où pullulent les Africains. Sait qu'elle risque de croiser des visages noirs qui chercheront à s'informer sur sa parenté, son nom, son pays d'origine. Dans sa vie d'avant, une Nigériane complice de la mama venait coiffer les filles dans le pavillon du Val-d'Oise. C'était un moment joyeux en dépit du contexte malsain.

Au lendemain de son installation dans l'appartement, Joycy a défait toutes ses tresses. Les a balancées à la poubelle. Son reflet dans la glace lui jura qu'elle était moins sale sans les faux cheveux de Barbie noire. En se débarrassant d'une partie de ses oripeaux de prostituée, elle a eu l'impression d'avoir jeté aux ordures sa défroque d'esclave sexuelle.

Maintenant, Joycy laisse ses cheveux de négresse moutonner sur sa tête. Voulait se faire un *big chop*, tête rasée, mais elle n'a finalement pas tout coupé. Démêle sa tignasse au peigne afro et n'a plus l'intention de se déguiser en Beyoncé. Britney n'a qu'à en faire autant.

« *You're not in jail! We're allowed to go out!* Je peux pas garder *like that on my head!* C'est pas joli du tout… » s'est écriée Britney, empoignant une touffe de sa toison hirsute. D'autorité, elle a arraché le drap derrière lequel se planquait sa colocataire. Britney grimaçait de façon comique. Au bout d'une minute de réflexion, Joycy sortit mollement du lit.

C'est ainsi que les deux ex-prostituées se retrouvent à Château-d'Eau, guidées par un rabatteur congolais vers le top du top des salons de coiffure afro de Paris, promet-il.

« Satisfaction garantie ! Moi, c'est Hamidou ! Hamid, pour les intimes. Je vous donne ma carte, appelez-moi quand vous voulez ! Je suis dispo pour vous 24 heures sur 24 », lâche le Congolais. Il ne les quitte pas des yeux, de peur qu'elles ne lui échappent ; les autres rabatteurs sont aux aguets, parés à bondir à la moindre défaillance de leur concurrent. Alors, avec ses palabres et ses questions, Hamid tisse un lien entre lui et les sirènes qu'il vient de harponner.

« Qu'est-ce qui vous ferait plaisir comme style ? D'où venez-vous, mes beautés ? C'est la première fois ? Ici, vous êtes au paradis du cheveu, dans le must chic de la coiffure… Ils vendent les mèches à côté. Si vous manquez, on peut envoyer quelqu'un chercher pour vous, les plus belles femmes du monde… »

Ils sont arrivés.

La devanture du salon est masquée par de nombreux portraits couleur de black girls coiffées de toutes les façons imaginables. La porte d'entrée vitrée est étroite. Le gars sourit à la ronde en les confiant aux bons soins de la coiffeuse d'exception.

« Voici Mariettou, la meilleure tresseuse de la place avec ses doigts de fée et sa grande expérience… »

L'intérieur semble tout autant exigu qu'électrique. Une niche bourdonnante emplie de femmes noires aux accents divers. Il y a des coiffeuses maussades, d'autres volubiles et maniérées, des clientes exubérantes au milieu de quelques dames nerveuses. La plupart ont les sourcils tatoués et de longs ongles impeccablement manucurés. On pourrait se croire dans les loges hystériques d'un concours de Miss Beauté noire. Mais pèsent aussi dans l'atmosphère l'impatience et la lassitude, des pensées acrimonieuses, un je-m'en-foutisme canalisé, de sourdes rivalités et des exigences tempérées, des rêves de séduction, des envies de beauté et de rajeunissement. Koffi Olomidé, le chanteur de Génération Ndombolo, fait la musique d'ambiance qui sort, poussive, d'une radiocassette.

La bouche en biais, Mariettou considère le crin de Britney d'une mine peu inspirée. C'est le genre d'Africaine nonchalante qui économise ses mots et s'exprime avec des moues et des rictus ponctués de gestes évasifs. Balayant l'air de la main, elle leur fait signe d'avancer jusqu'au fond du réduit, entre les fauteuils occupés par la clientèle, les tresseuses debout qui sourient machinalement malgré un mal aux pieds, et les femmes résignées qui attendent leur tour, fesses posées sur un tabouret, sacs sur les genoux.

Joycy et Britney traversent le salon sous un feu de regards appuyés.

Mariettou les installe entre la porte des toilettes (hors service) et un escalier encombré d'un bazar de mèches synthétiques sous cellophane, serviettes de toilette, vieux magazines, pyramides de pots de crème défrisante, cabas dégorgeant de rallonges électriques, fers, lisseurs, sèche-cheveux et autres ustensiles dompteurs du cheveu crépu.

« Je finis tout de suite avec Madame. Après c'est ton tour… Tiens, commence à démêler ! » Mariettou tend à Britney un gros peigne bleu turquoise auquel il manque une dent.

Une demi-heure plus tard, elles attendent toujours. Entre alors une dame malienne chargée d'un panier plein à ras bord de plats à emporter. Aussitôt, Mariettou abandonne la tête de sa cliente. Elle discute tranquillement avec la marchande, puis passe commande, hésitant entre les différentes propositions : allokos, attiéké, poulet bicyclette sauce tomate, tiga-dégué, bassi, fakouhoye, fonio, riz cassé deux fois…

Mariettou choisit une barquette de poulet bicyclette. Chacun sait qu'un sac vide ne peut pas rester debout. Elle s'assoit dans un coin du salon et commence à déguster son repas. C'est sa pause. Britney a attrapé un magazine et a le nez fourré dans les pages de *Blackhair*. Elle scrute la mode et les photos des coiffures black. Joycy ne voit pas le temps passer. Regarder toutes ces femmes noires est un spectacle. Elle est assise au premier rang d'un théâtre où l'on rit, où l'on pleure, où l'on ment, où l'on se donne des airs…

Dans ce salon, les coiffeuses sont de diverses contrées d'Afrique. Cameroun, Togo, Nigeria, Cap-Vert, Mali, Congo, Sénégal, Côte d'Ivoire, Niger, Bénin… Elles viennent de loin, comme Joycy. Qui sait ce qu'elles ont traversé pour échouer à Paris ? Ont-elles des papiers en règle ? Une carte de résidence, un permis de séjour, un vrai passeport français… Que dire de ce qui pèse en leurs cœurs ? Qui est en droit de les juger ? Qui sait ce qu'elles racontent à leur famille laissée au pays ? Tous ces parents qui espèrent l'argent durement ramassé en Europe. Tant de bouches à nourrir dont elles sont responsables et toujours redevables…

Aucune n'est salariée. Levées aux aurores, sorties de lointaines banlieues, elles débarquent chaque matin dans la ruche, leur matériel sur le dos. Le deal est de payer son emplacement et de reverser au patron du salon un pourcentage sur chaque somme perçue.

Parmi la clientèle africaine et antillaise, qui connaît par cœur les codes et le temps élastique, se trouvent des femmes plus ou moins métissées. Certaines ont des façons de Blanches, toujours à regarder l'heure, pressées d'en terminer pour aller courir à quelque rendez-vous. Par leurs manières et leurs accents, celles-là tranchent avec les natives de la terre ancestrale et les Caribéennes.

Tant qu'elles n'ouvrent pas la bouche, on pourrait prendre les Antillaises pour des Béninoises d'ethnie yoruba ou des Ivoiriennes Sénofou. Joycy sait que leur souche est en Afrique. Elle a connaissance des ancêtres qui ont disparu sur la mer pour gagner ces rives de l'autre côté. En les perdant de vue, on les avait crus morts, peut-être mangés par les Blancs, donnés en sacrifice à leur dieu. Mais ils avaient survécu là-bas, en Martinique et en Guadeloupe, à la Jamaïque, au Brésil, à la Barbade, aux Amériques… Pareils à des pionniers débarqués en pays hostile, ils se sont acclimatés à ces nouveaux mondes. Ils sont devenus différents. À présent, nombreux sont ceux qui méconnaissent, ou font semblant d'ignorer, leur ascendance africaine.

Les tantes de Joycy racontaient combien Pearl, sa mère, aimait la musique antillaise, surtout le zouk qui avait déferlé d'un coup sur l'Afrique, au milieu des années 1980. Avec nostalgie, elles évoquaient leur jeunesse, lui parlant des tournées mémorables du groupe Kassav' dans les parcs et les stades bondés des grandes capitales. Sa maman adorait tous les membres du groupe mais particulièrement Jacob Desvarieux, le chanteur à la grosse voix éraillée. Et puis, aussi, Jocelyne Béroard… Son grand sourire, son énergie, son *Soley* et son *Siwo*… Envoûtant !

Oui, à l'époque, le continent entier avait basculé dans la fièvre du zouk, avec ces rythmes tellement entraînants inventés par les Antillais. Lointains parents, descendants de ceux qui avaient été emmenés, ils étaient d'ici et d'ailleurs, semblables et cependant autres, noirs et blancs à la fois. En 1985, un oncle de Joycy s'était trouvé en Côte d'Ivoire. Pour rien au monde il n'aurait raté le concert de Kassav' au parc des Sports de Treichville, à Abidjan. Il racontait l'accueil incroyable à l'aéroport, le convoi des musiciens applaudi tout au long des routes. On aurait cru des chefs d'État, des dieux… C'étaient les enfants perdus de retour au bercail.

La Voix ne s'est pas encore éteinte dans la tête de Yaëlle.

Tandis que Margy secoue son amie, la Voix continue de tisser l'histoire de la vie d'Agontimé. Mêlant les fils de trame aux fils de chaîne, elle raboute inlassablement la vie de l'ancêtre, chaque instant de son temps passé sur la terre… Elle rapièce aussi les existences éparses de chacun des nombreux descendants d'Agontimé… La gloire, la chance, la misère, les errances, les trahisons, les enfantements, les deuils, les hauts et bas des uns et des autres…

Au fil des jours, Yaëlle s'est attachée à cette voix qui la console de ses errements et lui permet d'échapper à sa réalité. Elle est attentive, impatiente d'en entendre encore. Elle reste là, sans bouger ni gémir, pareille à un puits sans fond qui peut tout entendre. Un puits de pierre dure que rien n'ébranle, sur lequel le temps passe, les confidences s'amassent, les chagrins s'émoussent. Un puits sans écho ni murmure d'eau.

Les bruits du monde ordinaire, la voix de Margy, le zouk à la radio lui paraissent bien insignifiants à côté de ce voyage immobile, captivant, hors du temps…

« Qu'est-ce que je dois entendre ? »

Yaëlle se souvient… Agontimé et elle ne faisaient qu'une seule entité. Elles ont traversé les temps. Elle n'a rien inventé…

« Tu délires !… s'écrie Margy.

– Non, c'est vrai… Une voix me parle. La princesse Agontimé est mon aïeule. La Voix m'a raconté sa vie et sa mort… Je sais tout ce qu'elle a vécu : le rapt, la longue marche, Ouidah, l'enfermement, le voyage à fond de cale, la vie sur l'habitation Jacquelot, la rivière Bambou… Agontimé n'a pas encore quitté ce monde…

– Hallucinations ! T'inquiète ! C'est normal… Ça arrive quand les gens font des overdoses… Ils croient voir des choses qui n'existent pas… Ils entendent des trucs, mais c'est un délire ? J'te jure… Bientôt, tu verras, tu oublieras… » Margy se veut rassurante. Yaëlle n'est pas hospitalisée sans raison dans ce service psychiatrique. Sa mère a parlé de schizophrénie.

« Non ! Crois-moi ! J'entends une voix… J'suis pas folle quand même…

– D'accord ! OK ! J'te crois… T'énerve pas… coupe Margy, se souvenant qu'il ne faut pas trop contrarier les malades mentaux. Bon, ça ira… Je suis tellement contente ! Tu peux te lever ? Essaye voir ! » Margy rit et remercie Jésus quand son amie parvient à s'asseoir au bord du lit.

« Tu as peut-être rêvé, tu crois pas…

– Non, non ! souffle Yaya.

– Je vais appeler ta tante pour lui annoncer la bonne nouvelle ! »

Margy fourre ses mains tremblantes dans son sac, en sort son téléphone portable et un miroir.

« Oublie ces cauchemars ! Regarde comme t'es belle ! On dirait une princesse, pas vrai ? »

Dans l'esprit de Yaya, un flot d'histoires sombres grouillent encore. Elle voudrait se les remémorer toutes. La veille, la Voix a évoqué l'arrivée des Blancs en Afrique…

« La seconde épouse du grand-père paternel d'Agontimé était très âgée et presque aveugle. Elle rapportait dans ses monologues l'histoire des hommes blancs, accouchés du soleil, qui avaient surgi pour la première fois à l'horizon d'une savane. En ce temps jadis, la vieille n'était qu'une enfant…

« Personne ne l'écoutait vraiment. On la disait sous le coup d'un sortilège.

« Les étrangers pâles déboulaient d'un autre monde, posé derrière la mer, bredouillait-elle. Avant d'arriver, ils traçaient des routes invisibles sur la tourmente des eaux salées. Puis ancraient leurs vaisseaux menaçants au large de nos côtes. Gigantesques échafaudages de bois et cordages, érigés de hauts épieux sur lesquels battaient d'immenses voilures livrées au vent. Ensuite, portés par des pirogues et l'entregent de quelques nègres, les hommes blancs se laissaient aller au fil des mangroves et lagunes, découvrant des paysages inconnus sous leurs cieux. C'est ainsi qu'ils pénétrèrent en grand ramdam à l'intérieur des terres, jusqu'au pays secret et reculé du clan de la vieille épouse.

« Son village à nul autre pareil était tranquille, délimité par de vastes étendues d'eau douce et une jungle obscure en laquelle régnait un lion centenaire ami du genre humain. Habitées par les esprits associés à quelques grands singes, deux montagnes jumelles s'élevaient au nord, jusqu'aux plus lointains des nuages. Niché au cœur même de l'Afrique, son village se croyait à l'abri et sous la protection des dieux.

« Ces hommes, blafards comme la lune, avaient le corps recouvert de toile et de cuir. Ils étaient équipés de longs bâtons de fer et de curieux outils de bois et métal qu'elle apprendrait plus tard à nommer hallebardes, mousquets, fusils… Suants et rougeoyants, on les avait crus atteints d'une maladie qui leur donnait la fièvre et attaquait leur peau. Mais par on ne sait quel mystère ils se tenaient pourtant debout et mettaient un pied devant l'autre, pareils à des marionnettes. Un savant d'une contrée côtière traduisait les propos de celui qui se présentait en chef de tribu.

« En ces temps, marmottait l'aveugle, les grands royaumes se disputaient déjà les terres. Depuis le commencement des mondes ils ne cessaient de guerroyer, fomenter des complots, arranger et défaire des alliances. Au gré des mariages, des héritages et des divinations, ils convoitaient des étendues de brousses, montagnes, savanes et lagunes. Entre pluies, sécheresse, transhumance et disettes, des vivants étaient mis en esclavage au pire du hasard.

« Avec l'arrivée des Blafards, les rois pratiquèrent la guerre avec plus de férocité. Ces étrangers étaient en quête d'humains. Au dire de la vieille épouse, ils promettaient des merveilles en échange des nègres captifs. On pratiquait le troc en cette ère. Alors, de l'autre versant du monde, arrivèrent caisses et coffres qui s'ouvraient sur un enchantement de cauris des îles Maldives, pacotilles, miroirs, indiennes, toiles de Nantes et de Jouy, pétoires, bimbeloterie et ustensiles de fer-blanc, tabac, chaises à porteurs et perles de verre… Certains rois, migans et dignitaires s'enrichissaient en un moment avec tous ces trésors…

« L'aveugle décatie affirmait qu'ils avaient attaqué par trois fois son village. L'année de ses six ans, il y avait eu des cases embrasées, des morts et des disparus. Et pourtant, elle se souvenait, son clan avait acheté bien cher la protection du roi, contre du bétail gras, des sacs de sorgho, mil et noix de kola. Les villageois avaient fait des offrandes aux dieux et sacrifié poules, coqs et bœufs…

« Hélas…

« L'aveugle pleurait et riait sans larmes en narrant ces tristes événements qu'elle voyait venir encore malgré sa cécité. À n'importe quelle heure du jour ou de la nuit, prévenait-elle, la voix chevrotante, une armée de Blafards peut fondre sur nous autres, incendier les cases, amarrer ensemble hommes, femmes, enfants, vieillards. Et la tribu ne sera plus qu'un souvenir. En un moment, ces Blancs laisseront ruine et désolation.

« Elle mettait en garde. Fallait pas trop s'écarter du groupe, pas courir la savane seul, pas suivre un étranger. Toujours se méfier de l'homme blanc qui prospecte, rapine et pose des questions.

« Un insolent demandait : "Que sont devenus les disparus, grand-mère ?"

« Elle répondait qu'on ne parlait pas des disparus.

« Car on ne peut évoquer ce que l'on ignore.

« Un autre taquin lançait : "Où sont les Blafards à présent ? Qu'est-il advenu des nôtres, mère-grand ?

« – Tous ont été avalés par la mer et c'est ainsi que vous finirez ! Avalés par la mer…"

« À bout, lasse des babillages, la vieille haussait les épaules et crachait par terre. Ensuite, agacée par les mouches, elle chassait la marmaille à coups d'éventail, pour se perdre dans ses pauvres rêveries.

« L'épouse du grand-père d'Agontimé en disait long sur ces temps reculés. Mais sots qu'ils étaient les enfants se moquaient, la pensant tombée dans l'envers confus du triste âge de la vie où les souvenirs et les songes se confondent.

« Hélas…

« Bien amère, Agontimé songea à la grand-mère aveugle, quand elle posa le pied dans le navire des Blancs, soupire la Voix.

« Des marins armés la bourrèrent dans le dos et la firent descendre un étroit goulot noir. C'était le chemin des ténèbres… C'était le commencement d'une longue nuit… »

Margy jubile au téléphone. « Oui, elle parle et elle a fait quelques pas ! Je vais te la passer. Yaya est sauvée. Je t'avais dit que la coiffure faisait des miracles. Tu vois, je suis pas si nulle… »

Anna est dans la rue quand elle reçoit l'appel de sa protégée. Fébrile, elle décroche aussitôt. Répond toujours à Margy. Sinon, elle laisse sonner et rappelle plus tard. Elle a bientôt terminé sa tournée. Encore une dizaine d'adresses où déposer des lettres. Un dernier pli recommandé à faire signer et elle filera directement à l'hôpital.

« Et qu'est-ce qu'elle dit ? » demande Anna.

Margy se met à chuchoter : « Elle est un peu bizarre quand même… Elle parle sans arrêt d'une princesse africaine au nom compliqué… Tu verras par toi-même… Elle entend une voix dans sa tête. Elle revient de tellement loin… Faut lui laisser le temps d'atterrir. J'te mens pas, l'infirmière Cathy l'a vue debout… Tu te rends compte ! Quand je lui ai dit que tu l'attends, que tout est pardonné, Yaya m'a souri comme jamais… »

Margy raccroche, serre de toutes ses forces Yaëlle dans ses bras. Puis, la soutenant, elle la mène doucement à la fenêtre.

« Qu'est-ce que tu vois ? Tu sais où tu es ? »

Yaëlle fait oui de la tête. Elle titube un peu, s'accrochant à la potence à roulettes et au bras de son amie.

À Gwada, les filles ont plusieurs fois assisté à l'atterrissage de quelques *pawo*, revenus de ces sombres voyages en des mondes parallèles… Margy en a vu, sous produits, cocktails et substances diverses, tomber dans des cauchemars hallucinatoires dignes des films d'horreur les plus *gore* de la planète Hollywood.

Le pire des récits entendus a été celui d'un toxico qui s'imaginait poursuivi et dévoré par une horde de zombies plus vrais que nature. Dans son délire, des créatures sataniques le jetaient à moitié moribond dans une fosse boueuse infestée de milliers de rats mangeurs d'hommes… Un autre cracké se retrouvait dans la gueule d'un requin. Quand il regardait autour de lui, avec ses yeux exorbités et ses pupilles dilatées, il voyait ses potes transformés en requins. Lui aussi entendait des voix qui lui hurlaient dessus. Terrorisé, il aurait pu se balancer du haut d'un immeuble pour leur échapper. Il avait fallu ceinturer le dément et l'assommer pour le faire tenir tranquille. Certains vivaient tour à tour de folles crises de panique et de longs temps de prostration. Et puis ils revenaient à la réalité… Mais, à peine sortis de leur bad trip, ces accros se précipitaient, tout *bigidi*, chez leur dealer habituel.

« Alors, dis-moi ! Qu'est-ce que tu entends ? » répète Margy.

Yaëlle la dévisage. Cherche ses mots, tente de ranimer sa mémoire.

« Et ton bébé ? Tu as déjà accouché ? Il est où ton bébé ? » s'écrie-t-elle après un long silence.

Margy a presque envie de rire.

« De quoi tu parles ? Quel bébé ? Je n'ai pas de bébé. T'en fais pas… Tu vas guérir. Je vais pas te lâcher… »

Il est minuit passé.

Dessous le ciel de la moustiquaire de coton épais, Maya écrit à la lumière de la lampe Nautilus déposée sur sa table de chevet. Fatou, une des jeunes sœurs de Djibril, lui a laissé sa chambre, avec son grand lit à colonnes taillé dans un bois d'iroko. L'hospitalité est une valeur ancestrale sacrée au Sénégal. On dit que c'est le pays de la teranga.

Cela fait deux jours que Maya est installée dans cette haute demeure familiale du quartier Ouakam, perché au-dessus de la grouillante ville de Dakar. Trois étages, des escaliers qui courent ici et là. Au moins cinq chambres, une grande cour intérieure où l'on s'assoit par terre autour du repas que l'on mange avec la main droite. Un vaste salon de réception garni de fauteuils et tapis, tableaux et peintures sur verre, bibelots en cuivre et faïence, où les parents de Djibril reçoivent les hôtes de marque. Une cuisine principale et son annexe emplie d'un stock de sacs de riz et d'un bazar de cartons, bicyclettes, mobilier obsolète. Des gerbes de bougainvillier rouge aux balcons tendus de fils, sur lesquels sèchent des pagnes colorés. Des couloirs sombres et étroits où Maya s'égare…

La maison de ciment brut est peuplée de frères et sœurs, multiples cousins et alliés, beaux-fils et brus, enfants et nourrissons. Il y a aussi une vieille grand-tante qui marmonne une berceuse, égrenant un chapelet. Et un ancêtre invalide couché dans l'ombre de sa chambre en attendant l'éternité, le Coran ouvert sur son cœur.

Le personnel est nombreux. Maya a cru comprendre que certains membres sont plus ou moins apparentés à la famille, dont quatre cousines servantes descendues des campagnes du Nord. Deux gardiens originaires de la Langue de Barbarie, se relayant, veillent nuit et jour l'entrée des lieux, ouvrent et referment le grand portail de fer forgé au premier coup de klaxon des visages connus de la famille. Un homme à tout faire de la région du Kaolack se courbe et acquiesce dès qu'on le sollicite. Au garage, un chauffeur à disposition est toujours paré à prendre la route, au volant de la Mercedes étincelante qu'il passe son temps à lustrer et dépoussiérer, entre deux courses. Encore d'autres qui vont et viennent, préparent le thé, trient le riz, courent faire des commissions, tressent les cheveux des enfants…

Ils parlent tous le wolof entre eux.

Maya retient seulement les prénoms des jeunes sœurs de Djibril. Fatou et Idrissa, deux beautés aux fessiers rebondis. Elle mélange tous les autres noms. Il y a trop de monde. La maison est une concession africaine des temps modernes.

La nombreuse famille l'a reçue avec tout un protocole de courtoisie digne des plus grandes ambassades. Les parents de Djibril comptent parmi les notables de Dakar. Le père a été formé à Paris et exerce la profession de psychiatre ; il voyage beaucoup – des colloques sur la santé mentale à travers le monde. La mère gère l'intendance et mène des missions éducatives à la tête d'une association. La femme est imposante, sa voix est grave. Djibril a présenté Maya comme une brillante étudiante et une sœur de Paris. Une Africaine décolorée avec du sang noir dans les veines. Une Africaine-Diaspora qui doit urgemment se reconnecter à ses racines et réapprendre les us et coutumes hérités des aïeux.

Depuis son arrivée, Maya écrit la nuit sur les pages d'un carnet voyageur moleskine. C'est rapidement devenu le rituel qui clôt ses intenses journées dakaroises. Avec Djibril, ils ont visité tous les parents des alentours, jusqu'à Rufisque et Thiès. Maya a déjà bu des litres de thé à la menthe.

La veille, ils étaient sur le grand marché Sandaga où Djibril a âprement négocié le prix de trois pagnes, d'une nappe et huit serviettes en batik orangé, imprimées de peintures représentant des femmes pilant le mil devant des cases couvertes de chaume. Djibril a expliqué que la négociation est ici une forme de tradition, de politesse obligée. Il faut toujours marchander, paraître fâché, lâcher l'article avec dédain, toiser le vendeur et son étal, porter ostensiblement son regard vers une autre échoppe, tourner le dos et faire semblant de s'en aller à la revoyure… C'est sûr, le commerçant vous rappellera, vous suppliera de lui donner sa chance, surtout si vous êtes le premier client… On doit hésiter, revenir sur ses pas, sourire, finalement couper la poire en deux avec une franche poignée de mains. Chacun doit être plus ou moins satisfait… « C'est comme ça au Sénégal, a déclaré Djibril. Tu dois t'habituer, Maya ! N'oublie pas que tu es une Africaine ! »

Ce matin, le chauffeur les a conduits au musée des Civilisations noires, bâti en collaboration avec les Chinois et inauguré en 2018, sous la présidence de Macky Sall. Au pied du gigantesque baobab du hall, œuvre du peintre-sculpteur haïtien Édouard Duval-Carrié, Djibril a encore parlé de racines et de diaspora. « C'est l'arbre de l'Humanité, la grande histoire méconnue, les petites histoires méprisées, les peuples spoliés, humiliés et dispersés… » Maya s'est sentie inculte et vide. Ce sentiment n'a cessé de s'amplifier tout au long de la visite des différentes salles, où sont exposées les précieuses collections d'un art millénaire. Bien entendu, Djibril n'a pas manqué d'évoquer le Louvre et les musées du monde qui recelaient les trésors de l'Afrique pillés au temps des explorateurs-ethnologues et de la colonisation.

Ils ont déambulé trois heures durant, passant de salle en salle avec une respectueuse nonchalance et une moue fataliste.

Aux yeux de Maya, les œuvres d'art présentées là racontaient le génie et la quête de beauté d'un temps révolu dont elle ignorait tout. Un vaste pan du monde miné dans ses fondations. Elle découvrait l'horreur et l'étendue de l'ignoble prédation qui avait engendré la déportation de ce peuple noir sur plusieurs siècles. Les peintures lui renvoyaient les milliers de rêves contrariés dans la brutalité du commerce triangulaire. La barbarie des exils forcés. Les siècles de deuil nié et de douleurs tues. Les innombrables vies brisées, ici et en ces terres lointaines des Amériques où les Africains avaient été expédiés. D'entre ces murs qui lui en imposaient, Maya sortait de son cocon d'ignorance pour contempler la défaite de l'humanité, mais aussi, comme une victoire sur l'adversité, la capacité des êtres à survivre, s'adapter au pire, se réinventer sans cesse.

À un moment, Maya se sentit littéralement écrasée sous le poids de la grande histoire africaine affreusement saccagée. Elle dut s'asseoir. Reprendre son souffle, calmer une désagréable sensation d'enfermement, de suffocation. Djibril lui tendit une bouteille d'eau. Il n'était pas là pour la déstabiliser davantage. Au contraire, il voulait sincèrement la guider dans ses recherches et sa quête identitaire, la rétablir dans son africanité, la rendre plus solide. Djibril s'efforçait de combler ses manques, et remonter peut-être à la source de son mal-être.

« Tu vois, dit-il, comme cette histoire est puissante et belle… Tragique et riche d'espoirs à la fois. Non, en Afrique, on ne pleure pas malgré tout ce qu'on a subi et qu'on endure encore… À ce jour, tu n'en as pas vraiment conscience, mais toi aussi, Maya, tu portes cette riche histoire en toi… Tu n'es pas qu'une métisse, même si je t'embête avec ça…

– Alors, arrête de répéter que je suis une Africaine décolorée ! C'est vexant, à la fin… » lâcha-t-elle.

Sur l'esplanade du musée, le soleil était cuisant. Les rues, vrombissantes et poussiéreuses. Mais elle n'avait pas envie de se trouver ailleurs à cet instant-là. Non, Maya n'en voulait pas tant que ça à Djibril. Elle lui était même reconnaissante de l'avoir entraînée dans cet improbable voyage.

« Ma chère, je dis ces choses pour te piquer un peu. Quand tu sauras qui tu es vraiment, tu ne seras plus du tout blessée ou ébranlée par ce que les gens pensent de toi… On en reparlera à Paris ! Maintenant, l'Afrique est plantée dans ton cœur pour toujours… »

De retour à la maison de Ouakam, un thiéboudienne tout chaud les attendait.

À l'heure des repas Maya s'assoit à côté d'Idrissa, sur le tapis posé à même le sol. Chaque jour, ils sont une dizaine autour d'un grand plateau garni de riz, légumes, viande ou poisson. Elle a pris goût aux mets africains et mange avec les doigts, comme toute la famille. Le riz cassé est au menu chaque jour, accompagné, selon le marché, de daurade braisée, poulet yassa, sauce épinards, mafé bœuf, thiou crevettes, sauce gombo… On lui épargne le piment, mais elle savoure chaque plat avec ravissement.

À Dakar, Djibril est sur son territoire. Il a retrouvé sa langue wolof et s'exprime en français avec un accent plus marqué qu'à Paris. Maya a noté qu'il s'adresse à ceux de sa famille avec déférence, tandis qu'il manifeste de la condescendance vis-à-vis des personnes dédiées à leur service. Elle se défend de le juger ; Maya n'est pas chez elle. Djibril semble se conformer aux codes de communication de son pays. Ici, il garde une certaine distance corporelle avec son amie. Il ne la touche pas, n'effleure pas ses doigts, ne passe pas le bras négligemment sur ses épaules, comme il le fait avec naturel dans les rues de Paris. Il lui a expliqué que ces gestes ne sont pas anodins au Sénégal. Les gens observent tout, et en tirent des conclusions susceptibles de heurter la morale, semer le trouble et poser maints problèmes.

Comment s'emplir de ce sentiment d'appartenance au peuple noir ? s'interroge Maya devant sa page blanche. Elle ne sait de quelle manière procéder pour sérieusement se décréter noire, africaine. Elle voudrait bien s'en convaincre, baigner dans cette certitude, cette arrogance innée. Quand elle se regarde dans la glace de la salle de bains, elle ne voit qu'une jeune femme basanée aux origines floues. Djibril évoque parfois les Franco-Français. Parle-t-il des gens comme sa mère et ses grands-parents, normands depuis des générations ? Est-ce qu'un Franco-Français est d'office blanc de peau ? Est-ce que les Antillais – classés par l'Ined dans la case des minorités visibles – se considèrent comme des Français à part entière, parlant créole... Des Français d'outre-mer, des Ultramarins, des Domiens, des Européens-Caribéens à la peau noire ? Revendiquent-ils peu ou prou leur africanité ?

À Dakar, Djibril a beau marteler qu'elle est africaine, Maya est perçue comme une Blanche, une touriste, une toubabesse, au mieux une métisse... À Paris, si l'été la rend attractive sous son teint hâlé, en hiver la couleur de sa peau la dénonce, la reléguant à la marge des Français de souche, dans le camp des racisés de la « Diversité ».

Elle a noté des mots wolofs dans son carnet. Elle en dit quelques-uns, pour faire sourire la famille de Djibril. *Bakh na* (c'est bon), *dieuré dieuff* (merci), *diam n'gam* (bonjour), *wao* (oui), *dédète* (non)... Elle lit chaque mot à plusieurs reprises pour l'avoir en bouche, comme ces épices nouvelles qu'elle découvre à Dakar. Mais ils ne lui seront d'aucun secours au Bénin, lui a soufflé Djibril. Là-bas, les gens parlent principalement la langue fon.

Elle écrit. Sur les pages de son carnet, les mots se précipitent l'un derrière l'autre dans le récit de ses journées. Sa plume devient paresseuse lorsqu'elle dissèque ses états d'âme ou les questions existentielles, identitaires. Quand lui reviennent ses phobies, Maya tente de s'imprégner des résultats du test ADN. Ils lui confèrent un premier socle, presque une assise… 42 % Nigeria, 28 % Bénin… 42 % Nigeria, 28 % Bénin… Elle répète les nombres à haute voix dans le silence de la nuit. « 42 % Nigeria, 28 % Bénin… »

Elle a eu deux fois sa mère au téléphone.

Lors du premier appel, Claire raconta la nuit de Noël avec les grands-parents. Au menu : dinde aux marrons, écrasé de pommes de terre, haricots verts à la vapeur, huîtres chaudes arrosées d'un champagne d'exception. Ensuite il y eut les cadeaux échangés et le sapin bien triste en l'absence de Maya. Dans la voix de Claire, perçait un certain malaise que sa fille mit sur le compte de la distance et de l'heure tardive.

Au second échange, Maya était pleine d'une sourde rancœur. Avec ce voyage en Afrique, un gouffre s'était ouvert sous ses pieds. Où se trouvaient donc ses racines paternelles ? Pourquoi sa mère s'obstinait-elle à la laisser dans l'ignorance de ses origines ? Maya répondit froidement aux questions posées, ménageant des silences gênants.

« Au moins, tu n'es pas malade ? finit par demander Claire.

– Je m'amuse. On m'attend. Je dois raccrocher. Salut ! »

Maya referme son carnet.

Elle n'éteint pas la lampe à cause des ombres et de sa peur du noir. Un instant elle pense à Lulu, cet ami imaginaire qu'elle aurait eu dans son enfance. Maya ne s'en souvient plus vraiment. Claire l'avait sorti de sa boîte pour répondre aux interrogations de la psychologue.

Demain, Fatou a décidé de lui tresser les cheveux.

Le surlendemain, ils vont embarquer sur une chaloupe pour gagner l'île mythique de Gorée.

Ce jour-là, Maya a promis de porter le boubou que lui a offert Idrissa. À l'essayage, elle s'est trouvée tellement ridicule. S'est sentie déguisée comme une toubabesse.

Selon Djibril, il n'est pas permis de faire l'impasse sur Gorée. La traversée dure une vingtaine de minutes. Maya s'imagine dans son lourd boubou en cas de naufrage, empêtrée dans la masse de tissu.

Djibril sait sa peur de l'eau, mais ignore encore qu'elle n'est jamais montée sur un bateau. Maya est terrorisée par la Grande Bleue et toutes les étendues liquides, un peu suspectes, qu'elle imagine hantées par une faune hostile, une flore urticante et vénéneuse. Elle panique dans dix centimètres d'eau. N'entre jamais dans les piscines. Elle est hydrophobe depuis toujours… Peur de se noyer.

La semaine prochaine, si elle n'est pas morte par noyade, Maya s'envolera pour Cotonou. Une des cousines de Djibril est hôtesse de l'air sur une compagnie intérieure. Le billet aller/retour Cotonou/Dakar est offert. Arrivée là-bas, des amis la conduiront à Ouidah où elle sera logée dans un gîte tenu par une tantine de Djibril.

Au petit matin, quand elle cherche encore le sommeil, le muezzin entonne l'appel à la prière, du haut du minaret de la grande mosquée de Ouakam. Dans la tête de Maya une petite voix répète en sourdine : 42 % Nigeria, 28 % Bénin… 42 % Nigeria, 28 % Bénin…

Margy et Anna sont assises côte à côte, dans la même position, le regard absent, les mains jointes entre les cuisses. Elles attendent leur tour dans de confortables fauteuils de velours taupe. Le rendez-vous était fixé à 17 heures, mais la secrétaire médicale les a invitées à patienter. Il y a trois dames avant elles. Des femmes enceintes accompagnées d'hommes aux yeux rivés sur leurs téléphones portables.

Elles n'ont aucun lien de parenté, cependant Margy Laroche a demandé à Anna de se présenter comme sa maman. Elles s'apprêtaient à passer le porche de l'immeuble haussmannien, quand la fille s'est immobilisée. Une étrange gravité éraillait sa voix, un soupçon de chagrin embrumait ses yeux. Bien sûr, sans poser de question, la tante de Yaëlle a accepté. « D'accord, je suis ta maman… »

La protégée d'Anna Liman a coupé les ponts avec ses parents divorcés. La dernière fois que sa mère a cherché à lui parler au téléphone, Margy se remettait de ses déboires chez mamie Yvette. Gladys Laroche avait lu les journaux. Elle était horrifiée. Bon Dieu ! Cette mule était l'amie-sœur de sa fille depuis l'école maternelle… Début novembre, l'article sur la bouletteuse avait fait la une du *France-Antilles*. Même si son nom n'était pas mentionné, tout Gwada savait qu'il s'agissait de cette Yaëlle Desbois, dont la mère était aide-soignante à l'hôpital et le père gardien de prison à Fond Sarail. Une famille respectable de la résidence Beauséjour touchée de plein fouet par l'un des pires maux de la société guadeloupéenne.

Au retour de Sylvia, fin décembre, tout avait changé à Beauséjour. Les voisins, soi-disant amis, détournaient le regard quand ils la croisaient dans la ruelle de la résidence. Plus personne ne la saluait, même de loin. Elle avait sonné chez Gladys Laroche, mais le nouveau portail électrique était demeuré fermé, bien que sa voiture soit dans le garage. Au téléphone, un long bip répondait à Sylvia.

Employée de bureau au siège d'une administration locale depuis une vingtaine d'années, Gladys Laroche considérait Margy comme le grand échec de sa vie. Divorcée un an plus tôt, elle était convaincue d'avoir fait de son mieux avec sa fille unique, sur qui elle projetait tous ses espoirs et plus encore. Le père de Margy vivait à présent avec une gamine de vingt-sept ans et s'apprêtait à être de nouveau père à la cinquantaine. Très croyante, Gladys le vouait chaque jour aux gémonies dans ses prières à Jésus-Christ.

Lors de son dernier échange téléphonique avec sa mère, Gladys avait déversé toute sa colère et posé un tas de questions. Mamie Yvette avait écouté sans trahir sa petite-fille. « Non, je ne sais pas où est Margy. Je n'ai aucune nouvelle… » Alors, avant de raccrocher, Gladys avait laissé un message à l'intention de sa progéniture. « D'accord, tu ne l'as pas vue, tu ne sais pas où elle se planque… Je l'avais prévenue… Eh bien ! Si tu la vois, dis-lui que je n'ai plus de fille… »

Margy n'avait pas voulu entendre sa mère. Parce que les victimes se sentent souvent plus coupables que leurs bourreaux.

Si elle avait eu la force de lui parler, elle aurait pu raconter quelques salaces bribes de son enfance. La paisible résidence Beauséjour. Ces si calmes après-midi de vacances scolaires… Tout sourire, vêtue de sa tenue de sport – style Florence Griffith-Joyner –, sa mère entrouvrait la porte de sa chambre. Elle courait chaque jour, tenait à garder un corps svelte. « Je vais faire mon jogging avec des copines, Margy. Qu'est-ce que tu fabriques ? Prends un bouquin. Lis un peu. Je serai de retour pour le dîner. Sois sage, mon ange… »

Margy avait huit ans. Elle aimait déjà la coiffure. Armée de peignes et de brosses, passait le temps à coiffer ses poupées, ou à tresser ses cheveux devant un miroir, nouer des rubans de satin et poser des barrettes de toutes formes et couleurs.

Si elle avait voulu voir s'effondrer le petit monde impeccable de Gladys Laroche, Margy aurait lâché des mots irréversibles, tellement crus et acerbes. Elle aurait jeté en pleine lumière ce que cachait la parfaite haie d'allamandas jaunes et les gracieuses arabesques du portail de fer forgé si rassurant. Ce que masquaient le jardin arboré et son gazon tondu de près. Ce qui se jouait derrière les murs blancs de la villa, repeinte chaque année avec grand soin…

Elle aurait poussé sa mère dans des coulisses dégoûtantes à vomir.

« Sois sage, mon ange… »

La porte d'entrée claquait comme un coup de tonnerre dans le silence de la villa. De sa fenêtre, Margy pouvait voir son père aller et venir dans la cour. Il était chaussé de grandes bottes vertes en caoutchouc et muni d'un arrosoir. Les fleurs étaient sa passion. Surtout les orchidées qu'il collectionnait amoureusement dans une serre de sa fabrication. Margy regardait la voiture de sa mère s'engager fièrement dans l'allée de gravier. Monsieur Laroche ouvrait et puis refermait les battants du pompeux portail. Ses parents se faisaient un petit signe de la main. Gladys pour dire merci avec un sourire, son père pour dire au revoir, en vrai gentleman.

Bien sûr, elle ne prenait aucun livre. Assise en tailleur sur son lit avec son peigne et son miroir, Margy attendait ce qui se produisait toujours en l'absence de sa mère. Le gentleman-farmer abandonnait aussitôt son jardinage. Elle entendait couler l'eau de la douche. Et puis les pas lourds du loup dans le couloir qui menait à sa chambre rose. Soudain, la porte s'entrebâillait. Et il apparaissait, nu de la tête aux pieds, avec un sourire carnassier.

« C'est notre secret, disait-il dans un murmure. Agenouille-toi ! C'est bien ! » Et, sans plus de préambule, le monstrueux Monsieur Laroche fourrait son sexe bandé dans la bouche de sa fille. Maintenant fermement la tête de Margy entre ses cuisses, il grognait et l'encourageait à continuer encore et encore. Quand il avait fini de jouir, il essuyait les lèvres de la fillette, avec un mouchoir jetable qu'il ne manquait jamais d'emporter avec lui, pour effacer toute trace de son crime. Et puis c'était fini. Une sordide parenthèse de quelques minutes qui s'ouvre et se referme sans autre mot ni bruit. Un instant d'égarement programmé, où la réalité bascule dans un gouffre abject. Où tout reprend sa place comme par magie, sitôt l'acte accompli. Avant de quitter la chambre rose, le loup se retournait toujours pour souffler un baiser de théâtre qui volait au ralenti et venait s'écraser sur la figure de Margy, pareil à un crachat. Plus tard, Gladys Laroche était de retour, joyeuse, tellement heureuse d'avoir battu un record sur son parcours sportif. Margy mettait la table. Elle dînait assise à côté de sa mère, face à son père. Alors, elle retrouvait son gentil papa, ce courageux Monsieur Laroche qui avait créé son entreprise de bric-à-brac *made in China* à la force du poignet et se vantait, en société et dans sa cuisine, de ne rien devoir à quiconque.

Est-ce que sa mère l'aurait crue ?

Qu'aurait pu dire l'athlétique Madame Laroche ?

Qu'aurait répondu le valeureux Monsieur Laroche si on l'avait interrogé ?

De quelle manière auraient-ils pu l'aimer après, si elle avait trahi le grand secret ?

Adolescente, Margy osa un jour menacer son père. « Si tu continues, je vais tout raconter à maman ! » Alors il cessa net de la tenir sous son emprise. Ça avait été si facile de rompre ce pacte. Elle se mortifiait de n'avoir pas stoppé son bourreau plus tôt. Elle changea, devint insolente, rebelle à tout. À quinze ans, Margy était perdue, obscurément gorgée de colère et de rancœur envers sa maman, et fort consciente du pouvoir qu'elle détenait désormais face à son géniteur, l'ignoble Monsieur Laroche. Les deux avaient failli à leurs devoirs. Son père l'avait salie à jamais ; sa mère n'avait rien voulu voir et ne l'avait pas protégée. Pourtant, leur fille ne révéla jamais à personne ce terrible secret. Même pas à Yaëlle, son amie-sœur.

« Comment ça va ? demande Anna. Tu te sens pas trop mal ?

– Non, je sens rien du tout. Je suis normale… » fait Margy, tapotant son petit bedon.

– C'est notre tour après cette dame. »

Sur un mur de la salle d'attente, la pendule numérique affiche 18 h 34.

Margy n'est pas prude. De son ancienne vie avec Benja, elle a gardé l'habitude de se promener à moitié nue dans l'appartement. À la mi-janvier, elle a rapporté de Barbès un radiateur grille-pain qui fait monter la température du salon chez Anna. Il n'est plus nécessaire de superposer pulls, leggings et chaussettes. « C'est l'ambiance tropicale ! Ça donne envie de danser, pas vrai ! » s'exclame Margy, en string et les seins à l'air.

Anna n'y voit aucun mal. Au contraire, elle considère Margy comme une enfant qui n'a pas conscience de sa nudité. Une fillette dans un corps de femme. Sa petite fille…

Mais ce corps est en train de se métamorphoser. Anna a déjà noté que Margy s'est quelque peu empâtée après les fêtes de fin d'année. La veille au soir, elles étaient installées dans le canapé du salon, en train de pinocher dans un bol de chips, tout en regardant un vieil épisode de *Columbo* des années 1970. Le meurtrier était sur le point d'être démasqué par le charismatique lieutenant. Comme de coutume, la tante était assise et Margy allongée, dans sa position favorite, la tête reposant sur les cuisses d'Anna, les jambes pendant par-dessus le bras du canapé.

À un moment, le regard de la tatie se porta vers la fenêtre. Elle avait cru entendre quelque chose, mais ce n'était que la pluie glacée de janvier qui frappait à la baie vitrée. Quand Anna revint à *Columbo*, ses yeux tombèrent incidemment sur le ventre nu de Margy. Nu, rond, proéminent.

« Mais, mais… Mais tu es enceinte, ma parole ! s'écria-t-elle, se redressant d'un coup.

– Quoi ! Qu'est-ce que tu racontes… Jamais de la vie… »

Non, Margy ne savait pas. Elle avait l'air sincère dans sa stupéfaction. Anna avait dû la planter devant le miroir de l'armoire murale de sa chambre pour que la fille accepte l'évidence. De face et de profil. En effet, son ventre était bien celui d'une femme enceinte. Un trait brun, plus foncé que sa carnation, courait déjà de son pubis à son nombril.

« Margy Laroche ! » fait la secrétaire médicale d'une voix lasse.

Anna et Margy se lèvent, main dans la main.

Quelques minutes plus tard, la gynécologue qui suit Anna confirme évidemment la grossesse de Margy : « Quatre mois et demi ! »

Découvrant les contours du bébé sur l'écran de l'échographe, Anna ne peut réprimer ses larmes. Elle regarde ce petit être à peine formé qui repose dans le ventre de Margy. Elle pense à sa propre grossesse. À l'enfant d'Achille Balinois qu'elle portait une vingtaine d'années plus tôt. Cet enfant dont elle n'a pas voulu.

Margy est étonnée, heureuse et malheureuse en même temps. Elle n'y croit pas vraiment. Les yeux rivés sur l'écran, elle répond machinalement à la doctoresse. Non, elle n'avait pas remarqué que son tour de taille s'était tant épaissi. Oui, elle avait eu des sortes de nausées, mais n'y avait guère prêté attention. Mis ça sur le dos de la malbouffe et de l'hiver qui donne envie de s'envelopper d'une bonne couche de gras. Elle avait complètement zappé. Mais ça lui revient, comme les scènes d'une série dont elle a oublié certains épisodes et rebondissements… Pensait qu'elle avait perdu le bébé sous les coups des gars qui l'avaient agressée.

« Le père ?

– Il s'appelle Benja. Non, je ne vais pas chercher à le joindre. Il est à Gwa… heu ! en Guadeloupe. Quelque part… À présent, je vis avec ma mère. Je ne sais pas si je vais le garder… » Les yeux humides, Margy cherche la main d'Anna.

« Bien sûr que vous allez le garder ! rétorque la praticienne en réajustant ses lunettes. Vous en êtes presque au cinquième mois. L'avortement est réglementé en France. Vous avez largement dépassé la date limite. À quand remontent vos dernières règles ? Avez-vous eu des contractions ? Le fœtus mesure déjà dix-sept centimètres. Regardez ! Il bouge… Vous voyez ! Là ! Ici ! Son cœur ! Il est en pleine forme… »

Trop d'informations. Trop de questions auxquelles Margy est incapable de répondre. Quoi faire ? Comment gérer cette saisissante nouvelle ?

« Ne vous inquiétez pas, reprend la gynécologue. Vous avez fait un déni de grossesse. J'en vois souvent, vous savez… Mais vous n'êtes pas seule, vous avez la chance d'avoir le soutien de votre maman. »

Anna acquiesce. « Oui, oui, je vais bien m'occuper de ma fille et de son bébé. »

La gynécologue sourit. Sur l'écran de son ordinateur, elle referme déjà le dossier Laroche.

« Faut que je le dise à Yaëlle… s'écrie soudain Margy. Faut qu'on retourne tout de suite à l'hôpital. En fait, elle ne délirait pas tant que ça… »

Cette nuit, Margy ne trouve pas le sommeil. Au salon, couchée dans le canapé, elle caresse son ventre sous le drap. L'enfant de Benja. Elle porte le bébé de Benja. Avant de disparaître, il lui a fait ce dernier cadeau. Pauvre Benja qui ne verra pas grandir son petit ! Alors, d'une manière insidieuse, la nostalgie de Gwada l'étreint d'un coup. Elle voudrait que son bébé naisse là-bas, au pays. Voudrait qu'il vive sous le soleil, les pluies et les vents mauvais de Gwada. Voudrait qu'il connaisse la lumière si spectaculaire qui inonde Gwada au lever du jour et disparaît d'un coup au coucher du soleil, abandonnant dans le ciel de longues traînes flamboyantes. Oui, Margy voudrait voir ce *timoun* courir dans les savanes et entrer dans la mer immense. Voudrait qu'il parle le créole et rie fort comme font les gens de Gwada, manière de couvrir le bruit de la déveine. Voudrait qu'il soit un pur produit Gwada, avec ses fêlures et sa pudeur, sa fierté et son goût pour la vie – quelle qu'elle soit. Voudrait aussi nourrir son enfant d'ignames tendres et de poissons frais, de tous ces fruits aux parfums envoûtants qu'on ne trouve qu'à Gwada…

Vers 3 heures du matin Margy finit par s'endormir, avec le souvenir de la saveur d'une mangue-pomme dans la bouche.

Cette même nuit, Anna rêve.

Ça se passe du temps de l'esclavage. Assise sur un ti-banc, le dos rond, une négresse tient un bébé tout contre son cœur. Elle fredonne une morne berceuse dans une langue inconnue. Puis elle se lève et marche à grands pas déterminés. Le nourrisson inquiet gigote dans ses bras. Anna se reconnaît. Étrangement, c'est bien elle, cette enfant dans les bras de la sombre créature. Sans cesser de chantonner, la femme noire traverse une savane, enjambe des herbes coupantes et des roches aux formes animales. D'un coup, elle se met à courir. Et toute brimbalée, Anna sanglote, hoquette et vagit dans son giron. Elles arrivent au bord d'une rivière qui ne dit pas son nom, mais murmure déjà une oraison funèbre. Autour, les arbres apitoyés courbent leurs branches pour mieux entendre. Le ciel est griffé de raies noires. Au loin, capon, le vent attend voir ce qui s'annonce. Dans les ramures, les oiseaux se sont tus – on les dirait instruits de ce qui vient. Hélas, sans une prière, la dame noire se jette dans la rivière, son bébé dans les bras…

Anna se réveille en sursaut, les joues baignées de larmes. Elle se pose au bord du lit.

Elles avaient pris le métro après la visite médicale. Margy lui avait reparlé de cette princesse africaine qui habitait les délires de Yaëlle…

Les psychiatres traitent sa nièce à coups de neuroleptiques et benzodiazépines. Elle souffre d'hallucinations, comme la vieille tante Anastasie qu'on disait folle, à cause de ses conversations avec des invisibles. Pauvre tante Anastasie qui a fini sa vie dans un hôpital psychiatrique, hantée par les esprits…

En 1997, il était aussi trop tard pour Anna. L'avortement désormais inenvisageable, elle dut mener sa grossesse à terme et cacher son corps sur la côte bretonne, chez une bonne dame dont l'activité principale était d'héberger des filles en cloque… Ces femmes-enfants qui avaient joué à des jeux interdits, étaient tombées enceintes par accident et projetaient d'abandonner leurs mioches, sitôt nés.

Cet été-là, elles étaient trois dans la longère bretonne posée entre des champs de maïs, un grand parc à cochons et une route de terre bordée de pommiers sauvages. Brigitte la Corse, Sarah la Niçoise et Annette la Guadeloupéenne – la seule Noire. Au loin, derrière un paysage de verdure, des falaises blanches se laissaient rogner et lécher par la mer. Il y a longtemps, durant l'Occupation, une femme qui avait copulé avec un Boche s'était jetée là, avec son gros ventre, son déshonneur et son chagrin d'amour.

Les filles n'avaient pas le droit de sortir. Valait mieux pour tout le monde rester dans la longère. À l'abri des regards. Les gens du coin étaient curieux et leur logeuse ne voulait pas d'histoires. Durant leur séjour forcé, elles s'étaient pourtant très bien entendues avec Martine et son mari Roger. Des gens sans façons, éleveurs de cochons, ni questionneurs ni moralisateurs. Ils avaient connu la guerre, vu défiler tellement de malheurs à la queue leu leu, essuyé tant de larmes… Il en fallait beaucoup pour les désarçonner.

Le vieux couple percevait bien sûr une rétribution pour les services rendus. Mais ils accueillaient ces demoiselles avec chaleur, comme des membres de leur propre famille. Martine préparait les repas et ils mangeaient tous à la même table, à midi pile et 7 heures du soir. Chacune avait sa chambre, et passait le temps à dormir et lire des romans-photos. Elles n'avaient pas à se creuser les méninges avec des prénoms de fille et garçon, non plus tricoter de la layette rose ou bleue. N'avaient rien d'autre à faire que remâcher leur honte, en attendant le satané jour de la délivrance.

La sage-femme vint en premier pour Brigitte. Le travail commença dans l'après-midi. Les cris de la malheureuse Corse percèrent la nuit jusqu'au lendemain matin. Trois jours plus tard, après de chaudes embrassades, elle quittait la longère, guillerette comme un pinson et plate comme une limande. À peine si Anna eut le temps d'entrevoir le minois du nouveau-né qu'une berline noire se présentait dans la cour, pour l'emporter quelque part. « Il sera choyé ! » assura Martine en essuyant vigoureusement ses mains dans son tablier.

Sarah perdit les eaux et entra dans les douleurs de l'enfantement la semaine suivante. « Celui-là est passé comme une lettre à la poste ! » se réjouit l'accoucheuse. La jeune Niçoise prit congé de ses hôtes, la larme à l'œil, souhaitant bonne chance à Annette. Les pneus de la même voiture noire firent crisser les gravillons de la cour et le deuxième bébé partit vers son destin.

Un mois passa. Karen, nouvelle fille perdue et neurasthénique, remplaça Brigitte. Elle venait de Strasbourg. Renfrognée, l'air d'un moineau souffreteux, on la voyait seulement lorsqu'elle se rendait aux toilettes ou à la salle de bains, marchant à petits pas, encombrée de son gros ventre. Karen picorait dans sa chambre. Martine lui apportait ses repas sur un plateau. En ouvrant la porte, elle lançait un tonitruant « Madame est servie ! » qui faisait toujours rire Roger.

Annette se souvient qu'il y avait de la joie dans la maison. Mais en ce mois d'août si chaud, elle n'avait pas l'âme légère. L'idée du Bien et du Mal l'obsédait. Dans ses prières, elle implorait la clémence du bon Dieu. Et demandait pardon pour ses pensées coupables. À cause des heures vacantes, Annette ruminait en permanence. Au jour de la délivrance, elle espérait que l'enfant soit mort-né. Ainsi, elle serait débarrassée. Pourrait reprendre sa vie d'avant le chaos, comme s'il ne s'était rien passé. Au cas où il naîtrait vivant, elle chercherait le moyen d'effacer sa faute. Étouffer le bébé, l'étrangler ou le noyer… C'étaient les solutions envisagées. Par ces gestes criminels, elle imaginait une pleine libération. Si l'enfant survivait et grandissait quelque part en ce monde, Anna savait déjà qu'elle ne trouverait pas la paix…

Agontimé l'observait. Lisait dans ses pensées. Est-ce que l'histoire se répétait ? Anna envisageait-elle de tuer son enfant ? Pour quelle raison ? Le déshonneur…

Cela faisait tellement longtemps qu'Agontimé ressassait ses regrets. Au cours des ans, elle avait bâti tout un échafaudage de circonstances atténuantes, blâmé l'esclavage et la méchanceté des maîtres Jacquelot, dénoncé la servitude, le fouet et la misère… Las, au fil du temps, toutes les bonnes raisons qui l'avaient poussée à se jeter dans la rivière Bambou s'étaient éboulées. Il ne restait plus rien que la mélancolie pour justifier son geste fou.

Elle regrettait de ne pas avoir tenu bon dans la déveine. S'en voulait de ne pas avoir été aux côtés de ses enfants, d'avoir fui si lâchement la vie… « Voilà pourquoi je suis encore là, à errer sur la terre », se disait-elle, veillant Anna aux derniers jours de sa grossesse.

Quatre mois plus tôt, Annette Liman avait consulté un médecin. Elle était venue à Paris pour avorter et le docteur l'avait toisée comme une criminelle de la pire engeance. Il l'avait quasiment chassée de son cabinet. Anéantie, elle s'était effondrée dans la salle d'attente. Alors, discrètement, la secrétaire lui avait glissé un bout de papier. « Si vous ne voulez pas de cet enfant, il y a une solution. Appelez ce numéro de téléphone ! On vous aidera… »

C'était la nuit. Au bas de la falaise, la mer était déchaînée. Quand Anna sentit la troisième contraction, elle espéra un instant que l'enfant soit providentiellement étranglé par le cordon ombilical. Hélas, il bataillait déjà pour venir au monde. Donnait de rudes coups de pied, tandis que son petit cœur s'emballait, battant au même rythme que les vagues en furie qui déferlaient au loin. Anna héla Martine qui attrapa aussitôt le combiné, pour convoquer la sage-femme habituelle.

Elle accoucha d'une fille le 13 août 1997, à 3 heures du matin. N'eut pas le temps de la tuer, non plus de lui donner un prénom, même en son cœur.

Non, l'histoire ne s'était pas répétée… Personne n'était mort ce jour-là…

Anna avait seulement abandonné son enfant, comme Agontimé avait abandonné ses garçons et Ifé, sa dernière-née, au pays d'esclavage.

Anna ne verrait pas grandir ce bébé, comme Agontimé n'avait pas vu grandir Olouwafoumi, sa première-née, au royaume Shabè…

Dans sa dimension parallèle, Agontimé ne peut ni juger ses descendants ni prévenir d'un danger ou attirer la chance, non plus influer sur leur libre-arbitre ou renverser leur destinée. Si elle possède le don d'ubiquité, elle demeure une simple spectatrice. Un témoin impuissant. Un esprit intemporel…

Abandonner et oublier.

Abandonner n'avait duré qu'une minute, le temps que le bébé passe des bras de la sage-femme à ceux de Martine, puis à cette intermédiaire au sourire figé qui remit à Anna une enveloppe contenant mille francs. Comme convenu. C'était le prix de son enfant. Mille francs pour repartir d'un bon pied dans la vie.

Mille francs. En 1997, c'était une belle somme. De quoi vivre au moins trois mois. Mille francs contre trois kilos de chair vivante. Une petite fille bien portante. Une vente honnête en quelque sorte. Est-ce que c'était le prix d'un enfant au XXe siècle ?

Quoi qu'il en soit, il n'y avait plus moyen de faire machine arrière. Les papiers étaient signés. Le bébé d'Anna serait bientôt offert à d'autres, comme une grâce, peut-être un don de Dieu.

Deux jours plus tard, quand elle fit ses bagages pour quitter la longère, Anna n'avait pas de larmes. Elle prit le train pour Paris, se sentant riche de ses mille francs et légère sur ses jambes, même si elle était dorénavant encombrée d'un grand secret.

Embauchée à La Poste en octobre, elle trouva à louer son appartement de banlieue le même mois. Anna commença à prendre la pilule et fréquenta des hommes qui lui donnèrent du plaisir et l'invitèrent au restaurant. Elle riait en leur compagnie. Laissait leurs mains parcourir son corps. Acceptait qu'ils s'invitent en elle. Mais, l'un après l'autre, la fille finissait par les repousser sans explication. Préférait finalement se retrouver seule avec sa douleur.

« T'en fais pas, tu oublieras cet enfant ! » avait murmuré Martine au moment des adieux. Las, Anna y songeait en permanence. Comme à ce genre de plaie surinfectée qui, sitôt qu'une croûte dure se forme, démange et lancine. Alors le besoin de gratter, même d'écorcher au sang, devient irrépressible, procurant un délicieux plaisir solitaire, lénifiant…

Non, oublier n'était pas si simple. Ses pensées étaient sans trêve occupées par le visage malheureux et chiffonné de la petite fille rose qu'elle avait mise au monde.

La secrétaire médicale lui avait donné quelques conseils.

« Tous ceux qui ont eu connaissance de votre grossesse doivent croire que vous avez avorté. Pas question de regretter votre décision. Pas de revirement intempestif. Ni cris ni larmes. Vous avez bien compris ! L'abandon est irrévocable, définitif. Vous ne récupérerez jamais l'enfant. C'est peine perdue de mêler la justice à nos affaires… »

Bonne élève, Anna avait recopié une dictée sur une page blanche. *Je renonce à cet enfant de façon totale, irrévocable et définitive.* Puis elle avait signé l'acte d'abandon. Est-ce que ce bout de papier avait une valeur juridique ? Elle n'en avait aucune idée. Mais la secrétaire médicale avait soudain l'air et les manières d'un notaire. Le moment était solennel et intimidant. Anna n'avait que dix-sept ans et quelques mois…

Agontimé a déjà vu ses innombrables descendants d'Afrique et de la Guadeloupe traverser un flot d'épreuves, tomber dans des pièges, se relever, continuer vaille que vaille, avec leurs espoirs et les désillusions, la chance et les mauvais coups du sort, les secrets et les mensonges, l'orgueil et la mélancolie.

L'ancêtre n'en a pas oublié un seul…

Elle les aime tous, indifféremment, quoi qu'ils fassent de leur existence. Elle éprouve de l'empathie envers les plus faibles et de l'admiration à l'égard des intrépides qui ont choisi la vie.

Agontimé commença à voyager de-ci, de-là après la liberté de 1848.

Au fil des ans, beaucoup d'entre ses descendants quittaient l'Afrique et la Guadeloupe sans se retourner, s'en allant voir s'ils sauraient échapper à la malédiction toujours promise, si la vie était plus radieuse sous d'autres cieux. Ils prenaient le large, harnachés de mille rêves et de quelques bagages.

À travers les yeux inquiets de sa descendance, elle découvrit les nouveaux paysages de l'exil, les grandes villes comme Paris, Panama City, Saigon, Montréal, Lagos, Benin City, Londres, New York, Bruxelles…

Dans ses périples, Agontimé a déjà vu des pays de toutes dimensions, des gens de maintes couleurs et complexions. Comme chaque mortel ici-bas, ses descendants sont animés par les mêmes rêves et soumis aux mêmes lois : boire et manger, abriter la famille, éclairer la nuit, survivre dans les guerres, échapper aux calamités descendues du ciel et remontées du ventre de la terre. En attendant la fin, tous cherchent à prendre du bon temps. Ils tombent en amour, dansent et chantent et rient, tant au cœur de la déveine que dessous la furie des cyclones.

Elle a enduré les saisons d'Europe, la morsure du froid, la vie sous les bombes, les cendres, la peur, la haine et le mépris.

Avec eux elle vit s'emballer les temps modernes, revenir sans fin les conflits barbares qui jettent les peuples dans l'exode et le désespoir.

À leurs côtés, au XXe siècle, elle monta émerveillée dans les oiseaux de fer qui sillonnent le ciel de part en part.

Dans leur ombre, Agontimé prit la mer sur toutes sortes d'embarcations. Canots, rafiots, chaloupes, bananiers, paquebots blancs…

La Voix raconte encore et encore…

Et Yaëlle boit ses paroles…

En 1943, sur un canot de pêcheur, Edmond Potier quitta la paroisse de Goyave au petit matin. Âgé de dix-sept ans, il partait en dissidence avec quelques comparses. À la suite de l'Appel au secours du général de Gaulle, il avait décidé d'aller en découdre avec les Allemands. Blessé et médaillé, il survécut aux combats. À la fin de la Seconde Guerre mondiale, Edmond fit carrière dans l'armée française. Combattit en Indochine dans les années 1950. Devenu adjudant par ses faits d'armes, il voyagea dans son bel uniforme au Congo, au Sénégal et en Côte d'Ivoire. Il assista aux Indépendances africaines des années 1960. Il vit sa mort en Polynésie française, en ces temps où la France menait des essais nucléaires à Mururoa.

Bien d'autres ont quitté la Guadeloupe à bord d'un canot de pêcheur…

Mathilde Chanty, l'arrière-petite-fille d'Agontimé, née de Josué le troisième fils d'Ifé-Suzanne.

Josué était un simplet qui avait pâti de la mélancolie rampante de sa mère. Ifé sauvée des eaux ne regardait pas ses enfants, même pas en biscancoin. Attirés par quelque chimère, ses yeux se détournaient d'eux par inadvertance. Depuis l'enfance, Ifé vivait dans un monde fantasmagorique bâti par de vieilles servantes conteuses. Celles-ci ne cessaient de ressasser le temps d'esclavage et la sombre légende de sa mère Eugénie, dite Prune-café. Femme solitaire et étrange qui s'était jetée dans la rivière Bambou avec son bébé, en l'année 1842, laissant son compagnon éploré et cinq orphelins malheureux.

Miraculée, Ifé-Suzanne fut nourrie jusqu'à ses deux ans du lait de la négresse Emira, attachée à la grand-maison. L'ayant recueillie par charité chrétienne, la Madame Jacquelot donna à la petite d'Eugénie un peu de son affection, comme à une poupée noire qu'on dorlote et caresse un temps, puis qu'on délaisse pour d'autres jeux.

En 1848, l'année de l'Abolition, Ifé-Suzanne avait six ans. Le quartier nègre lui était quasiment étranger, presque d'un autre univers, avec ses cases miséreuses et ses indigents. Elle savait qu'elle avait un père et quatre frères là-bas. Mais seul Lucien, l'aîné d'Eugénie-Agontimé, songeait parfois à sa petite sœur. Devenu palefrenier par son talent à amadouer les bêtes, il lui rendait visite à l'occasion, bravant les interdictions des négresses de la grand-maison. Guère causant, il se contentait de regarder Ifé, lui témoignant avec les yeux son amour de grand frère. Il n'avait rien à dire et elle ne posait pas de questions. Ces tête-à-tête silencieux, suffisant à leur contentement, adoucissaient les jours, leur mettaient un peu de baume au cœur.

Si l'esclavage était aboli dans les livres de France, la condition des nouveaux citoyens ouvriers avait peu évolué à la Guadeloupe. Les maîtres étaient aigris et la même misère mangeait les jours de la négraille. Ceux qui avaient quitté l'habitation des Jacquelot, tout enivrés de leur bon droit et fiers d'un nom flambant neuf sur les registres d'état civil, s'en étaient revenus les uns après les autres, tête basse, reprenant leurs tâches dans les cannaies ou à la sucrerie. Après l'Abolition, comme un animal domestique, la prétendue liberté s'était amarrée au travail. Un nègre sans attache à une habitation était arrêté sur-le-champ, condamné pour vagabondage et emprisonné sans autre forme de procès.

Tandis que ses autres frères usaient leurs corps à couper la canne, Ifé-Suzanne grandissait mélancolique, à l'abri, dans la grand-maison austère et les jupons gris des servantes bavardes. Un beau matin, la maîtresse Jacquelot crut voir une terrible rancœur dans les yeux de la poupée noire qui vivait sous son toit. Veuve, amollie par l'âge, la dame Jacquelot se souvint alors de la mère de Suzanne: cette négresse Eugénie qui avait jeté son corps dans la rivière Bambou. Alors, pour changer la couleur du regard de l'enfant, elle l'envoya aussitôt à l'école. La négrillonne n'était pas sotte et apprit à lire et à écrire entre le carême et la saison des cyclones de l'an 1850.

Les années passèrent. Il y eut des pluies torrentielles et de terribles sécheresses. Les visites de Lucien se firent plus rares. En mai 1855, un jour de ses treize ans, Suzanne apprit par hasard la mort de son frère aîné. Elle n'en avait rien su et éprouva un fort chagrin. Plus tard, sans émoi, la bonne Emira lui rapporta qu'il avait reçu, le mois d'avant, un coup de sabot de son cheval, en plein midi, au mitan du poitrail. Paraîtrait qu'il était resté des jours à déparler entre la vie et la mort. Dans ses délires, il appelait sans cesse sa maman Agontimé, la suppliant d'abréger ses souffrances. Lucien avait à peine vingt et un ans.

Ifé revêtit une robe noire. Chaussée de bottines à lacets, elle gagna pour la première fois le quartier des nègres. Elle voulait soudain retrouver son père et ses frères. Las, il était trop tard pour rabouter les liens familiaux. Albert était mort à la tâche, laissant trois enfants à sa compagne Adé. Ephrèm avait fui la Guadeloupe sur un canot, en partance pour la Dominique où on disait la liberté plus douce. Baptiste était impotent, amputé d'une jambe, et s'étiolait sur un lit d'hôpital de la Basse-Terre. Enfin, Aristide avait été embauché par un ferronnier, loin, sur l'autre versant de l'île…

À son retour à la grand-maison, Ifé trouva du fil et une aiguille, devenant aussitôt couturière, comme par un talent consolateur qui lui serait tombé dessus dans un coup de chance. Deux ans plus tard, aux obsèques de la veuve Jacquelot, les Blancs des habitations voisines apprirent que la vieille avait fait établir un sulfureux acte notarié. Elle léguait à une fille d'esclaves une dot et un bout de terre de sa propriété. La nouvelle les laissa éberlués.

En 1865, Suzanne accepta d'épouser le nègre Congo Évariste Chanty, sans bien savoir pourquoi. Sûrement parce qu'il avait juré sur la Bible de ne jamais l'abandonner. Coupeur de canne, illettré, le bougre comptait sur sa femme pour monter en grade dans la société. Il faut dire que Suzanne savait lire et écrire, possédait des terres héritées de la veuve Jacquelot, subvenait à ses besoins par son métier de couturière et les revenus tirés des champs de canne dont elle était propriétaire.

Ifé-Suzanne n'était pas une mauvaise mère, cependant elle n'en finissait pas de noyer ses jours dans la tragédie de son jeune âge. Un sentiment d'abandon la malmenait en permanence. Son fils Josué passa trois ans sur les bancs de l'école communale, puis rejoignit son père aux travaux des champs. Malgré son imbécillité, il avait l'art de courtiser les femmes. Josué eut cinq enfants de trois lits différents. Cinq filles qu'on laissa pousser sans rigueur ni tuteur. Mathilde était la cadette.

En 1907, âgée de dix-sept ans à peine, sans dire au revoir à quiconque, Mathilde embarqua avec d'autres jeunes trompe-la-mort à bord d'un canot de pêcheurs dominiquais. Sous un ciel noir zébré d'éclairs, ils firent route vers la Martinique. La traversée dura près de trois jours, au mitan d'une mer enragée…

Après treize ans au Panama, les Français jetaient le gant et renonçaient à la concession acquise dès 1879. D'immenses fortunes avaient été engouffrées dans le projet d'un canal à niveau, des milliers de petits porteurs ruinés, des centaines d'affairistes, hommes politiques et industriels éclaboussés par le scandale de 1889 et la gangrène de la corruption. La Compagnie universelle du canal interocéanique de Panama était en faillite.

Des tonnes de terre excavées pour rien, des milliers d'ouvriers passés de vie à trépas, emportés par la malaria et la fièvre jaune, écrasés par un train, un chariot, une benne, une pelle folle, démembrés par une perforatrice, un éboulement de roches dynamitées… Pour rien…

Mais, en ce début de XXe siècle, la nouvelle circulait d'île en île : le chantier monumental allait redémarrer au Panama. Succédant aux Français, les Américains dirigeaient maintenant les opérations. Ils avaient assaini les lieux, asséché les nids d'anophèles et déployé des milliers de moustiquaires, assurant désormais la sécurité sanitaire pour tous les travailleurs.

La bonne nouvelle était qu'ils avaient besoin des West Indians Laborers pour creuser un canal à écluses, déplacer des montagnes, ouvrir une route maritime gigantesque reliant l'océan Pacifique à l'Atlantique… Dans toute la Caraïbe, de la Jamaïque à Trinidad, Grenade, Barbade, en passant par Antigua, la Guadeloupe, Saint-Kitts, Navis…, les nègres se prirent à rêver de faire fortune à Panama. Les recruteurs américains prospectaient à travers les Antilles. Il leur fallait des milliers de bras…

« Engagez-vous ! Engagez-vous ! » scandaient les affiches américaines placardées dans tout Foyal, au grand dam des Békés qui rechignaient à voir la négraille ainsi appâtée déserter leurs plantations.

Le 23 septembre 1907, la tête rasée dessous un chapeau de paille, vêtue d'un costume et bien mal chaussée de godillots empruntés à son père, Mathilde se présenta en homme au bureau d'embauche de la Savane. Évidemment, elle avait pris soin d'écraser ses gros seins sous une bande de toile. À Fort-de-France, il y avait foule pour la terre promise. La ville trépignait comme une femme folle qui va convoler en justes noces avec un riche Américain.

Deux jours plus tard, parmi près de sept cents ouvriers volontaires, Mathilde montait à bord du vapeur *Versailles*. Il n'y avait ni cabines ni couchettes. Les gens se trouvaient un coin sur le pont et s'accommodaient des conditions spartiates, de la nourriture chiche et des seaux d'aisance puants qu'on basculait par-dessus bord, dans le sens du vent.

Au mitan de la traversée, un bougre surprit Mathilde en train de pisser accroupie. L'insignifiant qui l'avait percée à jour éclata de rire, comme s'il venait de trouver un louis d'or. Heureux de sa bonne fortune, il menaça aussitôt de la dénoncer à l'équipage. Bien mal lui en prit. Sans se démonter, Mathilde dégaina la jambette qu'elle serrait dans la poche de son veston, au cas où. « Si tu parles, je t'étripe pendant ton sommeil ! » lui murmura-t-elle à l'oreille, pointant la lame effilée dans le bedon du nègre trop bavard. Le sieur cessa de l'importuner aussi sec, et l'ignora jusqu'au jour du débarquement.

Le prix du voyage devait être remboursé. Pour ce faire, la Compagnie du canal prélevait chaque mois un dollar sur les paies. La durée du contrat était de cinq cents jours, le salaire de soixante-quinze centimes par journée de dix heures, en monnaie panaméenne. La norme était de travailler six jours. Mais les engagés pouvaient faire des heures supplémentaires, et même remettre ça le dimanche ; ce qui agrémentait d'huile leurs ignames. Ils étaient nourris, blanchis et logés dans des dortoirs.

Oui, il lui avait été aisé de passer pour un homme. Mathilde Chanty en avait la carrure et la stature. Une ossature robuste, des muscles façonnés par le labeur des champs depuis ses dix ans. Devenir couturière comme sa grand-mère Suzanne ne l'intéressait pas. On disait de Mathilde qu'elle maniait le sabre mieux que la plupart des coupeurs de canne des environs.

À son arrivée à Colon, la visite médicale la démasqua derechef. Non, en tant que femme, il n'était pas question qu'on la place sur le grand chantier du siècle, parmi les escadrons d'ouvriers mâles. C'était soit la blanchisserie générale, soit les cuisines, soit la fin de son rêve... Dépitée, prêtant le bras au vaccin obligatoire, Mathilde accepta son déclassement qu'elle jugeait fort injuste. Dans la file d'attente pour l'embauche, elle avait vu des poltrons à *corones* refuser la piqûre. De hauts nègres éplorés, terrorisés par une petite aiguille au bout d'une seringue. S'imaginaient que les Américains voulaient les marquer, comme le bétail du Far West ou les *Negroes* de leurs plantations de coton. Vrai, elle était de bien meilleure constitution que certains hommes recrutés aux travaux d'excavation, dans les tranchées, sur les rails, autour des bétonnières, des perforatrices à vapeur...

Après un petit temps aux cuisines, elle migra sur le train de la cantine. Chaque jour, pour la distribution des platées de riz ou maïs, cahin-caha, la locomotive fumante menait le convoi aux méchantes échoppes de tôles et planches érigées tout le long de la voie de chemin de fer. La ration était vendue cinq cents aux West Indians Laborers et aux hindous qui, les paluches sales et usées, tendaient leur gamelle et se calaient de la monotone pitance quotidienne, assis sur les rails abandonnés, les traverses posées en quinconce, parfois sous la pluie, les pieds dans l'eau croupie...

Semaine après semaine, mois après mois, à marche forcée, Mathilde regardait se réaliser la formidable œuvre humaine. Même si elle n'était que cantinière, la fille du simplet Josué avait le sentiment d'être une des abeilles ouvrières indispensables de la monstrueuse ruche mécanique qui conformait le paysage au grand rêve américain, défaisant sans prière ce que Dieu tout-puissant avait créé par Sa seule volonté.

La terre promise était un enfer de mangroves, marécages et misère pour les travailleurs antillais et les hindous. Chaque jour, entre les deux océans, la mort guettait l'un ou l'autre. Qui avait le temps de verser une larme ? Creuser ce modèle de canal pharaonique était un travail de Titans. C'était partir en guerre contre un géant, sans être bien sûr de revenir entier. C'était braver la loi de la Création. C'était s'engager à périr, laisser sa vie et son âme dans la boue du Panama…

Certains créoles français, venus en famille, construisaient une case aux abords du lac Chagrès, cultivaient quelques ignames, plantaient yuccas, récoltaient bananes plantains, citrons et oranges. Ils s'adonnaient aussi à la chasse et à la pêche, réinventant la cuisine antillaise avec les épices panaméennes qu'ils accommodaient au gibier de la forêt et aux poissons des lacs. Ils faisaient des enfants qui connurent si peu les petites îles de leur parentèle, sinon par quelques mots créoles surannés, des anecdotes remâchées, des photographies jaunies…

Les Blancs américains bénéficiaient d'un tout autre statut. Ceux-ci dormaient dans de coquettes maisons de bois garnies d'épaisses moustiquaires. Leurs repas étaient servis au mess. Ils étaient payés en dollars américains et non en monnaie panaméenne. La ségrégation raciale était de mise à la Compagnie.

À la fin des travaux du canal, Mathilde et une frange des West Indians Laborers migrèrent dans les faubourgs de Panama City. Au quartier de Las Bovedas elle ouvrit un petit restaurant, La Criolla, avec vue sur l'océan Pacifique, ses eaux noires et poissonneuses.

La clientèle était hétéroclite, voire internationale, mais les Antillais des colonies françaises demeuraient les plus fidèles. Ils aimaient se retrouver dans la salle sombre de La Criolla, à l'étroit, attablés devant un court-bouillon ou un blaff de poisson, coude à coude, assis sur les bancs sommaires du restaurant, à manger la *buena comida*. Les Guadeloupéens et les Martiniquais fréquentaient le lieu, non seulement pour Mathilde et sa cuisine, mais aussi pour causer créole, disputer une partie de dominos, siroter un rhum-pays, écouter les biguines en vogue échappées du phonographe. Ils passaient là des heures, entre nostalgie et dépit, se remémorant leurs îles respectives, émaillant leurs propos de mots espagnol et anglais qu'ils avaient attrapés au vol sur les chantiers du canal, dans les rues et les bouges de Panama City.

Avec les Américains, Mathilde devenait Matty. Les Panaméens l'appelaient Matilda. Elle aimait les femmes, surtout les voluptueuses Panaméennes aux longs cheveux noir corbeau et à la peau d'ivoire. Elle se maria à Rodrigo Los Santos, un Antillo-Panaméen de la première concession française, qui savait ses penchants, n'en prenait guère ombrage. Ils eurent six enfants. Agontimé les vit naître et grandir, fonder une famille et oublier la colonie Guadeloupe.

Non, la fille de Josué ne retourna jamais sur son île natale. Mathilde Chanty Los Santos mourut par un jour de grande chaleur, à l'âge de quatre-vingt-six ans. On la retrouva étalée par terre dans l'arrière-cour de La Criolla. Dans son dernier râle, Mathilde se mit à rire et parler créole.

Son corps est enterré à Panama. Ses descendants ont essaimé de par le monde et se comptent aujourd'hui par centaines…

Il y eut aussi Daniel Chanty, murmure la Voix, né en 1868, le deuxième fils d'Ifé-Suzanne…

Illettré comme son père, celui-là était pêcheur, marié devant Dieu et père de deux enfants. Pourtant, on ne sait par quel envoûtement, le bougre s'amouracha fou d'une Martiniquaise à dièses, de passage à la Guadeloupe. Hélas, sans rien peser ni calculer, comme possédé par quelque esprit malin, le couillon mit le cap sur Madinina, seul, à bord de son canot dénommé

Je-crois-en-Dieu. Pas un brin de vent sur la mer. Au bout d'un mois de calvaire, il parvint à moitié mort de soif à toucher la côte nord de la Martinique.

Sitôt rétabli, soigné par de bonnes âmes, Daniel partit en quête de la Foyalaise de ses rêves. En vain il arpenta les rues de Fort-de-France, bravant nuit et jour les dalots de la ville, s'enfonçant jusqu'en ses faubourgs miséreux et malfamés. Le fils de Suzanne ressemblait à un indigent, un manant à gros talons, un nègre errant descendu des mornes. Ses illusions perdues, il noya son chagrin dans le rhum et se mit à driver en tous sens, de paroisse en paroisse, sur les routes de campagne. Le 7 mai 1902, Daniel se trouva par malchance à Saint-Pierre, le petit Paris des Antilles. Le volcan était en rage et la montagne Pelée lui tomba dessus, avec toute sa colère, ses roches brûlantes, ses cendres épaisses et farineuses. Que voulez-vous ! Personne ne réclama jamais son corps pétrifié. À la Guadeloupe, sa femme et ses enfants l'espérèrent un temps, avant de se résoudre à l'idée que son canot avait sûrement démâté sous un gros vent. En 1905, on fit dire une messe en sa mémoire. Reprenant la croyance familiale, le prêtre de l'époque raconta que la mer avait avalé ce pauvre pêcheur par la volonté du Seigneur tout-puissant. Le dénommé Daniel Chanty était maintenant monté au ciel et assis à la droite du Père.

Écoute encore l'histoire de Bernard Chanty, fait la Voix.

Bernard, le premier fils qu'Ifé-Suzanne mit au monde dans son mariage avec Évariste, en 1866.

Enfant, Bernard demeurait au pied de la machine à coudre de sa mère. Tandis qu'il la mangeait des yeux, Ifé-Suzanne ne s'en préoccupait pas le moins du monde. Il apprit la couture par l'observation et la grâce de cette promiscuité. Devint un tailleur pour hommes de grande qualité. À vingt-cinq ans, il épousa Suzette, brave donzelle de Marie-Galante, qui lui donna sept enfants. Le couple vécut sans histoire du côté des Abymes où Bernard fit bâtir une grande case créole, avec salle de bains, balcons et vérandas, qu'on aurait pu croire habitée par des Blancs-pays. Le dimanche après-midi, il passait au moins trois heures dans la baignoire en fonte et pattes de lion qu'il avait fait installer à l'étage. Nul n'avait le droit de le déranger, même pas Suzette. C'était là, dans l'eau savonneuse, qu'il ordonnait ses pensées, rêvassait à la confection de ses futurs modèles de costumes trois-pièces et méditait sur le sens de l'existence, la malédiction des nègres, la bêtise des guerres en Europe…

Avec ses sœurs Anastasie et Izora, Ida Chanty-Potier, épouse Caleux, est l'une des descendantes de Bernard Chanty.

Anastasie est morte, en 1980, dite folle à l'asile, dans ses cinquante ans.

Ida est décédée en 1998.

Des trois sœurs ne reste plus qu'Izora, aujourd'hui centenaire. Fâchée depuis des lustres avec la branche des Caleux, elle vit ses derniers temps dans un Ehpad de la Côte-sous-le-vent.

Ida est la mère de Germaine Caleux, épouse Liman, aussi la mère de Clémence Caleux, épouse Bérat…

Ida est la grand-mère d'Aglaé Liman, épouse Nestan, d'Annette Liman (célibataire) et de Sylvia Liman, épouse Desbois… Aussi la grand-mère de Betty Bérat, épouse Caron, et de Claudia Bérat, épouse Savare…

Ida est ton arrière-grand-mère, murmure la Voix…

Yaëlle tend l'oreille. Les histoires des descendants d'Agontimé la passionnent.

« Tu sais, Agontimé peut être en plusieurs endroits à la fois. Il lui suffit de penser à un lieu pour s'y retrouver à l'instant même. »

En Afrique, dans l'État d'Edo, au Nigeria, au Sénégal et au Dahomey, elle suivit plusieurs descendants d'Olouwafoumi, sa première fille née en 1829, au royaume Shabè – avant sa déportation à la colonie de Guadeloupe.

Un jour, à Lagos, Agontimé assista à l'assassinat d'un bourreau.

Pearl, la mère de Joycy, tua son compagnon avec un long couteau. Elle lui asséna douze coups de lame. Le scélérat la battait sans raison depuis des mois. Après un procès sans défense, les juges condamnèrent Pearl à vingt ans de prison.

Joycy n'avait pas quatre ans quand sa maman se pendit dans une cellule de Lagos. Pearl était âgée de vingt-six ans. C'était en février 2006… Ballottée entre Lagos et Benin City, la petite Joycy fut élevée par ses tantes. Une kyrielle de femmes miséreuses qui vivaient d'expédients et de troc. Certaines se droguaient du matin au soir. D'autres vendaient leur corps. Deux, trois voulaient s'en sortir, collectant des bouteilles en plastique, des canettes d'aluminium, des bouts de cuivre ou de ferraille dans les décharges à ciel ouvert qui poussaient comme des chéloïdes aux abords de Lagos.

En 1928, avec Plumaine Potier, Agontimé vit les vents mauvais souffler sur la Guadeloupe. Le 12 septembre 1928, les tôles et les hommes volaient dans les airs. Des trombes d'eau lavaient l'île-papillon. Des tonnes de boue dévalaient des mornes. Non, cette nuit-là Agontimé ne frémit pas, regardant la mer sortir de ses gonds, les cases monter dans les pieds-bois, les cadavres s'amonceler dans les rues, les canots se fracasser sur le parvis des églises. Elle se dit que, peut-être, c'était une bonne chose. Le cyclone devait effacer tout ça, rayer ce monstrueux petit pays des cartes, faire disparaître jusqu'à son souvenir… Y avait pas d'autre moyen pour oublier l'ignominie des temps passés…

En 1935, elle était à Paris et dansait au bal de la rue Blomet, avec Edvard Chanty embauché comme soudeur aux usines de Boulogne-Billancourt.

En 1942, la France était en guerre et la Guadeloupe coupée du monde. C'était Vichy sous les tropiques. Le gouverneur Constant Sorin, pétainiste de la première heure, régnait en maître. Le bruit courait dans les villes et les campagnes que l'esclavage allait être remis au goût du jour. Descendante de Bernard Chanty et de Suzerin Potier (l'un de ses gendres), Mirella Brunant fut l'une des chevilles ouvrières de la résistance locale, qu'on nommait Dissidence en Guadeloupe. La nuit, avec une bande de jeunes gaullistes, elle placardait les affiches qui appelaient les forces vives du pays à rejoindre la Dominique, l'Amérique, puis la mère patrie que les Allemands voulaient coloniser. Les prétendants au départ étaient nombreux. Mirella Brunant s'engagea dans l'armée française en avril 1943, reçut une courte formation d'infirmière. Après la guerre, elle épousa un Breton à qui elle donna quatre enfants. Divorcée, Mirella s'en revint vivre et mourir à la Guadeloupe. En 1976, elle laissa sur terre plus de trente enfants, petits-enfants et arrière-petits-enfants.

En 1959, Agontimé vit Alassane, un des arrière-petits-fils de Sécounom, acclamer le premier chef d'État du Congo, Fulbert Youlou, dit l'Abbé.

En janvier 2010, Agontimé se trouva à Port-au-Prince au milieu des décombres au côté d'Ismène Chanty, épouse Jean-Baptiste, descendante d'Ifé-Suzanne…

Mais la Voix ne peut narrer toutes les histoires qui foisonnent dans les branches de l'arbre d'Agontimé…

Et pourtant, chaque destin est un conte qu'il faudrait bien écrire dans ses hauts et bas. Car tous ses descendants serrent en eux l'histoire et la mémoire secrète de l'aïeule, même s'ils l'ignorent, la repoussent ou la vomissent. Chacun a hérité quelque chose d'Agontimé. Des brins de son caractère. La forme effilée de ses yeux. Son grain de peau. Une once de sa mélancolie, de son malheur, de ses défaites. Un pan de ses obsessions et regrets enfouis dans les replis de leurs âmes. Une façon similaire de porter son corps ou d'aborder la vie. Logées dans un recoin de leurs cerveaux, quelques réminiscences de la poussière de latérite, des savanes et des grands lacs du Danxomé, maintes images de la longue marche et de la cale du bateau négrier. Une manière particulière de frotter son dos, tenir sa tête, sourire et mirer le monde, un rapport singulier à l'eau…

En chacun des descendants de Guadeloupe suinte l'écho de la rivière Bambou, avec ses humeurs limoneuses et changeantes, ses charmes et maléfices, ses couleurs chagrines, ses reflets ténébreux.

Au long de leurs vies, les uns ont été attirés, tout comme Agontimé, par l'élément liquide. Océan, rivières, cascades, torrents de pluie… Nombreux sont ceux à avoir envisagé l'eau telle une promesse de liberté, un havre de paix, la fin d'un calvaire… Tant, parmi eux, sans bien savoir pourquoi, ont été saisis d'une fascination atavique, d'un irrépressible besoin de prendre la mer, voguer loin, s'immerger, se noyer, même laisser son corps macérer des heures dans l'étroitesse d'une baignoire…

D'aucuns se sont trouvés étreints d'une crainte inexpliquée ou d'une sourde répulsion face à l'eau, quelle qu'elle soit. Celle qui tombe du ciel, celle qui va et vient sans fin sur le sable, celle qui dévale les mornes et fait lavalasse, celle qui dort et couve un monde de vase et débris d'os…

Bien qu'ils aient oublié Agontimé, tous ses descendants d'Afrique et des Antilles portent en eux les gènes de l'ancêtre. Les bras de cours d'eau invisibles les relient les uns aux autres. Et s'ils les remontent, bravant le courant et l'effroi, ils sauront atteindre la source qui chante dans les siècles des siècles, racontant la déportation d'Agontimé, à ceux-là qui veulent bien l'entendre…

Ils sont immobilisés à un feu rouge, sur une des larges artères de Cotonou, noyés dans le flot de la circulation. Maya est assise à l'arrière d'une Ford Explorer flambant neuve, bleu nuit, climatisée. « Il faut compter cinquante minutes pour les quarante kilomètres entre Cotonou et Ouidah », précise le chauffeur en mission, jetant un œil dans son rétroviseur. Le téléphone portable de Maya affiche déjà midi. La radio joue un afrobeat…

Too far away from me
But my love is on fire
Comme une mélodie Naija
Je te chanterai à vie Naija…

Durant la traversée pour Gorée, Maya n'avait pas bronché. Escortée de Fatou et Idrissa, elle prit place à l'intérieur de l'embarcation vieillotte surchargée de passagers, colis énormes et animaux en cage, comme l'Arche de Noé à la veille du Déluge. Son cœur battait à tout rompre dans la cacophonie ambiante, agrémentée de diverses musiques grésillantes crachées par les radios locales. Elle se laissa porter, les yeux fermés, tandis que les sœurs de Djibril consultaient leurs téléphones portables en commentant les dernières news de la jet-set dakaroise.

I did follow for you
You, only you
Your beauty, your strength
My people, my roots
I've been Ayo
From head down to toe…

Avec ses nattes ornées de cauris et son épais boubou orangé, Maya trouva un subterfuge pour échapper à l'angoisse du mal de mer, se persuadant qu'elle incarnait désormais une tout autre personne. Revêtue d'une armure de tissu et coiffée d'un casque de coquillages, elle n'était plus cette Maya métisse, née de père inconnu, névrosée, atteinte de phobies. Si la chaloupe coule, se disait-elle, je vais marcher sur les eaux ou faire la planche. Dans son imagination, le boubou se transformait en radeau de toile et flottait jusqu'au rivage, ou en tapis magique et l'emportait sur les hauteurs de Dakar, au sec, jusqu'à Ouakam…

J'suis pas née sous ton ciel
Mais si le tonnerre gronde
J'en vois les éclairs…

Maya aurait bien aimé trouver les réponses aux questions de sa psychologue. Ignore d'où lui vient sa peur de l'eau… Depuis que sa mère lui a parlé de Lulu, cet ami imaginaire qui rôdait dans son jeune âge, elle essaie de se souvenir. Des images fractionnées semblent soudain remonter de très loin.

Elle a quatre ou cinq ans. C'est l'été. Une plage de Normandie. Un jeune garçon la met en garde. Lui ordonne de ne pas s'approcher de l'eau. L'air menaçant, il murmure : « Tu vas te noyer, Maya… » Il a peur et lui transmet sa peur. Il y a de la terreur dans son regard très noir. Il répète : « Tu vas mourir noyée, Maya… » Alors, au moment où Claire lui prend la main et l'entraîne vers la mer, Maya est tétanisée et se met à crier.

Elle craint que ces souvenirs, induits par sa mère, soient une fabrication de son esprit. S'agissait-il d'un garçon réel sur la plage de Normandie ? Ou bien de cet ami imaginaire brandi par Claire dans le bureau de la psychologue ? L'extrait d'un film qu'elle est en train de s'approprier ? La page d'un roman lu et oublié ?…

Lorsqu'ils arrivèrent à Gorée, classée au Patrimoine mondial de l'Unesco, Maya souriait de toutes ses dents. Elle avait survécu, n'avait pas eu de nausées. Pendant qu'elle affrontait sa phobie de l'eau, Djibril avait retrouvé sur le pont de la chaloupe des camarades de son ancien lycée. Il était en grande forme, radieux et volubile. Mettant le pied sur l'île, il racontait des pans de sa vie d'étudiant sénégalais à Paris.

« Tu me demandes c'est quoi, être noir en France ?

– Africain, je précise ! rectifia son interlocuteur.

– Dès qu'on est noir, qu'on vienne des Antilles ou d'Afrique, on est mangé à la même sauce piquante, mon ami. Celui qui te regarde n'oublie jamais qu'il est blanc et qu'un jour, ses ancêtres ont colonisé tes aïeux ou bien les ont mis en esclavage. Comme nous n'oublions pas nous-mêmes, eux non plus n'oublient pas… Tu comprends ! Leur supériorité est inscrite dans leurs gènes… En France, il y a les Blancs, et le reste constitue ce qu'ils appellent la "Diversité", ou "les minorités visibles", c'est dire leur arrogance… »

La bande de copains hocha la tête d'un même mouvement énergique. Idrissa et Fatou étaient visiblement très fières de leur frère.

« Alors là-bas, en France, y a aussi des suprématistes blancs, comme en Amérique… C'est vraiment difficile de faire oublier sa couleur, même avec des diplômes… commença timidement un autre prétendant au départ vers l'Europe.

– Tu fais avec, mon frère! coupa Djibril, haussant les épaules. Faut regarder les choses en face. Nulle part sur la planète les Noirs ne sont en paix. Vois ce qu'ils font aux Blacks en Amérique! Comment ils continuent d'assassiner les nôtres. George Floyd, Eric Gardner, Trayvon Martin, Tamir Rice, Michael Brown… »

Un vent d'exaspération se leva parmi les étudiants.

« Tu ne peux pas cacher ta couleur ni te peindre en blanc! » reprit Djibril en rigolant.

Il y eut un éclat de rire général, teinté d'amertume.

Les observant, Maya constata qu'elle était la seule à porter un boubou traditionnel. Les jeunes Sénégalaises autour étaient vêtues de jeans et T-shirts.

« Plus sérieusement, reprit Djibril, lançant un clin d'œil à Maya. Tant que Darwin aura des adeptes, nous ne sommes pas sortis d'affaire. Tant que des présidents français tiendront des discours offensants pour les nôtres, les mentalités auront du mal à évoluer. Tant que les trésors de nos pères seront recelés dans leurs musées, je resterai vigilant… Non, je ne vais pas courber l'échine dans les rues de Paris, parce que je suis un Noir… Je sais d'où je viens, je ne suis pas seulement issu d'une terre colonisée… Je ne suis pas le produit de leur prédation… C'est à nous de reconstruire l'Afrique sur les décombres de la colonisation. » Il prit une longue aspiration. « Césaire a dit: *Ma négritude n'est pas une taie d'eau morte sur l'œil mort de la terre / ma négritude n'est ni une tour ni une cathédrale / elle plonge dans la chair rouge du sol / elle plonge dans la chair ardente du ciel / elle troue l'accablement opaque de sa droite patience.* »

Djibril eut droit à des applaudissements nourris, spontanés. Ces jeunes constituaient une cour autour de celui qui étudiait et vivait à Paris. Depuis le lycée il avait toujours eu la cote, tenant en réserve une batterie de citations à jeter en pâture à son auditoire, pour élever le débat et briller par sa culture.

Comme dans un rallye de poésie, un des amis répliqua, d'une voix martiale, avec son fort accent sénégalais : « Senghor a écrit : *De même qu'un zèbre ne peut se défaire de ses zébrures, le Nègre ne peut se défaire de sa négritude sans cesser d'être Nègre.* »

Le groupe se sépara devant la sculpture offerte par la Guadeloupe au Sénégal. Il s'agissait d'un homme et d'une femme libérés de leurs chaînes.

À Paris, Maya avait rencontré quelques Antillais lors de soirées estudiantines. Elle en avait croisé deux dans le call center où elle travaillait, entre le fiasco de ses études de pharmacie et sa première année de lettres. Il y a au moins cinq équipiers guadeloupéens et martiniquais au fast-food où elle est maintenant manager à mi-temps.

Elle ne voudrait pas avoir de préjugés vis-à-vis des Antillais… Mais chaque fois qu'elle a dû en fréquenter, même professionnellement, ils ont tenté de la séduire. Ces dragueurs impénitents se croyaient carrément irrésistibles. Ils lui donnaient des petits noms : chabine dorée, doudou chérie, belle mulâtresse, peau chapée… La prenant par la taille, ils lui faisaient des propositions malhonnêtes, comme disait sa grand-mère.

Quant aux Antillaises, Maya n'était parvenue à en approcher aucune. Celles de la fac de lettres marchaient en une bande compacte. Elles avaient un regard qui pouvait changer d'un instant à l'autre. Tantôt vous toiser durement, tantôt vous traverser de leur indifférence, comme si vous n'existiez pas, n'étiez rien du tout à leurs yeux, même pas un objet de mépris…

« Peut-être que les ancêtres de ton père viennent de cette île de Guadeloupe… fit Djibril, en considérant la sculpture. Du temps de l'esclavage, les razzias ont saigné l'Afrique. Comme je te le disais plus tôt, les captifs étaient convoités pour leur force de travail, leur endurance. Certains rois nègres, complices de la Traite, négociaient partout avec les Européens. Les aïeux qui sont passés par Gorée venaient parfois de très loin… Et on les envoyait dans les Amériques et les Caraïbes, pour le commerce, le sucre, le coton, le cacao, le café… La Guadeloupe s'en souvient. Des officiels guadeloupéens sont venus en délégation pour poser cette œuvre d'art ici. »

Maya contempla la statue avec plus d'attention.

« Quand la Traite a été abolie, le commerce n'a pas cessé, poursuivit Djibril. Les caravelles continuaient leur trafic indigne… Ensuite, ils ont colonisé l'Afrique et recommencé l'esclavage sur place, racontant qu'ils étaient dorénavant animés de bonnes intentions, civilisaient les nègres et leur apportaient le vrai Dieu… L'infériorité présupposée des Africains n'a jamais été rien d'autre qu'un prétexte pour user des corps, les réduire à l'état de machines, exploiter les sols, piller l'Afrique jusqu'au dernier carat… »

Œuvre des artistes guadeloupéens Jean et Christian Moïsa, cette sculpture d'un couple libéré des fers aux Antilles fait le lien entre deux mondes : la terre des origines et les îles de l'exil. Ces deux êtres enlacés racontent mieux que de longs discours. Ils évoquent l'humanité bafouée, niée dans son intégrité. Ils parlent d'espérance. Ils ont survécu à l'abomination et ont foi en demain. Sans doute, se dit Maya, était-il temps de réviser son jugement sur les Antillais. Leurs postures et comportements avaient peut-être quelque chose à voir avec le passé d'esclavage…

Aux yeux de Maya, Gorée apparut d'emblée comme une île-mémoire, une île-sanctuaire, une île-souffrance écrasée de lumière. Le temps semblait sédimenté dans un cruel entre-deux, figé dans une carte postale mystique. Sur les murs de terre rosâtres et mêlée au sable chaud qui parsemait les rues de Gorée, une vieille mélancolie s'était insinuée là pour toujours. Ses habitants vivaient dans l'ombre ancienne de la douleur de la déportation, au rythme lent d'un spleen séculaire, dans la langueur d'un jadis brûlant. Tant d'Africains contraints et désespérés avaient transité en ces lieux, afin d'emplir les caravelles insatiables qui les avaient vomis en terres lointaines…

Bien sûr, Gorée attirait les touristes amoureux des îles insolites qui bordaient les côtes africaines. Mais aussi et surtout un flot continu d'Afro-descendants en pèlerinage mémoriel. *African-Americans*, Caribéens, Antillais français et des West Indies, Afropéens, Négropolitains, tous amputés de leur histoire, en quête de leurs racines africaines…

Et même s'il y avait, face au débarcadère, des marchandes de souvenirs, colifichets et statuettes, peintures et vannerie, guettant le chaland, des enfants joyeux dans la petite école, un marché chatoyant de couleurs et de voluptueuses gerbes de bougainvilliers rouges aux balcons, Gorée n'était pas une île ordinaire.

Quelques pas et ils arrivèrent à la mythique Maison des esclaves. Empreint de la gravité qu'exigeaient les lieux, un guide récita le calvaire des êtres enchaînés dans la captiverie : les cellules exiguës, l'horreur de l'enfermement, l'arrogance de la Traite, l'abominable commerce triangulaire, les capitaines et les signares, les tortionnaires, les fers, le fouet… Et puis le grand départ définitif par la porte étroite du Non-Retour.

Sur son carnet de voyage, ce soir-là, Maya écrivit : « Émotion à Gorée. Ma gorge s'est serrée d'un coup. J'ai senti monter les larmes. Je me suis retenue de pleurer devant la porte du Non-Retour. Combien d'esclaves se sont agrippés à ces pierres sombres ? Combien ont reculé devant l'immensité qui les défiait ? Combien ont voulu mourir au jour de leur départ vers l'inconnu ? Combien se sont jetés à la mer, préférant les gueules des requins voraces à la nuit de la cale ? Est-ce que j'ai éprouvé à Gorée ce sentiment d'appartenance au peuple noir ? Ai-je été émue en tant qu'être humain ou bien en tant que Noire, et consciente de la souffrance infligée à mes ancêtres ? Est-ce que j'ai été touchée et révoltée dans ma chair parce que du sang noir coule dans mes veines ? Est-ce que l'un de mes ancêtres a été déporté aux Antilles ? »

Maya a atterri la veille à l'aéroport international Cardinal-Bernardin-Gantin, de Cotonou. Djibril vient de l'appeler. Il veut savoir si son vol a été agréable, si ses amis l'ont bien accueillie, si elle est convenablement installée et ne manque de rien. Il assure qu'il aurait aimé faire le voyage à ses côtés, mais qu'il doit honorer des obligations religieuses et familiales.

Ce matin, de l'hôtel, Maya a téléphoné à sa mère, lui avouant que le principal but de son voyage était de retrouver ses origines. La trace de son père, au Bénin. À l'autre bout du fil, il y eut un long silence. Puis, dans un raclement de gorge : « Si tu veux bien, on en parle à ton retour. » Claire réprimait des larmes. Maya faillit flancher. Un instant, fut tentée de dire que c'était pas si grave de ne pas connaître son père, mais elle parvint à garder une voix ferme.

« Pour sortir de Cotonou, il faut entrer dans le *traffic jam* », annonce le chauffeur d'origine nigériane. La grande artère qu'il emprunte est envahie de milliers de mobylettes, motos et scooters montés par un, deux, cinq passagers – voire six à la fois, si on compte les enfants compressés entre le conducteur et le dernier occupant du siège. Les mobylettes-taxis – dites *zem*, raccourci de *zémidjan* (« emmène-moi vite ! ») –, reines de l'asphalte, zigzaguent et klaxonnent entre les autos et camions, pick-up et bus, berlines d'ambassades aux plaques vertes et engins démantibulés, carrioles et charrettes à bras bringuebalantes… Aux feux de circulation et aux intersections, des vendeurs de boissons fraîches et bric-à-brac partent à l'assaut des véhicules à l'arrêt. Derrière la vitre teintée, Maya secoue la tête et refuse leur marchandise.

Un hébergement l'attend dans le gîte familial, Au baobab. Il est prévu qu'elle reste trois jours à Ouidah. La mère de Djibril lui a pris un rendez-vous avec l'une de ses amies, historienne béninoise réputée, spécialiste des questions relatives à l'esclavage et la traite européenne.

Sous le ciel embrumé, des gens partout au bord des routes. Marchands de paniers, meubles, gasoil en gros bidons, fruits et légumes, poules en cage, artisanat divers, poterie, ferronnerie, tableaux d'artistes peintres, farines de manioc et maïs en sachet, jus, pagnes, plantes ornementales, viandes grillées, pains blancs, pistaches et noix de cajou en bouteille… De nombreuses femmes à la démarche souple et cependant déterminée, portant d'énormes paquets sur la tête, suivies d'une procession d'enfants. Des hommes qui courent et poussent des cabrouets. Ici, des gars sont encombrés de cartons, d'autres assis sur une montagne de pneus ; là, des gens s'activent et s'interpellent. Sur le bas-côté, en file indienne, des centaines d'écoliers vont en uniforme : chemisettes blanches, shorts ou jupes kaki ; parmi eux, des filles, la tête rasée – on croirait des soldates. Le wax est partout présent dans les rues, sur les *zem*, les étals des échoppes, aux devantures des boutiques. Des couleurs à l'infini sur les pagnes, les pantalons, les robes.

Au fil des minutes, le paysage change. Un tronçon de route débouche sur un îlot d'habitation ponctué d'immeubles en construction jouxtant quelques cases de banco coiffées de paille. L'automobile longe des propriétés arborées, ceinturées d'épais murs de terre et gardées par un vigile égaré dans ses pensées, assis de biais sur une chaise rouillée. Plus loin, quelques commerces surgissent d'un coup derrière la vitre : une pimpante pharmacie, une quincaillerie bondée d'articles hétéroclites suspendus jusqu'au plafond, un marché à même le sol, l'atelier d'un menuisier qui expose ses étagères et ses fauteuils dans la poussière rousse, un réparateur d'électroménager, un coiffeur barbier…

En toile de fond, se déploient de luxuriants espaces boisés, d'immenses palmeraies et cocoteraies qui se perdent dans la brume et la fumée des Titans chargés de centaines de sacs enflés de céréales.

Lorsqu'ils arrivent à Ouidah, il est 13 heures. La Ford Explorer s'enfile dans une allée bordée d'arbres à pain. Le gîte Au baobab est situé dans une résidence cossue, mais la voie d'accès est un chemin de terre parsemé de roches et crevé de nids-de-poule. Maya est comme enivrée par toutes ces images de la terre africaine. Un si vaste monde noir, chamarré et gonflé d'une si puissante énergie…

Elle aurait aimé dormir. Actionner la climatisation et s'effondrer sur le lit *king size*. Mais à peine installée dans sa chambre, Maya est invitée à se rendre à la salle à manger du restaurant. Au menu : *djèwo* (pâte de maïs) et pintade braisée. Le dessert est un carpaccio d'ananas.

L'historienne vient la récupérer à 14 heures.

Après des semaines de silence, elle a tellement envie de rapporter les histoires que lui raconte la Voix dans sa tête…

Yaëlle se sent puissante, investie d'une mission.

C'est comme si elle revenait d'un autre espace-temps. Comme si elle avait vécu dans un autre monde. Elle se souvient de tout. Elle a tout ressenti dans sa chair… Comme l'ancêtre…

Les infirmières ont beau lui dire de se calmer, elle n'entend rien. Yaëlle est pareille à ces globe-trotters revenus d'un merveilleux voyage, la peau tannée, les yeux écarquillés. Ils sont excités, déballent leurs anecdotes et vident devant vous leurs sacs crasseux, emplis de souvenirs et bricoles exotiques : du sable de telle rivière, quelques pierres d'une colline inconnue, laides sculptures, photos ratées, tickets de bus, fleurs séchées, adresses d'amis incroyables qu'ils ne reverront jamais griffonnées sur un bout de papier, cartes géographiques tachées et déchirées. Dans leur mémoire, l'épopée est fantastique…

Yaya n'a pas de photos, aucune carte ni fleur, même pas un peu de sable. Elle n'est riche que de ses mots d'aujourd'hui pour raconter l'ancêtre Agontimé…

Il y a tant d'histoires à narrer…

Tant de paysages et de personnages entrevus... Alors Yaëlle reprend les longs monologues de la Voix. Elle raconte la vie sur l'habitation Jacquelot, les coups de fouet commandés par la Madame à cause des négresses menteuses... Et puis les virées de l'ancêtre-esprit à travers le monde et les siècles, de la Guadeloupe à l'Afrique, en passant par le Sénégal, les Dardanelles, Panama, Saigon au temps de l'Indochine, le Nigeria, Tahiti, Saint-Pierre de la Martinique et ses cendres... Tous les descendants d'Agontimé traversant des épreuves, la douleur, le racisme, la xénophobie... Le corps de ces Noirs réduits à l'état de bêtes de somme, de manches de pioche, de pelles mécaniques, de chair à canon... Pour du sucre, du café, des bananes, du cacao, du coton, une route maritime entre deux océans, des guerres sans fin, à l'autre bout du monde...

Yaëlle a des accès de panique, s'embrouille parfois dans son récit. Elle se perd dans les paysages et confond les personnages de cette tragique et somptueuse fresque. À d'autres moments elle est prise de fébrilité, rit et pleure en même temps. Elle sort parfois de grandes tirades un peu mélodramatiques. Elle fait sa théâtreuse et rejoue des scènes de l'antan. Elle s'angoisse quand son discours se met à bégayer, si les mots s'entrechoquent, se contredisent ou s'annulent...

Elle ne veut rien oublier...

Lors du premier entretien médical, tandis qu'elle narrait la longue marche jusqu'à Ouidah dans les pas de l'ancêtre, le psychiatre donnait l'impression de la croire, d'en vouloir encore. Prenait des notes et hochait la tête par intermittence. Quand elle évoqua le pauvre tirailleur sénégalais qu'était Koffi, ou encore Edmond Potier, le dissident de 1943, l'homme en blouse blanche l'encouragea, par quelques questions, à développer son propos. Sur les traces de Mathilde, dans la boue du canal de Panama, il ne se trahit à aucun moment, s'abstenant de lever un sourcil dubitatif. Pendant l'heure qu'il lui consacra, son visage demeura lisse, imperturbable.

Quel tableau d'anthologie !

La patiente Desbois est un cas jamais vu, extraordinaire !

Un si parfait échafaudage… Le délire est systématisé, structuré. Le récit est logique, bien construit en dépit des allers-retours temporaux-spatiaux, précis, circonstancié, descriptif, étoffé de moult détails, avec des dates, des noms, des lieux. Il y a une foule de protagonistes dans ce conte délirant.

Le psychiatre l'enregistre discrètement – il subodore un fond paranoïaque. Dans la poche de sa blouse, un petit appareil capte toute la folie de Yaëlle Desbois. Il cogite et rédige déjà son article, destiné à un prochain symposium de psychiatrie, sponsorisé par un laboratoire américain coté en bourse. Il a réservé sa chambre d'hôtel à Miami.

Il la voit deux fois par semaine. A déjà accumulé de nombreuses notes.

Guadeloupéenne de vingt et un ans, mule. Overdose à la cocaïne due à la fissuration de plusieurs ovules thermo-soudés dans ses intestins. Tableau de catalepsie après l'acte de réparation chirurgicale. Traitée aux myorelaxants. Puis par benzodiazépines et neuroleptiques… Sortie du mutisme et de la rigidité musculaire, la patiente a développé un délire arborescent et inébranlable, d'une envergure phénoménale. Avec hallucinations sensorielles, auditives, fabulation, mégalomanie…

Dans ce cas, l'origine antillaise de la patiente est une donnée non négligeable. Il s'est renseigné : en dépit de la modernité affichée, le magico-religieux demeure vivace dans les DOM. La sorcellerie et le vaudou sont encore largement pratiqués sous ces tropiques. Les croyances héritées de l'Afrique n'ont pas été abandonnées avec l'avènement de la départementalisation. Les esprits de la forêt africaine ont migré de par le monde, ils peuplent aujourd'hui les villes et les banlieues des grandes métropoles européennes. Ils prolifèrent aux Amériques. Ils sont partout aux Caraïbes…

Au cours de la dernière réunion d'équipe, la psychologue du service a fait mention d'un colloque international, organisé au Brésil, réunissant sociologues, pédopsychiatres, ethnopsychiatres, psychothérapeutes, généticiens, anthropologues, épigénéticiens, médecins de ville, historiens, neurologues… Dans leurs travaux, ces chercheurs et praticiens auraient mis en évidence le fort lien entre le passé et le présent. D'une part, entre les conditions de vie extrêmes auxquelles avaient été soumis les Africains arrachés à leur terre, déportés dans les Caraïbes et les Amériques, et maintenus en servitude durant quatre siècles ; et, d'autre part, les traumas, troubles, séquelles et douleurs psychiques dont souffraient les Afro-descendants du XXIe siècle. Toutes les études et observations cliniques laisseraient à penser qu'il y a eu un phénomène de transmission transgénérationnelle, legs épigénétique et héritage d'un traumatisme de masse.

Au terme de sa prise de parole, la psychologue a fait lecture du passage d'une communication d'Ariane Giacobino (médecin généticienne, agrégée à l'hôpital et à la faculté de médecine de Genève, membre des sociétés suisse, européenne et américaine de génétique humaine) : « On retrouve là en filigrane l'hypothèse que l'épigénome puisse, en cas de traumatisme historique, être le vecteur du développement de problèmes de santé physique ou de troubles psychiques et de leur transmission chez les individus ayant vécu dans cet environnement et chez leurs descendants. »

L'équipe psychiatrique s'accorde à dire que le délire de Yaëlle Desbois prend sa source dans ce terreau.

Pour résumer : la patiente est convaincue d'être la descendante d'une princesse arrachée à sa famille et sa terre africaine au XIXe siècle. Une « voix » lui raconte la vie d'une princesse qui serait son aïeule. Une certaine Agontimé qui aurait été mariée et mère d'une fillette en Afrique. Razziée à dix-sept ans, puis déportée à la Guadeloupe, elle a eu cinq enfants dans l'esclavage. Y. D. affirme avoir même senti la présence de cette femme auprès d'elle. Ces derniers temps, sûrement grâce au traitement, la Voix se serait faite plus discrète, moins régulière… Télépathie, automatisme mental… Y. D. rapporte que son ancêtre s'est jetée dans une rivière pour attenter à sa vie, et du même coup noyer sa dernière-née, afin de la soustraire aux affres de l'esclavage. L'enfant a été sauvée mais la mère a réussi son suicide, en 1842. Selon la patiente, à compter de ce jour, la princesse d'Afrique n'a jamais quitté la Terre. Depuis ce temps – soit cent quatre-vingts ans – elle est devenue un pur esprit qui erre, suit et voit tous ses descendants. Elle ne peut aucunement interférer dans leurs vies. Bienveillante, elle ne vieillit pas, a le don d'ubiquité…

La patiente Desbois présente maintenant une humeur fluctuante : moments d'excitation et périodes d'abattement… Poursuite des neuroleptiques, mise sous antidépresseurs et anxiolytiques…

Le 5 février, Yaya voudrait quitter l'hôpital. Elle implore Anna de signer son exeat. Trop tôt pour la sortie, doit rester en observation. D'après les médecins, elle traverse une période de sévère dépression.

Quand Anna pousse la porte de la chambre, elle trouve Yaëlle prostrée, assise au bord de son lit. De belles vanilles encadrent son visage. Ses yeux sont tristes sous sa coupe de Cléopâtre.

« Je sais plus… Cette voix semble pourtant tellement réelle. Et j'ai vu Agontimé, j'te jure, tatie ! Elle est restée longtemps à côté de moi… Tu crois que je suis folle, que je délire, que c'est tout un monde fabriqué par mon esprit… Qu'est-ce que tu penses, tatie ? »

Anna voudrait la rassurer. Raconter ses propres rêves d'enfance. Elle se souvient de la visite à la voyante d'antan, le bain de feuillages et tout le tintouin de prières et divinations… Se rappelle les histoires que sa mère racontait à propos d'une ancêtre qui s'était jetée dans une rivière au temps de l'esclavage. Elle pense aussi au destin tragique de la grand-tante Anastasie. Ses conversations avec des invisibles, sa fin pathétique à l'asile des fous… Mais elle ne trouve pas les mots. À quoi bon remettre le pied dans ces vieilles histoires créoles… Elle ne va pas ajouter des contes au délire de Yaya…

« Comment te sens-tu, aujourd'hui ? Y a toujours cette voix dans ta tête ? » demande-t-elle.

Yaëlle hausse les épaules. Elle ravale ses larmes. « Oui, je l'entends encore…

– Alors, bouche tes oreilles et pense à autre chose… Faut pas l'encourager. Si tu l'écoutes, elle va prendre ton esprit…

– Et Margy, son bébé ? » murmure Yaëlle.

Dans les yeux d'Anna, une petite lumière s'allume aussitôt.

« En pleine forme ! La mère et l'enfant se portent très bien. Elle t'a dit, non ? L'accouchement est prévu fin mai, début juin… Margy a pris dix kilos déjà… Elle rit toute la journée en caressant son ventre… »

Yaya sourit un peu. Le monde lui est devenu bien étrange, la faisant douter maintenant de sa perception du réel. Que cache en vérité la joie tapageuse de Margy ? Quel est son secret ? Elle porte l'enfant de Benja, ce bandit qui la rouait de coups. À qui veut-elle faire croire que sa vie est une fête ?

« J'espère qu'elle n'essayera pas de noyer son bébé, comme la princesse Agontimé… » souffle Yaëlle, se parlant à elle-même, oubliant presque sa tante à ses côtés.

Anna frémit. Seigneur, la petite est vraiment possédée par un esprit… C'est certain, Yaya a été en contact avec la femme noire qui visite mes rêves, se dit-elle.

« Dis-lui de partir, de te laisser tranquille ! Ça suffit ! Renvoie-la d'où elle vient, à la fin ! » La voix d'Anna tremble tandis qu'elle martèle ces mots durs.

« Elle est tellement triste, Agontimé… J'peux pas l'abandonner comme ça… La Voix m'a raconté tellement d'histoires, la vie de ses descendants… »

Yaëlle essuie une larme tout en dévisageant sa tante.

Anna laisse échapper un tchip.

« Tchip ! » C'est juste la partie émergée de sa contrariété. « Quoi ! Quelles histoires ? » Elle est sur la défensive, Anna.

Craint que son secret ne soit déjà éventé…

Son secret tellement bien gardé et qui lui appartient depuis si longtemps. Jalousement préservé comme le trésor de sa guerre intime. Son secret couvé dans la honte et la mortification qui se fissure en elle et l'empoisonne, de la même façon sournoise que les ovules de cocaïne dans les intestins de Yaya. Ce secret inavouable, comme celui de Margy…

Mais on frappe à la porte. C'est encore l'heure de la prise des médicaments.

L'infirmière bretonne se prénomme Cathy.

Elle a deux visages. Celui affiché en présence des médecins. Et cet autre, réservé aux malades. Cathy a déjà fait comprendre à Yaëlle que ces drogues ne servent à rien. Inutile de les avaler. « Beaucoup de patients planquent les pilules sous leurs langues, et puis les crachent quand on a le dos tourné. J'crois pas que tu sois si folle que ça, mademoiselle Desbois… Reste calme avec le docteur et les gens qui veulent rien entendre. Raconte plus rien. Personne te croira jamais… La seule façon de sortir d'ici, c'est dire qu'il n'y a plus de voix dans ta tête et admettre que tu délirais… Renseigne-toi sur les EFM… Fais comme tu veux, mais me trahis pas… Je t'ai rien dit… »

Deux jours que Yaëlle recrache ses médicaments.

Quand Anna regarde l'heure à son poignet, Yaëlle se met à bâiller. C'est presque un code entre elles deux.

« Tu es fatiguée. Allez, je pars. Repose-toi ! On se voit après-demain. Tu as besoin de quelque chose ? »

Alors Yaya se retrouve seule dans sa chambre, ruminant la somme de confidences léguées par la Voix.

À qui donc appartient cette voix ?

Est-ce celle de l'ancêtre elle-même ?

D'où vient-elle ?

De quelle manière s'est-elle infiltrée dans l'esprit de Yaëlle ?

À présent, l'histoire d'Agontimé n'est plus vraiment authentique, puisque restituée, passée au tamis de la mémoire, à travers le prisme du caractère émotif de Yaëlle. Peut-être que, sans méchante volonté de sa part, certains pans du récit originel se distordent déjà dans ses pensées embrumées. Sans doute, à cause du traumatisme et de la cocaïne, commence-t-elle à interpréter les propos de la Voix, en modifier les contours, en oublier des morceaux ou en refouler d'autres. Ne prête-t-elle pas maintenant de l'importance à des éléments de second rang, au détriment des parties essentielles et sensibles ?… Pour donner sens aux paroles retenues parmi d'autres, son esprit ne la pousse-t-il pas maintenant à broder un peu, avec ses propres fils, par pure complaisance, réinventant la vie délabrée d'Agontimé, lui donnant une direction faussée, une version falsifiée…

Cette histoire est ancienne, tant poussiéreuse que poisseuse. Une légende familiale séculaire… C'est un tissu de mots tombés en désuétude, parfois cousu de gros crin et hâtivement rapiécé par endroits. Il y a des accrocs douloureux par-ci, des plis serrés, cachés, des fibres usées ou distendues par-là, des nœuds inextricables, des taches laissées par l'un ou l'autre des personnages évoqués, les traces indélébiles d'une vieille sueur qui remonte à la cale, à l'encan, à l'antan…

La mémoire est rusée, cruelle dans son rendu.

Dorénavant, et Yaëlle en prend conscience, les récits de la Voix ressemblent à un conte sépia illustré de pâles clichés. On dirait une compilation de notes jetées sur le livret de voyage d'un explorateur trompé par sa vision des nouveaux mondes sauvages. Des souvenirs remaniés, bradés, tronqués, destinés à une postérité sans visage…

Yaëlle est ballottée entre le présent et le passé. La grossesse de Margy la ramène à celle d'Agontimé.

Qu'avait vraiment murmuré la Voix ?

« Comprenant qu'elle était grosse d'un nouvel enfant, Agontimé s'était mise en quête de plantes, graines et racines abortives. Mombins, feuilles d'ananas sauvage, écorce de cannelle. Non, elle ne voulait plus contribuer à enrichir encore le cheptel des maîtres Jacquelot. Elle avait déjà par trois fois réussi à couler ses œufs… »

« La plupart des aïeux déportés aux Amériques, au Brésil, dans les Petites Antilles, en Haïti sont partis de l'ancienne côte des Esclaves, de la ville de Ouidah ! C'est ici que les Européens embarquaient les gens qu'ils razziaient partout dans les villages, avec la complicité des rois dahoméens de l'époque. »

L'historienne est une septuagénaire à la peau café au lait, comme Maya. Une femme de haute taille, à la voix lasse et chevrotante. Métisse brésilienne native de Ouidah, elle porte un boubou qui décline plusieurs tons de parme et violet. Des mèches de cheveux gris s'échappent de son turban aubergine. Ses orteils recroquevillés, aux ongles verdâtres ébréchés, débordent de ses sandalettes masculines. Elle marche à l'aide d'une canne d'acajou – le pommeau en argent est orné d'un motif feuillagé.

« Vous devriez faire la route des esclaves, des palais d'Abomey à Ouidah, suggère-t-elle. Il faut compter à peu près cent dix-sept kilomètres… Aujourd'hui, certains tentent l'aventure… S'imprègnent ainsi du calvaire vécu par leurs ancêtres. Ouidah n'est que l'ultime étape avant l'inconnu. Ouidah, c'est là que débarquent tous les Afro-descendants qui cherchent leurs racines… »

Également muséologue et sociologue, l'historienne a enseigné vingt ans dans une université américaine. Elle continue de travailler à la préservation et la valorisation du patrimoine culturel du Bénin. A contribué à l'inscription du site des palais royaux d'Abomey sur la liste du Patrimoine mondial de l'Unesco. C'est une personnalité respectée des notables et de l'intelligentsia du pays. À la retraite depuis peu, la femme a gardé son ton docte et professoral pour accompagner Maya dans sa quête.

Un brin intimidée face à ce monument vivant, Maya l'écoute religieusement. Elle ne pose pas de questions, se contentant de regarder ici et là, ressentir et s'emplir de l'esprit des lieux. Elles commencent par un arrêt sur la place Agoli. « Le yovogan (sorte de gouverneur de province) assurait la répartition des captifs par lots aux cabécères royaux, aux différents forts et grands courtiers. On cantonnait les malheureux dans les barracones des dignitaires. Ensuite, ils étaient parqués dans les captiveries des courtiers et des forts. »

Après Agoli, elles font halte devant le fort Portugais, devenu le musée d'Histoire depuis 2019. « Sur cette esplanade se trouvait autrefois la place aux enchères du fort Portugais, où les captifs enchaînés étaient marqués au fer rouge… »

Il est 16 heures. La chaleur n'est pas tombée. L'historienne tire une bouteille d'eau de son sac. Elle boit au goulot. N'en propose pas une goutte à Maya. Elle grignote une galette de manioc, puis poursuit son discours, guettant des yeux les passants et leurs ombres rampantes.

« Beaucoup de familles de Ouidah sont détentrices de chaînes et d'entraves d'esclaves qui sont ritualisées et consacrées sur des autels Ogun, utilisées dorénavant dans des cultes d'apaisement dédiés aux ancêtres déportés, aussi à d'autres rites susceptibles de conjurer les violences d'antan, la barbarie de leurs pères… Vous comprenez, ces reliques témoignent d'une mémoire vivante et invitent à un effort collectif de résilience pour les croyants de Ouidah… »

L'air pénétré, Maya hoche la tête.

Quelques ruelles plus loin, elles restent dans la voiture. Derrière un mur d'enceinte et quelques hauts arbres se dresse le Royal Palace (palais Singbomè en langue fon), bâti en 1917 par Norberto de Souza, descendant de Chacha de Souza, le légendaire marchand d'esclaves. Sur quatre niveaux, le manoir de style afro-brésilien est enjolivé de balcons avec garde-corps fleuris et balustres torsadées.

Avant de toucher la porte du Non-Retour, elles marquent l'étape devant l'arbre de l'Oubli. « Cet arbre est un *désérégé*, d'essence sacrée, déclare l'historienne. Les captifs devaient en faire l'entour *dextrorsum*, sept fois pour les femmes et huit fois pour les hommes. Ces chiffres ayant bien sûr une signification symbolique dans la liturgie vodun-orisha, vous me suivez ! Ces rituels signaient la perte des repères sociaux et culturels, la rupture de l'être et la dépersonnalisation des captifs en partance vers l'inconnu… »

Maya a la gorge sèche lorsqu'elles s'arrêtent au village de Zoungbodji, créé en 1741 par le roi du Danxomé.

« Le lieu servait à l'entreposage des esclaves avant leur déportation dans le Nouveau Monde. Le dignitaire Kakanaku dirigeait un ensemble d'hommes qui contrôlaient l'embarquement des captifs et les mouvements de bateaux, triaient les lots d'esclaves, les répartissaient, surveillaient les princes et les princesses déchus, déviants ou rebelles livrés à l'exil forcé. Ils comptaient les fusils de traite, enregistraient les ballots de tabac brésilien, les cargaisons d'eaux-de-vie et d'alcools forts. Autant de tributs et trésors échangés contre l'humain… Vous avez des questions ?

– Non, ça va. Je vois… J'ai… C'est clair… Merci, tout va bien… » bredouille Maya.

Filant sur la route poussiéreuse de terre rouge, la 4x4 noire slalome gracieusement entre les nids-de-poule. Ils croisent beaucoup de gens à pied et d'énormes camions qui vont et viennent chargés de matériaux. « Mené par les Chinois et l'État du Bénin, un pharamineux projet est en cours, explique l'historienne : la construction de l'immense complexe hôtelier de la marina de Djègbadji. Sur les chemins de la mémoire de l'esclavage, des milliers de touristes y feront escale dans les années à venir… »

Autour il y a la mangrove, la lagune sur laquelle glissent les pirogues de pêcheurs. « Djègbadji, c'est la cité du sel de sable. La production du sel est le travail des femmes qui perpétuent ainsi une tradition ancestrale. Bien que la mangrove soit sérieusement menacée, elles utilisent encore le bois de palétuvier comme combustible pour leurs chaudrons. On enseigne à présent d'autres techniques d'extraction… Avec le soleil… »

L'historienne ne termine pas sa phrase, semble lasse de dispenser son savoir aux brebis égarées. Elle ferme les yeux derrière ses verres teintés et se laisse porter. De toute façon, la fille qui l'accompagne ne pose pas de questions. À quoi bon…

La 4x4 débouche sur une longue et large plage de sable couleur paille. Maya découvre la porte du Non-Retour, un monumental arc de béton fouetté par les embruns. Encadrée par deux sculptures de bronze représentant des esclaves libérés de leurs chaînes, l'œuvre a été pensée par des plasticiens béninois. Sur les colonnes et la frise supérieure du fronton, on peut voir des hommes et des femmes enchaînés. Une multitude…

Le vent souffle fort. Plantée dans le sable, la vieille femme titube, agrippée à sa canne.

« Cet arc mémorial est emblématique de la traite transatlantique et de la négation de millions d'êtres humains réduits à la condition d'esclaves. Notez qu'il a été érigé en 1995. »

Maya inspire profondément. Se dit qu'elle aurait dû sortir son carnet depuis le commencement de la visite. Ses pieds s'enfoncent dans le sable brûlant et elle imagine ces millions d'Africains qui ont jadis foulé cette même plage, puis qu'on a entassés comme de la marchandise dans les cales des caravelles européennes.

Après un moment de recueillement, elles remontent en voiture. Suivant les indications de l'historienne, le chauffeur se gare sur une placette. Des gens prennent la pose devant un gigantesque baobab quadri-centenaire.

Face à la basilique de l'Immaculée-Conception où viennent prier les catholiques, le site du temple des Pythons – Dangbè Xwè – est sis au cœur du noyau historique de la ville de Ouidah. Le lieu abrite le principal vodun xuèda, culte fondateur de la cité. Inoffensifs, les pythons y sont vénérés et vivent en liberté parmi des familles de fidèles, logés *in situ*. Contre quelques francs CFA, un des guides propose à Maya de la photographier avec un reptile autour du cou ; ce qu'elle refuse, effrayée. Dessous les irokos centenaires de l'ancienne forêt sacrée, elles déambulent un moment dans les cours de latérite, entre les bâtiments trapus constitués de terre de barre. Interpellée, Maya s'arrête devant les étals de quelques vendeurs d'objets et peintures. Chacun lui présente ses trésors. Marchandage oblige, elle négocie un cheval miniature taillé dans le bois, trois décapsuleurs en cuivre jaune en forme de girafe, éléphant et hippopotame, et une petite pirogue chargée d'esclaves entravés. À cet instant, l'historienne considère Maya avec un certain dédain, puis fixe sa montre à plusieurs reprises. Elle connaît ce genre d'Afro-descendants, ces touristes mémoriels ignares, plus intéressés par la quête de souvenirs de vacances que par la grande Histoire et une reconnexion véritable à la terre africaine. Elle en a déjà croisé des centaines dans les rues de Ouidah. La plupart sont davantage préoccupés de leurs selfies devant les sculptures de divinités dont ils ignorent tout, au pied des baobabs, ou avec les pythons sacrés, les visages scarifiés…

Six heures du soir, le chauffeur dépose Maya devant l'entrée du gîte Au baobab. L'historienne lui fait un petit signe de la main et elles se quittent sans plus de politesses.

Maya a mal au crâne, tousse et éternue. Ses yeux pleurent. Peut-être est-ce dû à la poussière rouge de Ouidah, se dit-elle. Sûrement à cause de ce pèlerinage mémoriel express et édifiant. Dans ce périple, elle s'est sentie tellement insignifiante aux côtés de la sombre historienne. Quand elle s'endort, subsiste de cette journée un sentiment de grand gâchis, entre honte, horreur et déshonneur. Sa nuit est hantée de déportés…

Le lendemain, un ami de Djibril la conduit à la rencontre d'une famille d'Afro-descendants. Installés sur la rive d'un grand lac de la région, voilà une dizaine d'années qu'ils sont de retour en Afrique. Ils viennent de la Guadeloupe. Débarqués à Cotonou sans armes ni trop de bagages, ils furent accueillis par le gouvernement béninois, avec tous les honneurs, comme les dignes ambassadeurs de la diaspora nègre. « Ces Guadeloupéens sont très inspirants. Ils ont fondé un village et une école que visitent régulièrement Africains-Américains et Caribéens tentés par le retour au pays des ancêtres… Va les voir ! Ils te feront bon accueil… » lui avait assuré Djibril.

En effet, Maya est reçue cordialement. L'ambassadrice raconte leur épopée avec un franc sourire et considère Maya d'un œil bienveillant. Elle est pieds nus, vêtue de blanc, et porte sur la tête une masse épaisse de locks.

Avant le grand saut, la famille vécut près de sept ans dans une forêt de Guadeloupe. C'était les années 1980… Ils avaient un campement dans les mornes, comme les nègres marrons d'antan. À l'écart du monde, ils cultivaient un jardin et se nourrissaient de ce que la nature offrait : ignames sauvages, noix de coco, mangues, avocats, fruits à pain… Ils buvaient l'eau des sources. Se baignaient dans les rivières. Cinq enfants naquirent durant ce marronnage des temps modernes. Le jour où ils quittèrent les bois pour rejoindre la civilisation, la Guadeloupe découvrit leur existence avec sidération. On les prit bien sûr pour des illuminés. Ils firent la une des journaux locaux. Jugeant tant son projet de vie que ses propos délirants, les spécialistes en santé mentale internèrent le patriarche dans un hôpital psychiatrique. La mère et ses petits furent confiés aux services sociaux. Finalement libérée après quelques mois, la famille siégea alors sur une plage de Capesterre-Belle-Eau, réclamant et attendant de l'État français la prise en charge de leur rapatriement en Afrique. Les petits nés dans la forêt ne furent pas scolarisés, les parents refusant l'instruction abêtissante et aliénante du système colonialiste. Au bout de six années, une assistante sociale monta un dossier qui leur permit de toucher des arriérés d'allocations familiales. Une somme importante. Une forme de réparation. De quoi exaucer leur rêve de retour, avec l'achat de billets d'avion à destination du Bénin. Pour Maya, l'histoire est belle comme un conte.

Construite en banco au milieu des palmiers à huile, l'école compte une centaine d'élèves en uniforme qui sont éduqués et nourris gratuitement. Escortée d'un professeur, Maya Lesueur est invitée à faire le tour des lieux. Elle a l'impression d'être une ministresse de la diaspora. Tous les enfants se lèvent dès son apparition dans les salles de classe.

« On leur enseigne la grande Histoire du continent, explique l'instituteur. Les mathématiques, diverses langues… Mais ils apprennent aussi – et c'est essentiel dans le programme scolaire de désaliénation ! – ce que sont devenus ceux qui ont été déportés. » L'assistant désigne un enfant qui récite sans une hésitation quelques noms et parcours de vie des illustres nègres, inventeurs, savants, tous descendants d'esclaves… « Lewis Howard Latimer, Daniel Hale Williams, Edmond Albius, Percy L. Julian, Granville Tailer Woods, Raoul Georges Nicolo, Alexander Miles, John Stenard… »

Maya prend quelques notes sur son carnet.

Au moment des adieux, la fondatrice de l'école lui souffle, d'un air énigmatique : « Tiens-toi droite ! Sois fière ! Tu sauras d'où tu viens le moment venu. Laisse-toi guider. Même si tu ne le connais pas encore, le chemin est déjà tracé… »

La nuit tombe sur Ouidah, ses divinités, ses esprits, ses ancêtres, ses pythons vénérés, ses ombres insaisissables, sa population héritière d'une si lourde histoire… Dans un frisson, Maya imagine un instant les fantômes hagards des esclaves, errant parmi les touristes en pèlerinage mémoriel…

Ce soir, la salle du restaurant est pleine. On fête un anniversaire.

Maya ne dîne pas. Allongée sur son lit, avec ses pieds rouges de terre sur le drap blanc, elle pianote sur le clavier de sa tablette, consulte ses mails, se laissant bercer par la musique africaine qui bat son plein dans la salle de réception du gîte. Sur son carnet, il ne reste qu'une dizaine de pages vierges. Maya vient d'écrire : « Ouidah est peuplée de fantômes enchaînés. Ils sont partout dans les rues et les lieux de mémoire, sur la plage et les marchés, dans chaque grain de sable et dans chaque arbre. Dans l'air et la poussière. Ils savent la honte et la résilience, le bizness et l'oubli… Je viens de là. Il y a des signes… Peut-être que l'un de mes ancêtres a été mis en esclavage en Guadeloupe ou à la Jamaïque, à la Barbade… »

Vers minuit, son téléphone vibre. C'est Djibril.

À moitié endormie, elle répète ces mêmes mots à son ami. « Il y a des signes… Peut-être que l'un de mes ancêtres a été mis en esclavage dans les Caraïbes…

– On se voit bientôt à Paris, tu me raconteras tout ça ! J'ai hâte… » répond Djibril.

Maya s'endort avec le ronron du climatiseur, laissant comme toujours la lumière dans la chambre.

GWADA

À la vie privée d'oubli…

Au cimetière des Abymes, Ida – l'arrière-grand-mère maternelle de Yaëlle – n'est plus qu'un lot de souvenirs contrefaits et mitigés. 1933-1998. Ses os reposent dans le caveau familial, sur la concession funéraire perpétuelle acquise en 1922 par le patriarche Bernard Chanty (le premier-né d'Ifé-Suzanne dans son mariage avec Évariste Chanty).

Tailleur pour hommes jusqu'à la veille de sa mort à quatre-vingts ans, Bernard Chanty (1866-1946) eut sept enfants avec une Suzette de Marie-Galante. Ses descendants sont innombrables… Disséminés sur toute la terre, même en des lieux où ils ont égaré à jamais le souvenir de la Guadeloupe et de leur filiation.

Au cours des ans, la dalle de béton des origines a été recouverte de chaux, puis d'une plaque de granit. Des herbes sauvages et des fleurettes blanches poussent au creux des parois fissurées. Parfois, Agontimé vient s'asseoir sur la dalle mortuaire. Elle pense à Ifé, à ses fils, à chacun de sa lignée. Elle regarde les colonnes de fourmis qui tracent la route entre les tombes et les fêlures minérales. Se hâtent de découvrir une terre inconnue, poussées dans le dos par des rêves de liberté. Comme ses descendants, elles vont tester la chance de l'ailleurs, creuser un nid, peut-être bâtir une famille…

De nombreux parents sont remisés dans ce caveau. Par les alliances de ses descendantes, le nom Chanty s'est raréfié au commencement du XXIe siècle.

D'aucuns sont demeurés dans l'ombre, tandis que d'autres ont filé des heures de gloire… Médailles militaires posthumes, écharpe de dauphine au concours de Miss Guadeloupe dans les années 1950, palmes académiques, presque maillot jaune au Tour cycliste de Marie-Galante, record au 100 mètres, premier prix de la chanson créole à la fête communale de Sainte-Rose, sélection d'un virtuose dans une équipe de football nationale…

Entre les vases en plastique et les fleurs artificielles, Agontimé retrouve quelques visages dans des cadres, des noms gravés sur un carré de marbre rose et gris, des épitaphes…

Bernard et Suzette Chanty. Leurs sept enfants, les petits-enfants et quelques-uns de leurs arrière-petits-enfants…

Anastasie Chanty, décédée à l'asile des fous. 1930-1980. Un mystère jamais élucidé…

Edmond Potier, adjudant de l'armée française. Mort à Tahiti. 1926-1972.

Mirella Brunant, dissidente, médaillée de la Seconde Guerre mondiale. 1928-1976. Une légende oubliée dans l'histoire de la Guadeloupe…

Edvard Chanty, tué au combat dans la guerre. 1923-1962.

Colin Caleux, ouvrier du bâtiment, assassiné sur la place de la Victoire. 1949-1967. La faute au colonialisme…

Iréna Lespoir, morte en couches à l'âge de vingt-trois ans. 1918-1941. Une plaie jamais refermée dans l'arbre généalogique…

Térence Caleux, écrasé par un char à bœufs, au mitan de la récolte des cannes. 1944-1973. Un conflit de voisinage et un acte de sorcellerie dans la mythologie familiale…

Sylvia parcourt des yeux les épitaphes dédiées à quelques-uns…

Regrets éternels,

Maman je t'aime,

Cœur d'or,

Dieu te préserve,

L'avenir dira…

Leurs vies et morts racontent la Guadeloupe dans ses hauts et bas.

Agontimé les a connus intimement…

Ils sont tous de sa chair et de son sang. Chacun est un descendant d'Ifé-Suzanne, celle qui n'aurait pas dû vivre…

Depuis 2007, à chaque fête des morts, le cimetière voit Sylvia Desbois se souvenir de sa mère (Germaine Caleux – épouse Liman, 1952-2007). Sur le caveau familial, elle allume des bougies et dépose un vase en Pyrex garni de quelques branches de fougère, d'hibiscus et d'oiseaux de paradis. Germaine Liman était morte à cinquante-cinq ans, sans maladie déclarée. Pressée de quitter ce monde pour rejoindre son mari décédé d'un refroidissement, quelques mois auparavant. C'était au mitan du carême et d'un mémorable mouvement de grève mené à l'usine Beauprés.

Yaëlle avait sept ans quand elle suivit le cercueil de sa grand-mère au cimetière. Sylvia se rappelle que sa fille portait une robe de popeline blanche brodée sur le devant, des socquettes à dentelle et de jolis souliers vernis noirs. Anna avait bien sûr fait le voyage pour assister à la veillée et aux obsèques. La tante Clémence Bérat était là aussi, avec son mari avocat et leurs deux filles, Betty et Claudia.

Ces derniers temps, Sylvia s'est mise à visiter le cimetière plusieurs fois par semaine. Elle n'a plus d'amis. Se méfie de tous ces gens avides de lui soutirer des confidences inédites sur le malheur de sa fille qui a trempé dans cette dégoûtante affaire de drogue. Alors, agenouillée à même la terre qui borde l'imposant caveau familial, elle implore le Dieu tout-puissant et Ses bons anges de lui venir en aide. Par l'intercession expresse de Germaine, elle demande aussi conseil à toutes les générations des défunts Chanty qui pourraient la secourir. Sylvia ne sait plus à quel saint se vouer…

En ces moments désolés, Sylvia aurait souhaité retrouver sa mère. Elle aurait aimé que Germaine la presse contre elle, lui dise que la vie est un long chemin où l'on ne cesse d'apprendre de ses erreurs, où le temps est souvent changeant, où les rencontres sont des mystères et parfois des miracles, où la joie et la peine marchent l'une derrière l'autre, pareilles aux saisons de ce monde. Hélas, Sylvia ne peut ressusciter les morts. Si leurs âmes errent encore de par le monde, ils ne sont plus que transparence, à peine un souffle, moins qu'une poussière qui va et vient dans l'espace, se pose ici et là, et qu'on balaie d'un revers de main.

Victor Desbois a repris du poil de la bête. Il ricane quand Sylvia va à la messe ou au cimetière, avec son air de componction. Pour lui, ces bigoteries sont inutiles. « La Guadeloupe est malade, ma pauvre… Ton bon Dieu y pourra rien… Tu pries pour ta fille, mais elle est déjà perdue… Quand on met le doigt dans ce genre d'engrenage, on peut plus jamais s'en sortir… Je sais de quoi je cause, crois-moi ! À la prison, je vois que ça… Des détenus qui entrent et sortent, jurent qu'on les verra plus… À peine élargis, ils replongent dans le circuit pour retrouver leurs vices… La drogue, les braquages, les trafics, les viols, les règlements de comptes… »

Victor refuse de reparler à sa fille. Il l'a bannie. Sa décision est irrévocable. Il déclare à qui veut l'entendre qu'il n'a plus d'enfant. Dans la famille Desbois, le sujet « Yaëlle » est tabou et Sylvia *persona non grata*.

Elle songe au divorce, comme sa voisine, Gladys Laroche, qui s'est débarrassée de son mari sans tambour ni trompette.

Sylvia envisage un nouveau voyage à Paris, début mars. Elle a déjà posé ses congés annuels. Cette fois – pardon, mon Dieu ! – elle laissera le frigo vide et le linge sale. Elle ramènera Yaëlle à la maison. Elle est prête à affronter la justice avec sa fille qui n'est finalement qu'une victime. L'avocat lui a assuré qu'il n'y aura pas de peine de prison ferme, peut-être une relaxe, au pire un sursis et un petit bracelet à la cheville. Elle a déjà déboursé 3 250 euros de frais de justice…

Ce lundi, après le passage obligé au cimetière, Sylvia aperçoit sa cousine Betty au détour d'une allée du grand centre commercial de Baie-Mahault. Dans cet immense espace, le hasard fait qu'elles se retrouvent quasiment face à face. Impossible de s'ignorer. Betty est accompagnée de sa fille Inès, en vacances au pays. À ce qu'on raconte, une brillante étudiante. La réussite incarnée. La jeunesse triomphante qui étudie à Montréal – à moins 40 degrés sous la neige et le blizzard…

Inès Caron a vingt-deux ans, l'âge de Yaëlle Desbois.

Leurs mères – Betty Caron et Sylvia Desbois – sont cousines germaines, filles des sœurs Clémence Caleux (épouse Bérat) et Germaine Caleux (épouse Liman). Ces dernières, filles d'Ida Chanty-Potier (épouse Caleux en secondes noces).

Sylvia et ses cousines avaient grandi dans des milieux différents. Clémence Caleux avait épousé Louis Bérat, un avocat ; tandis que sa sœur Germaine s'était amourachée d'un agriculteur militant. Fred Liman, révolutionnaire-syndicaliste-autonomiste, qui passait plus de temps dans des assemblées générales que sur ses champs de patates douces.

Clémence et Germaine n'avaient pas le même train de vie, ne visaient pas les mêmes lunes. Inscrites dans une école religieuse privée, les filles de l'avocat ne parlaient pas créole, mangeaient des pommes-France, des fraises et des raisins, de la purée Mousline, du camembert et toutes sortes de mets français… Betty et Claudia avaient des poupées Barbie, jouaient au tennis, prenaient des cours de danse classique et de piano. Chez les trois sœurs Liman, la langue créole était pratiquée au quotidien. Elles étaient nourries de légumes du potager, racines-pays et fruits du verger, viande locale et poisson frais. Aglaé, Anna et Sylvia fabriquaient leurs poupées noires avec des bouts de chiffon, fréquentaient les négrillons des campagnes et s'asseyaient sur les bancs de l'école publique. Les cousines Bérat se défrisaient les cheveux sans états d'âme, n'ayant nullement conscience de basculer dans la pitoyable brigade des négresses assimilées et aliénées. Du côté Liman, les cheveux restaient crépus par idéologie. *Black is beautiful!* Aux yeux du père Liman, l'avocat Bérat était tout ce qu'il abhorrait : l'ennemi intérieur, « peau noire et masque blanc », ce genre de nègre qui renie ses ancêtres et se blanchit par sa condition sociale, se sent plus français que guadeloupéen, n'use que de la langue du colonisateur, méprise le parler créole, le son du ka, le carnaval… Considère tout cet héritage immatériel comme le boulet d'un temps révolu, une entrave au progrès…

Les rares fois où les deux bougres se retrouvaient à la même table, lors de déjeuners en famille, ils ne pouvaient s'empêcher de s'envoyer des piques et des regards haineux, ce qui mettait tout le monde mal à l'aise. Au fil du temps, à cause de la politique et pour la paix des ménages, Clémence et Germaine finirent par éviter de se rencontrer. Lorsqu'elles se croisaient, par hasard ou à la veillée mortuaire d'un vieux parent, elles se risquaient à quelques mots sans conséquence, paroles inutiles sur le temps qui passe, l'injustice de la mort, les caprices de la nature et les prévisions météorologiques.

Entre les deux clans, il y avait désormais un vaste monde aux frontières hérissées de barbelés. Les liens semblaient rompus à jamais.

Mais Sylvia tint à inviter les Bérat à son mariage, puis au repas qui suivit le baptême de Yaya. L'avocat brilla par son absence mais la tante Clémence rappliqua, avec ses filles. Betty et Claudia apparurent, dans toute leur majesté, avec leurs poses et dièses, leurs bouches fielleuses, leurs boucles permanentées et leurs grands sourires Émail Diamant. Pourtant, Sylvia crut les avoir amadouées un peu, car elles lui rendirent la politesse, la conviant, un mois plus tard, aux somptueuses noces de Betty qui, comme sa mère, épousait un avocat, beau parti…

Dans l'allée bondée, Betty et Sylvia font chacune quelques pas hésitants l'une vers l'autre. Elles s'embrassent devant la vitrine d'un magasin de chaussures. Inès semble hautaine, distante. Les sourires sont figés entre les trois. Cela fait des années qu'elles ne se sont pas vues. Oh là là! Au moins douze ans, aux obsèques de la vieille Ismène Potier…

Un temps, Inès et Yaëlle étaient amies sur Facebook. Mais avec le scandale des photos *nude*, l'étudiante canadienne avait rayé Yaya de ses contacts virtuels.

Parler de quoi?

Inès répond avec parcimonie aux quelques questions posées par la cousine germaine de sa mère. « Oui, je supporte bien le froid… Non, je n'ai pas eu de mal à m'adapter au climat… » Elle s'intéresse aux chaussures dans la vitrine, fuyant le regard de Sylvia.

« Comment va ta fille? » ose Betty.

Le sujet est brûlant…

Bien sûr, elle est au courant des mésaventures de sa petite cousine: l'épisode « Yaya fait la mule dans l'avion », après celui de « Yaya en mode *nude* sur les réseaux sociaux ».

Mais Betty ne semble pas se réjouir de tous ces malheurs. Dans son regard, pas la moindre paille de mépris. Alors Sylvia souffle : « Elle tient bon, grâce à Dieu ! Merci de prendre de ses nouvelles, Betty… C'est très dur, mais on est là. On voit le bout du tunnel. Yaëlle est sortie de l'hôpital. Elle est chez Anna à présent. Doit bientôt retourner sur la table d'opération… Je vais la retrouver en France le mois prochain… »

Betty hoche la tête, compatit. Sylvia remarque qu'elle n'a pas les cheveux soigneusement défrisés comme autrefois. Un court afro grisonnant encadre sa figure. À quarante-cinq ans à peine, Betty en paraît dix de plus. Sans maquillage, son visage semble éteint.

« Comment vas-tu ? Ton mari, ton fils Ethan ? demande Sylvia.

– Ça va doucement… répond Betty en détournant les yeux. Mais donne-moi des nouvelles de tes sœurs ! Aglaé ! Anna !

– Depuis la mort de maman, je ne vois plus guère Aglaé. Elle a sa vie et ses occupations à Basse-Terre. Toujours dans ses plantes médicinales et ses décoctions. Elle s'occupe de son mari qui est bien malade, je crois. De temps en temps, on se passe un coup de fil, c'est tout… »

L'échange est laborieux.

« Et Anna ! Toujours pas mariée ? Pas d'enfant ?

– Non, elle vit seule… Elle se sent bien comme ça… Elle voyage beaucoup en Europe… »

Inès fixe sa montre. Visiblement, cette discussion l'ennuie. Quelle perte de temps ! Personne ne la fera plaindre Yaëlle. Chacun choisit son destin… « Faut qu'on y aille ! » marmonne-t-elle. Au même moment, son portable lui annonce un message. « Super ! fait-elle, souriant à l'écran de son téléphone. Un nouveau Smart Match de MyHeritage ! »

Passionnée de généalogie, Inès Caron a déjà reconstitué toute une branche de sa famille paternelle. Elle progresse bien sur la branche maternelle, est déjà remontée jusqu'en 1866 avec Bernard Chanty. À ce jour, elle compte soixante-cinq Smart Matches avec des cousins vivant hors de la Guadeloupe. Inès préfère tisser des liens avec ceux dont les grands-parents ont migré, tenté l'aventure aux States ou en Europe. Au moins, ils ont quelque chose à raconter… Elle-même envisage de s'installer, à la fin de ses études, en Australie, ne s'imaginant pas vivre, travailler et fonder une famille à Gwada.

« Waouh ! Une cousine Bérat ! s'écrie Inès. C'est dingue ! D'où elle peut bien sortir, celle-là ?

– Tu poseras la question à ton papi Marcellin… suggère Betty.

– Elle vit à Berlin », lance Inès avec enthousiasme.

Betty passe la main dans ses cheveux courts, naturels, grisonnants.

« Voudrait me rencontrer, poursuit Inès… Elle a plein de questions sur sa famille antillaise… Je lui envoie tout de suite un courriel… »

L'étudiante guadeloupéenne a curieusement repris l'accent québécois, comme pour mieux se reconnecter à son monde virtuel. Et tandis qu'elle pianote sur le clavier de son téléphone portable, Betty et Sylvia se regardent sans trop savoir quoi se dire. Chacune exprime à sa manière une forme de désolation, l'envie de rattraper le temps ou recoller les morceaux de l'histoire familiale, se raconter leurs malheurs.

« Sissi, essayons de nous revoir très vite ! murmure Betty. Tu es d'accord ? Nous prendrons le temps… Je vais t'appeler… Promis !

– Oui, essayons… » glisse Sylvia, embrassant sa cousine.

Le 12 février.

« Qu'est-ce que ça veut dire encore… EFM ? » demande Margy en frottant son estomac. Elle entame bientôt son sixième mois de grossesse. Son ventre, on dirait une énorme calebasse.

Une semaine que Yaëlle est sortie de l'hôpital. Les amies-sœurs se sont enfin retrouvées. Presque comme avant, à Gwada… Sauf que Benja est mort, Margy enceinte et Yaëlle lestée d'une inélégante poche de colostomie qui lui sert d'intestin provisoire. L'intervention chirurgicale n'est pas encore à l'ordre du jour.

« Expérience aux Frontières de la Mort ! répond Yaya. Tu sais, à travers le monde, les témoignages sont nombreux… Regarde sur Internet ! Des personnes tombées dans le coma ou dont le cœur s'est arrêté quelques minutes dans un accident… L'infirmière Cathy m'a expliqué… Ces gens racontent tous à peu près la même histoire : la lumière blanche, le tunnel, les morts de leur famille qui viennent les accueillir, la vue qu'ils ont sur leur corps inerte depuis le plafond, un paysage paisible derrière, des anges, une musique céleste… Puis tout disparaît et ils réintègrent leur enveloppe charnelle…

– Quand ils reviennent à la vie… J'ai compris… Une EFM, c'est ce qui t'est arrivé ?

– Ben oui ! Au début… Mais je suis pas revenue aussi vite que ces gens…

– Ton ancêtre Agontimé est restée avec toi, coupe Margy qui connaît déjà la chanson. Et tu la voyais, mais elle ne parlait pas… Tu entendais surtout une voix qui te racontait son histoire… Et la voix n'avait pas de visage… Ton truc est vraiment ouf de ouf… J'ai tellement envie de fumer…

– Arrête, meuf ! T'es folle ! Pense à ton bébé ! fait Yaëlle.

– Ben !… J'te coiffe, si tu veux… Ça m'occupera les mains… Et maintenant, tu l'entends encore ?

– Oui, quelquefois… C'est plus aussi fort, ça dure moins longtemps… Mais j'me souviens de tout. »

À partir du moment où elle a appliqué les conseils de Cathy, le ciel de Yaya s'est jour après jour désobscurci. Pendant qu'elle planquait ou recrachait les médicaments, son psychiatre a fini par confirmer le diagnostic d'une bouffée délirante. Durant les entretiens médicaux, s'excusant dans son cœur auprès d'Agontimé, Yaëlle a renié ses visions et ses hallucinations auditives. On l'a libérée avec une ordonnance de neuroleptiques renouvelable six mois. Yaya doit se rendre en consultation à l'hôpital chaque semaine, mais elle est maintenant installée chez sa tante et a repris du poids.

Yaya, Margy et Anna forment à présent un joyeux trio qui espère d'un même amour la venue prochaine du bébé. Si les jours sont saturés de rires, musique et paroles à rallonge, les nuits se font plus graves. En effet, chaque soir Yaya raconte un bout de l'histoire de la princesse Agontimé, le destin de l'un ou l'autre de ses nombreux descendants…

C'est devenu un rituel exaltant. À la cuisine, Anna lave et range la vaisselle du dîner, puis elle rejoint Yaëlle et Margy au salon. Elles font silence, n'allument plus la télé, ont délaissé leurs séries policières américaines préférées. Elles attendent, telles des fillettes sages et méritantes qui auront droit à un conte avant de s'endormir.

La situation pourrait paraître grotesque. On dirait trois négresses folles embarquées dans des séances de spiritisme… Manque plus que la table se mette à bouger toute seule…

Il y a la médium et les deux bonnes clientes qui écoutent religieusement, sans proférer un seul mot.

Lorsqu'elle restitue les mots de la Voix, Yaëlle semble habitée. On la croirait possédée. Son regard demeure fixe comme face au grand écran d'une salle de cinéma. Autour d'elle, tout s'efface au fur et à mesure. Les motifs du papier peint s'estompent, les murs se désintègrent. L'espace se floute et puis, d'un coup, s'agrandit de façon magique. Yaëlle est là, sans être là. Elle est l'oracle, un canal entre passé et présent, entre la mort et la vie. Un pont entre deux rives. Un chemin sinueux au milieu d'une forêt de personnages…

Avec leurs yeux de profanes, Anna et Margy la voient assise dans le canapé, immobile. Mais en vérité, Yaëlle vole dans les airs et flotte sur les eaux, elle remonte le temps et parcourt le monde dans le sillage d'Agontimé.

La mémoire de Yaëlle a engrangé des centaines d'histoires, rangées dans les tiroirs des ans. Des milliers de scènes et d'images, de noms et dates, d'hommes et femmes, d'incroyables paysages… Elle ignore de quelle manière la Voix est parvenue à stocker cette masse de données dans son cerveau. Mais, au fond, cela n'a pas d'importance. Ce qui compte est la rétrocession de ce savoir. Margy l'enregistre avec son téléphone portable. Yaëlle ne sait si sa mémoire lui fera défaut un jour ou l'autre… Il faut prendre des précautions, garder une trace de l'épopée d'Agontimé…

Quelques minutes de concentration. Et Yaya finit par trouver les mots qui ne sont plus réellement ceux de la Voix, mais tentent toujours de s'en approcher au plus près.

Est-ce que les trois ont perdu l'esprit ?

Sont-elles sous l'emprise d'une entité ?

Nul ne peut répondre à ces questions.

L'humilité s'impose d'autorité face au mystère.

Margy ne doute plus de la santé mentale de Yaya. Elle-même a fait un déni de grossesse, et sait pertinemment que la réalité peut se distordre à tout moment. Comme les yeux, l'esprit est trompeur. On croit voir ce qui n'est pas la réalité. On se fie à son jugement qui est loin de la vérité… Il faut rester sceptique devant les évidences, se méfier des mille facettes des apparences, accepter l'idée qu'on ne sait pas tout des arcanes du monde. Margy pense à son père, l'honorable Monsieur Laroche, qui abusait de son corps et lui fourrait son sexe dans la bouche. Lequel, parmi les voisins, aurait pu contester le fait qu'il était un honnête homme, un bon père ?

De son côté, Anna n'a pu tenir sa langue plus longtemps.

Elle a reconnu qu'une branche de la famille a eu affaire aux esprits… notamment la grand-tante Anastasie qui conversait avec des invisibles. Son internement à l'asile était à l'origine du terrible conflit entre ses deux sœurs : Izora et Ida. La première considérait l'hospitalisation forcée abusive, quand la seconde y voyait le salut de la malheureuse aliénée. Izora cessa d'abord de parler à Ida, puis à tous les Caleux qu'elle jugeait responsables de la mort prématurée d'Anastasie. Izora se replia chez elle. Au fil des ans, son nom disparut des conversations familiales. Aujourd'hui centenaire, pensionnaire d'un Ehpad en Basse-Terre, Izora est édentée, toute ratatinée, presque aveugle, mais elle a conservé un esprit agile et une mémoire fidèle, surtout quant aux faits anciens. Non, elle n'a pas oublié une once de son ressentiment. Sylvia a parfois de ses nouvelles par Evelyne, une petite-cousine éloignée de la branche Potier, aide-soignante à l'Ehpad.

La veille, Annette Liman a fini par avouer aux filles qu'une femme semblable à celle de Yaya la visitait en rêve durant son enfance. Elle en a maintenant la conviction : cette Timé dont causait la tante Anastasie était bien l'Africaine qui hantait ses nuits, celle qu'elle entraperçoit encore en rêve, ici, en France… La même créature apparue à la laide devineresse des Grands-Fonds… Cette Agontimé dont la voix débobinait les histoires des heures durant…

À présent, Anna brûle de l'envie de se dévoiler, raconter ce qui s'est passé en 1997… Enfin se libérer de sa douleur… Puisque la princesse connaît tout de ses descendants, elle détient aussi son secret, sait sans doute où se trouve actuellement sa petite fille perdue, au cas où elle serait encore en vie…

Non, Anna et Margy ne pensent pas avoir perdu l'esprit. Elles se considèrent comme des privilégiées, les récipiendaires d'un petit cercle d'initiés. Bien entendu, elles ne vont pas le crier sur les toits. On les prendrait pour des malades mentales. Pour l'instant, les trois ont convenu de n'en rien dire à Sylvia…

Ce soir, il est 21 heures quand Yaëlle entame son récit. Dehors, des centaines de petites lumières illuminent la nuit de la cité-dortoir. La froidure peut bien coller aux vitres, elles sont loin des tours grises de cette banlieue, loin de l'hiver, loin de leurs minuscules existences. Elles s'apprêtent à faire le grand voyage…

Margy enclenche l'enregistreur.

Cette fois, il s'agit de Koffi, descendant d'Olouwafoumi, cette première fille d'Agontimé, née au royaume Shabè en 1829.

« Souvenez-vous que la princesse Agontimé fut razziée et déportée à la Guadeloupe la même année, abandonnant son bébé et son époux le prince Akinni », précise Yaëlle d'une voix tremblotante.

La première épouse du prince Akinni éleva Olouwafoumi qui grandit dans l'ignorance de sa vraie mère et vécut toute sa vie à Savè-Idadu. Mariée à quinze ans, Olouwafoumi eut sept enfants, puis mourut de fièvre, à l'âge de trente-cinq ans.

En 1890, Sécounom, l'une des arrière-petites-filles d'Olouwafoumi, migra avec ses parents au sud du Nigeria. Ils s'installèrent à Benin City où ils firent souche.

Sécounom avait déjà trois garçons quand elle donna naissance à Koffi, son quatrième et dernier fils, en l'année 1896.

L'enfant poussa sans heurt, adoré de sa mère et chéri par tous. D'un tempérament doux et rêveur, Koffi était serviable, prenait grand soin des anciens qui lui rendaient la pareille, en l'abreuvant de contes et légendes passés de bouche en bouche depuis le commencement des temps.

Un jour de l'année 1910, Koffi déclara qu'il serait ébéniste. Dès ses quatre ans, il tâtait divinement le bois. À douze ans, il fabriquait de ses mains des caissettes et des animaux miniatures qu'il offrait à chacun. « C'est son chemin, assura une vieille qui lisait dans les jeux des enfants. Aucun esprit malin ne viendra contrarier son destin ! » En effet, quelques lunes plus tard, un oncle paternel se présentait. Établi comme menuisier à Dakar, ce parent de confiance proposa de prendre en apprentissage le garçon de quatorze ans. L'oncle expliqua qu'il façonnait et vendait des meubles de bois précieux. Son atelier de menuiserie prospérait ; sa clientèle étant principalement constituée des toubabs qui colonisaient le Sénégal. À Dakar, Koffi serait à bonne école et retournerait à Benin City sitôt formé, et riche d'un grand savoir en matière d'ébénisterie.

Bien vite, le jeune apprenti fit la fierté de son oncle. Koffi créait un mobilier insolite que s'arrachaient les Blancs. Chaque meuble était une pièce unique, parée de masques étonnants, sculptures animalières, colonnettes finement ouvragées, motifs feuillagés, autres fanfreluches, fantaisies et mystères de tiroirs secrets. Capitonnés de lés de bogolan, qu'il se procurait chez un tisserand des environs, ses fauteuils étaient d'une rare splendeur… Les buffets, guéridons, commodes et secrétaires laissaient l'oncle ababa et la clientèle française, bouche bée. Oui, Koffi était un prodige, et son travail si méticuleux témoignait d'une grande ingéniosité, d'une fascinante maîtrise de son art.

Trop sentimental, Koffi peinait toujours à se séparer de ses œuvres. Mais, dur en affaires, l'oncle les négociait au prix fort aux toubabs résidant à Dakar, Rufisque, jusqu'à Saint-Louis…

À ses heures vacantes, cherchant l'inspiration dans les couleurs du ciel et le vol des milans à bec jaune, Koffi posait parfois son corps sur une roche, au bord de la mer, avec vue sur le port.

Un après-midi, sur le quai, il reconnut trois énormes caisses de bois qui recelaient ses créations. Il n'avait jamais imaginé que ses meubles puissent voyager hors de l'Afrique. Selon lui, l'ébène et le bois d'iroko ne pouvaient aucunement survivre et s'acclimater en de si lointaines contrées. Ses meubles manqueraient de chaleur et seraient attaqués par la vermine. Deux Sénégalais de sa connaissance lui avaient parlé de la neige, des rigueurs de l'hiver, des punaises et des mites qui infestaient les maisons de la France…

Hélas, impuissant, le souffle coupé, le dernier-né de Sécounom regarda les dockers à la manœuvre, halant et bourrant les caisses mastodontes, jusqu'à les faire disparaître, l'une derrière l'autre, dans la cale noire d'un bateau de marchandises en partance pour l'Europe.

À compter de cet instant, le fils de Sécounom rêva secrètement d'embarquer sur l'un de ces navires. Il éprouvait un fort ressentiment envers l'oncle, pingre au plus haut degré. Sur la vente, disons-le, Koffi ne percevait qu'une maigre piécette. Le vieux ne lui avait rien appris qu'il ne sache déjà par talent naturel. Fronçant les sourcils, le scélérat décrétait maintenant que son parent apprenti lui était redevable de dix années de travail à l'atelier, ce pour s'acquitter de l'enseignement dispensé.

En 1914, la guerre grondait en Europe.

Afin d'échapper à cet esclavage, le fils de Sécounom rusa de la pire des manières. Enrôlé de son plein gré dans la force noire de l'armée française, il fut sitôt expédié sur les champs de bataille, pour combattre les Teutons. Sous le matricule 1267, armé d'une baïonnette et d'un sabre d'abattis, Koffi endossait fièrement l'uniforme bleu horizon des tirailleurs sénégalais. Chéchia rouge, paletot croisé, culotte de molleton, bandes molletières de laine, brodequins Ferlin… Et c'est ainsi que, engagé dans les combats, il passa trois jours à en découdre avec les ennemis, avant d'être gravement blessé à la bataille de Verdun.

Le jour où Koffi avait pris la route, dans les pas de l'oncle émigré au Sénégal, son frère Hamidou s'était senti dépossédé d'une partie de lui-même. Bien qu'il soit son aîné, Hamidou considérait Koffi comme son jumeau. Durant l'enfance, ils avaient partagé les mêmes jeux, leur purée d'igname dans le même *kwi*, le même lait à la mamelle des chèvres, le même grabat de paille dans la case de la concession familiale…

Si Koffi avait promis de revenir du Sénégal, riche de son métier d'ébéniste, Dieu en avait décidé autrement…

Quelques années plus tard, la guerre finie pour un temps, Hamidou se lança à la recherche de Koffi, laissant au désespoir épouses et marmots. Nous étions en 1922. Qu'était devenu l'ébéniste prodige ? Il fallait tirer l'histoire au clair. L'oncle restait silencieux aux missives de Sécounom, ainsi qu'aux diverses sollicitations des sages et vénérables de la famille demeurée à Benin City. Hamidou prit la route pour le Sénégal…

À peine débarqué à Dakar, l'aîné fut informé de l'enrôlement de Koffi dans le bataillon des tirailleurs sénégalais. Abandonnant sa vocation première, le rêveur était parti faire la guerre aux Allemands. Le voyage d'Hamidou ne faisait que commencer. Koffi était-il mort ? Où vivait-il à présent ? En France ? Avait-il renié les siens et épousé une de ces femmes blanches qui prenaient des époux nègres après la guerre ?

Depuis 1899, Jean Thiam, orfèvre-bijoutier sénégalais réputé, recrutait des acteurs pour les villages noirs des zoos humains ; principalement créés à l'occasion des expositions coloniales, internationales et universelles, qui s'organisaient dans toute l'Europe. À l'époque, l'Afrique faisait fantasmer l'Occident, fascinait par ses couleurs, ses trésors, sa nature, ses indigènes, sa barbarie, ses cannibales, son catalogue de races… Les ignominieuses ménageries mettaient en scène les diverses races d'hommes et de femmes d'Afrique. Ceux-là étaient exhibés comme les espèces inférieures de la faune humaine peuplant le continent sauvage – ses inextricables jungles, ses forêts profondes et toutes terres exotiques colonisées à civiliser urgemment. Ces manifestations étaient les vitrines des empires coloniaux, une extraordinaire invitation au voyage accueillant par millions les visiteurs européens.

En janvier 1922, Jean Thiam recrutait pour l'exposition coloniale de Marseille. Hamidou se fit engager et embarqua avec les acteurs et musiciens de la troupe. Le frère de Koffi n'avait pas de talent particulier. Mais il jouait un peu de la kora que lui avait enseignée son grand-père. L'événement dura huit mois et connut un succès retentissant jusqu'à la capitale. D'avril à novembre 1922, toute la journée, Hamidou montrait ses dents blanches aux visiteurs du grand barnum, pinçait les cordes de son instrument et remuait des reins. Chaque nuit, Koffi hantait ses rêves. Le petit frère apparaissait d'abord dans une foule de Blancs rigolards. Puis, s'en écartant, il se retrouvait seul, nu, les pieds fichés dans une neige épaisse. Koffi ne disait rien, ne bougeait pas, se contentant de fixer Hamidou.

À la fin de son contrat avec Thiam, le joueur de kora ne rentra pas au Sénégal. Il passa en clandestinité dans les bas-fonds de Marseille. Fut hébergé chez une dénommée Suzette, péripatéticienne rousse, qui l'avait pris en affection. Une année durant, il sonda en vain les quartiers de la ville. Las, jamais quiconque ne put lui donner la moindre information sur son frère disparu. Ravagé par le pastis et l'absinthe, Hamidou manqua finir dans la déchéance et les caniveaux de la cité phocéenne. Mais une famille sénégalaise de Saint-Louis le recueillit, lui offrant gîte et couvert, thé et réconfort. En 1926, parvenu à faire le deuil de Koffi et remis sur pied, Hamidou retourna auprès des siens, à Benin City où on l'accueillit sans question ni reproche sur sa si longue absence…

Ligne 13.

Station Saint-Denis-Basilique.

Anna est sur le quai du métro, son sac en bandoulière calé sous le bras gauche. Chaque fois qu'elle descend les escaliers, tête baissée, les mains enfoncées dans les poches, elle commence à ruminer sa vie.

Ce matin, on croirait qu'elle regarde les gens sans les voir, comme tout un chacun, l'esprit juste assez éveillé pour percevoir un brusque mouvement de foule, une rumeur de colis piégé, le début d'une panique générale… Cette vigilance lui donnerait le temps de se carapater loin du désordre, d'échapper peut-être à la mort.

La plupart des usagers évitent de croiser les regards de leurs congénères. Un seul coup d'œil peut tuer en ces lieux souterrains, dessous la lumière électrique et les caméras de surveillance de la RATP. Certains voyageurs ont la haine, la portent comme une armure. Le gros du troupeau est habitué à côtoyer la lie de l'humanité : les déments, les crackés, les truands, les soulards et leurs vomissures.

Anna a déjà frémi en assistant à quelques spectacles donnés par ces acteurs de l'envers du décor, ceux qui se charcutent les veines sur un banc, au vu de tous. Ceux-là qui vendent la mort dans un bout de papier-alu froissé. Dégainent un cran d'arrêt au milieu de la foule. Palpent les femmes dans les rames bondées. Braquent, détroussent, rackettent… Ils surgissent au bout d'un couloir et vous crachent dessus. Vous balancent un juron ou un coup de poing gratis. Ils vous attendent au pied d'un escalier mécanique. Vous suivent à trois et vous dépouillent en moins de deux. Au cœur de la nuit, dans le dernier métro, ils vous violent devant ces autres qui ne regardent pas, leurs yeux morts vous fixant, comme si vous n'étiez rien qu'un placard publicitaire.

Station Garibaldi.

Accrochée à la barre centrale, elle laisse passer une femme noire encombrée d'une poussette-canne. Dessous son drap bleu ciel, le marmot endormi est blanc. Anna revit les histoires racontées par sa nièce, observant les gens, sans trop s'appesantir. Beaucoup de nègres, de basanés, l'âme en peine. À cause des histoires de Yaya, son regard a changé. Elle croit voir maintenant en ces voyageurs des descendants d'esclaves, ou bien des migrants échappés d'un pays anciennement colonisé par la France. Celui-là réfugié en son for intérieur, cette ado à longues tresses brésiliennes captivée par un bouquin, ce type concentré sur l'écran de son téléphone portable… C'est sûr, s'imagine-t-elle, les trois ont des ancêtres qui ont connu les cales des bateaux négriers. Au gré du bringuebalement du métro, Anna se dit que les êtres humains sont extraordinaires dans leur capacité d'adaptation à la brutalité du monde.

À la station Guy-Môquet, les portes s'ouvrent pour accueillir des collégiens. Un Noir et une Blanche, les deux font la paire. Ils s'engouffrent en rigolant, reliés par les écouteurs du même iPhone. Les portes automatiques se referment dans un lugubre croassement de ferraille.

De nouvelles visions s'invitent dans l'esprit d'Anna. Elle voit Agontimé dans la cour de l'habitation Jacquelot. Tellement bien domestiquée par ses maîtres qu'elle se rendit à l'appel de la cloche au lendemain de sa mort…

Autour, évidemment, les gens ont programmé leur réveil pour être à l'heure, répondre aux injonctions de la cloche. Les uns vont au turbin, d'autres à l'école. Anna sait pourquoi elle se lève chaque matin. Son salaire de La Poste lui permet de payer son loyer, ses factures, ses voyages à travers l'Europe, le crédit de son terrain de Sainte-Anne, en Guadeloupe… Mais la princesse Agontimé devait quitter sa case sordide pour échapper au fouet, au carcan, aux menottes et aux chevillières… Elle était rémunérée en privations, coups, mépris et injures. Elle n'était qu'un outil, travaillait seulement pour survivre et enrichir ses maîtres…

Station La Fourche.

Chaque visage raconte une histoire, un exil, une solitude, un paradis perdu, la nécrose silencieuse d'une part intime… Et les histoires d'aujourd'hui se mêlent à celles d'autrefois, aux personnages défaits qui encombrent les récits de la Voix…

Anna a déjà croisé cette négresse clocharde qui marmonne des mots créoles à longueur de journée. Elle traîne ses biens dans un caddie, a quitté les Antilles pour la rudesse du bitume parisien. Paria, la femme ne reverra sans doute plus jamais son île… Comment en est-elle arrivée là ?… La drogue, la prostitution, la maladie mentale… Où est sa famille ? Là-bas, se souviennent-ils encore de cette parente partie vivre en France ?…

Sur le quai, cet aveugle qui déambule dans un monde sans contours ni visages, et affronte avec une canne blanche les dangers de la ville… Le piège des escaliers, la cruauté des passants, les bruits sans couleur, la nuit perpétuelle…

Ces enfants roumains assis en tailleur à même le sol, loin de la patrie de leurs pères et mères, réduits à la mendicité du matin au soir, sans larmes… Ces mioches malheureux mis au ban de la société, méprisés, considérés comme des parasites, des cafards, des rats, des nuisibles à éradiquer…

Place de Clichy.

Deux prostituées africaines. Perchées sur de hauts talons scintillants, les seins rebondis dans d'étroits bodys, les femmes font les cent pas sur le quai, le regard vide, les lèvres ensanglantées…

Le métro redémarre.

Dépliant sa vieille écorce de bois brûlé, un Noir cède son strapontin à une femme blanche toute en dentelle ancienne. Celui-là rêvait d'Europe et doit survivre misérablement dans un foyer de travailleurs. Il envoie chaque mois des euros à sa famille restée au pays. Dans l'esprit d'Anna, il est le jumeau de Koffi, le fils de Sécounom. Le garçon rêveur, artiste ébéniste, parti apprendre son métier à Dakar, qui se retrouva indigène, tirailleur sénégalais. Matricule 1267. Chair à canon, il combattit à Verdun et perdit la vie, la gueule cassée. Un siècle plus tôt, cet ouvrier subsaharien aurait pu être enrôlé dans la force noire ou exposé dans un zoo humain, se dit Anna…

À la station Miromesnil, elle imagine encore l'âme délabrée de ces millions d'esclaves enchaînés, déportés, monnayés de part et d'autre de l'Atlantique… Ses ancêtres africains domestiqués, bêtes de somme, étalons reproducteurs, convoités pour leur endurance à la tâche, leurs corps musculeux, leurs ventres féconds, leur immuable docilité…

Ballottée par le métro, Anna s'agrippe à la barre, entrevoit la captiverie où était séquestrée la jeune princesse Agontimé…

Invalides.

Les yeux fermés, elle entre maintenant dans la cale puante d'un bateau négrier. Découvre les centaines de corps emboîtés les uns dans les autres, terrorisés, la chair meurtrie dans les fers. Elle perçoit les sinistres plaintes de l'entrepont, le fracas des vagues qui cognent derrière la coque du bateau. La mer qui gronde et hurle de jour comme de nuit. Mais non, il n'y a pas de jour… La traversée n'est qu'une longue nuit d'épouvante déchirée de gémissements, cris et craquements, prières poisseuses, râles, soupirs et vains sanglots… Et l'esclavage est une autre nuit perpétuelle…

À la station Duroc, Anna vient de trouver une place assise. La négresse nounou s'extirpe du métro avec le bébé blanc.

Gaîté.

Anna se souvient…

Yaëlle a dit qu'au débarquement des esclaves en pays inconnu, il y avait l'inspection des corps noirs et la vente aux enchères… La Voix a raconté comment on a vendu Agontimé à son maître Jacquelot…

Pernety.

Comment on lui a donné des ordres sans qu'elle comprenne leur langue. Comment elle s'est sentie écrasée dessous les regards féroces et concupiscents des maîtres… Comment elle s'est vue mourir la première fois que les coups de fouet ont lacéré son dos…

Plaisance.

Comment on l'a accusée d'avoir empoisonné des bestiaux… Comment on l'a fustigée… Comment elle est tombée dans la mélancolie… Comment elle s'est jetée dans la rivière Bambou avec sa dernière-née, Ifé… C'est l'histoire oubliée de leur ancêtre Agontimé. Une sombre histoire ramenée au grand jour. Une pauvre histoire d'esclavage qui a lutté pour traverser les siècles…

Anna est bientôt arrivée.

Manière d'échapper à ce flot incessant d'images morbides, Anna puise dans les événements plus heureux : l'audace de Mathilde Chanty revêtue de ses vêtements d'homme, engagée sur le gigantesque chantier du canal, à ses enfants panaméens, au restaurant La Criolla qui accueillait sa clientèle cosmopolite… La réussite de Bernard Chanty, tailleur pour hommes réputé en Guadeloupe, la grande case bâtie aux Abymes… Les médailles de Mirella Brunant, dissidente et héroïne de la Seconde Guerre mondiale… Le premier prix au concours de la plus belle chanson créole de Justinien Caleux… Le presque maillot jaune, la dauphine de la Miss Guadeloupe…

Agontimé les a tous connus…

Chaque jour, se rendant à son travail, Anna traverse Paris du nord au sud. Ses pensées ont coutume de louvoyer entre la Guadeloupe et la France, sa vie passée, ses projets de voyages à travers l'Europe en car Pullman, les dernières discussions avec ses collègues de La Poste…

Depuis que Yaya narre ses histoires, Anna est hantée par l'idée de raconter cette part sombre de sa propre existence : la naissance de sa fille, son abandon… La petite aurait eu vingt-cinq ans cette année… Elle a peut-être vingt-cinq ans et vit sa vie quelque part en ce monde…

À Porte-de-Vanves, Anna quitte son siège et prend une grande inspiration. Posant un pied sur le quai, elle se demande encore ce qu'est devenu son bébé rose. Comment l'enfant s'est-elle construite dans les bras d'une mère de substitution ?

« Elle a fait comme tous les autres… Elle s'est accommodée à la vie, répond une voix dans la tête d'Anna. Souviens-toi que tu voulais la voir morte… Elle n'avait pas le choix, puisque tu l'as abandonnée. C'était ça ou périr… »

Le matin de son arrivée à Paris, au début de janvier, sa mère la prit dans ses bras, l'embrassant à l'étouffer. Sous cette étreinte exagérée, Maya resta plus froide qu'un bloc de granit, et raide comme un piquet. Prétextant la fatigue, elle fila aussitôt dans sa chambre. Plus tard, le visage ostensiblement fermé, elle réapparut avec un paquet-cadeau.

Enveloppé dans du papier kraft, le décapsuleur hippopotame négocié à Ouidah n'était pas si anodin. L'objet aurait même pu paraître symbolique aux yeux de la psychologue de Maya.

Pourquoi ce décapsuleur l'avait-il attirée ?

Malgré son insignifiance, le cadeau matérialisait peut-être une injonction à peine voilée. Maya aurait tout aussi bien pu lui offrir une clé, un ouvre-boîte ou un tire-bouchon, un pied-de-biche… Tout instrument capable d'ouvrir, découvrir, déboucher, décapsuler, déterrer, arracher…

Oui, ôter la chape de silence, arracher des confidences, tirer les vers du nez de sa mère, soulever le couvercle pour voir ce qui mijotait dans la tête de Claire, libérer l'homme de couleur, le métèque enfermé dans le placard aux secrets…

Non, Maya n'avait pas consciemment voulu, par ustensile interposé, adresser quelque message subliminal à sa mère. Elle avait choisi ce petit souvenir peu encombrant, et surtout bon marché, en fonction de son budget serré.

La voix haut perchée, Claire la remercia de façon disproportionnée : « Magnifique, vraiment ! Et très utile ! Superbe ! Vraiment merci, merci, merci… Tu es adorable d'avoir pensé à moi… »

Elles étaient assises à la cuisine. Claire caressait machinalement le décapsuleur hippopotame posé sur l'îlot central de granit noir.

« Tu en as vu en vrai ?

– Quoi ? fit Maya, la mine revêche.

– Des hippopotames… » continua Claire. Sans se départir de son ton enjoué, elle passa une main dans ses cheveux filasse et grisonnants. « Des girafes, des éléphants, des lions, des gazelles… Je sais pas, des animaux d'Afrique… Y en a encore, même dans un parc ou au zoo… »

Elle souriait niaisement de son trait d'humour, déballant son pathétique bestiaire africain.

Maya la dévisagea avec dépit. Son regard avait changé à cause de l'Afrique, des deux semaines passées là-bas, exacerbant le vif ressentiment qu'elle éprouvait envers sa mère. La trouvait laide et très vieille d'un coup, le visage plissé, le cou ridé, la peau molle. Tellement blanche, pâle, décolorée… À soixante-quatre ans, la pauvre femme en paraissait dix de plus.

« Des rhinocéros, des dromadaires… »

Au collège, lors des réunions de parents d'élèves, Maya ne pouvait s'empêcher de remarquer que sa maman était toujours la plus âgée dans l'assistance. Une de ses copines lui avait même demandé si cette dame était sa grand-mère.

« Ben non, j'en ai pas vu… »

En route vers Ouidah, Maya lui avait bien précisé qu'elle était en Afrique sur les traces de son père. La réponse de Claire lui revenait à présent en mémoire : « Si tu veux, on en parle à ton retour… »

Et rien…

« Dommage, c'était l'occasion… Au moins, tu as rapporté des photos ?

– Ouais, dans mon téléphone…

– Tu me les montreras ? »

Claire baissa la tête. Une ombre passa dans son regard. Elle était si loin d'imaginer ce qui agitait les pensées de sa fille.

De tout temps, Claire avait misé sur l'amour pour résoudre les problèmes. Et donné tant d'amour à Maya… Bien davantage que la femme qui l'avait portée et puis abandonnée. Avec beaucoup d'amour, elle s'était persuadée que la petite poupée métisse oublierait sa part noire, ne s'interrogerait pas sur ses cheveux frisottés. Ne souffrirait pas d'ignorer sa véritable ascendance, ne poserait jamais de questions sur ses origines ou son géniteur… Elle avait sincèrement cru que personne ne prêterait d'importance aux reflets bruns sur la peau mate de son enfant.

À cause de ce monstrueux amour, Claire a cru enterrer le passé.

L'année 1997 est si loin…

Dès le début des transactions, elle avait su que le bébé serait plus ou moins basané…

À trente-neuf ans et sans mari, elle sortait vivante d'un cancer. Les médecins lui avaient enlevé l'utérus et les ovaires. Mais Claire voulait être mère à tout prix. C'était ce qui l'obsédait. Grâce à un petit magot hérité de sa marraine défunte, elle avait cherché une solution à son problème. Une occasion se présenta. « Il naîtra au plus tard à la mi-août. On l'a déjà proposé à plusieurs couples. Sa mère est noire… Personne n'en veut ! » lui avait dit l'intermédiaire de la structure d'adoption illégale. Claire avait répondu que la couleur n'avait pas d'importance. La discrétion s'imposait. Il lui fallut quitter son appartement de la région parisienne, s'installer cinq mois en Angleterre, loin de la Normandie et de sa famille, loin des regards inquisiteurs des voisins.

De Londres, elle appelait ses parents chaque semaine. Donnait des nouvelles rassurantes. Racontait qu'elle attendait un bébé d'un homme de couleur extraordinaire, qu'ils reviendraient ensemble en France, pour se marier après l'accouchement.

Claire avait payé cinq mille francs pour réserver son bébé. À son retour en France, quelques mois plus tard, une femme lui donna rendez-vous dans un hôtel du XVe arrondissement de Paris. Elle lui remit un certificat de naissance signé par un médecin, et un couffin dans lequel dormait son bébé tout neuf. Elle n'avait plus qu'à déclarer Maya à l'état civil. Sans larmes, à vrai dire étrangement joyeuse, Claire expliqua à ses parents que l'homme de couleur extraordinaire s'était envolé. Elle ne voulait plus jamais en entendre parler…

Ce qui la turlupine présentement émane de sa dernière consultation médicale. Il y a peu, de glaçantes radiographies avaient révélé la présence de taches blanches sur son sein droit. Pareilles à des nuages ou des méduses venimeuses, des volutes de fumée toxiques piégées dans son corps.

À chaque instant, elle pense aux entités sournoises qu'elle porte en elle, inquiétantes et informes, annonçant la mort…

La nuit, Claire en fait des cauchemars. Suffoque, transpire, se réveille, assaillie par des bancs de métastases, des bataillons de féroces méduses…

Elle va bientôt entamer une chimiothérapie. Veut préserver Maya, mener ce combat seule. Selon l'oncologue, le pronostic est encourageant : « La survie nette standardisée est de 97 % à un an et de 88 % à cinq ans. La tumeur mesure trois centimètres. Stade II. Les ganglions lymphatiques ne sont pas encore envahis, ce qui est rassurant… »

Claire s'était aussi entretenue avec la psychologue de Maya : « Surtout, soyez positive ! Pas de stress… Vivez normalement ! Nourrissez-vous sainement ! Inscrivez-vous à des cours de yoga ou Pilates… Prenez du plaisir ! Faites des balades en forêt avec votre fille, nagez, riez, dansez… Dites-vous que vous n'êtes pas cette maladie, mais bien Claire Lesueur, une femme de soixante-quatre ans en pleine santé… Le mental est très important dans le processus de guérison… »

Hélas, depuis le retour d'Afrique, la mère et la fille n'ont pas échangé plus de vingt mots. Restée campée sur ses positions, Maya part tôt et rentre tard. Elle va à la fac et continue de bosser au fast-food. « Bonjour, bonsoir ! » Et rien d'autre…

Maya ignore que sa mère est en congé de maladie. Claire a raconté à ses vieux parents qu'elle récupère des RTT dus, avant de prendre sa retraite. À l'office notarial où elle est employée depuis trente-trois ans, personne n'est au courant de son état de santé dégradé.

Épuisée, elle court à ses divers rendez-vous médicaux, ses séances de chimiothérapie, son yoga. Le soir, couchée dans le canapé, Claire zappe et s'endort, zappe et somnole, zappe et pleure, zappe et remue le passé à contrecœur, zappe et lutte pour ne pas se souvenir…

Maya ne pose pas de questions. Les états d'âme de sa mère l'indiffèrent. Elle la suppose en pleine déprime.

De son voyage en Afrique, Maya avait rapporté des pagnes de wax, une nappe et ses huit serviettes de table, un petit cheval de bois, trois décapsuleurs en cuivre jaune aux formes animales… Aussi une pirogue de bois chargée de sept esclaves, d'un marin et d'un genre de militaire armé d'un fusil pointé sur les captifs. Elle se demandait ce qui l'avait poussée à acheter ces artefacts si grossièrement travaillés. Les visages n'avaient ni yeux, ni bouches, ni narines. Les corps étaient taillés sans respect des proportions. Il manquait un bras à l'un des passagers, un sein à une femme. On aurait cru des zombies. En guise de fusil, le soldat brandissait une vis rouillée, fichée à son bras au moyen d'un fil de fer entortillé. La pirogue percée était constituée de bouts de bois collés à la diable. Court sur pattes, le cheval ressemblait à une créature hybride, mi-lion mi-bœuf. Maya exposa quand même ces souvenirs d'Afrique sur une étagère de sa chambre, entre ses livres de naturopathie et des romans de littérature française. Elle coinça la pirogue aux esclaves entre Proust : *À la recherche du temps perdu*, et Faulkner : *Tandis que j'agonise*.

Le soir, au fond de son lit, Maya cogite, comme d'habitude. Dans son imagination, les esclaves de la pirogue incarnent ses ancêtres en partance pour les îles. Ils lui rappellent l'Afrique, l'île de Gorée, Ouidah, la porte du Non-Retour, la terre rouge d'où venait sûrement son père…

Dans le même temps, elle garde un goût amer de Ouidah, l'impression d'un grand business mémoriel né du malheur. Une ville poussiéreuse qui tangue entre gloire et déshonneur, entre ceux qui sont restés et ceux qu'on a vendus et déportés. Une ville de terre et de bric-à-brac qui récupère et recycle la sombre histoire de l'esclavage pour en faire un nouveau genre de commerce. Une ville qui monnaye et achète et brade et négocie la mémoire. Une ville peuplée de fantômes, après lesquels courent les Afro-descendants de tous les ailleurs.

Il est 2 heures du matin, quand Maya se souvient de ces trois guides étiques, pendus aux basques d'un groupe d'*African-Americans* en surpoids, tellement avides de retrouver quelques traces de leurs ancêtres. Elle voudrait s'endormir, ne plus penser à rien… Mais elle songe soudain à Olivier Rousteing. Dans un documentaire diffusé sur Canal +, le jeune créateur aux origines incertaines cherchait la trace de ses parents biologiques, découvrait que ceux-ci venaient de Somalie et d'Éthiopie. Il parlait de vide, d'un gouffre de solitude… Bien que riche et célèbre, il ne parvenait pas à combler le manque qui l'habitait. On le voyait avec ses parents et ses grands-parents blancs, aimants, chaleureux… Et pourtant, il ne finissait pas de s'interroger sur son identité, sa peau brune…

Dans l'avion du retour en France, Maya avait ouvert un tableau Excel sur son iPad. Elle avait pris la décision de quitter sa mère pour emménager dans un studio de vingt mètres carrés, repéré à deux stations de métro de la fac. Son budget était ric-rac, mais le jeu en valait la chandelle. Elle n'aurait plus personne sur le dos. À bientôt vingt-cinq ans, il était temps de devenir une adulte… En augmentant ses heures au fast-food, c'était faisable. Sur son tableau, les points positifs dominaient. Elle n'aurait plus à dire bonjour-bonsoir à Claire. Plus personne ne lui ordonnerait de ranger sa chambre ou de faire la vaisselle, passer l'aspirateur, appeler papi Edgar et mamie Odette pour le petit coucou du dimanche… Non, elle n'aurait plus à subir, dès le réveil, les questions et les regards intrusifs de sa mère. Désormais, elle serait libre. Fini, les séances chez la psychologue… N'autoriserait plus quiconque à la forcer de vaincre ses peurs en plongeant dans l'eau chlorée d'une piscine ou lui conseiller de se jeter du haut d'un pont dans un saut à l'élastique…

Le matin du 13 février, Maya est prête à déménager. Elle sort ses paquets et dit au revoir à sa mère qui prend son petit déjeuner. On croirait des adieux. Claire a les cheveux en bataille. Son visage est défait. Sa robe de chambre mal ajustée dévoile ses seins flétris. Elle a perdu du poids. Maya a un pincement au cœur, mais Djibril l'attend dehors, au volant d'un utilitaire loué pour l'occasion.

Au fond de sa valise elle a rangé les pagnes, la nappe et ses serviettes, les décapsuleurs : girafe et éléphant. Elle a calé le cheval et la pirogue dans un petit carton.

« Bien sûr, je respecte ton choix. Mais donne-moi quand même des nouvelles de temps en temps… fait Claire.

– J'ai attendu tant que j'ai pu… Tu n'as jamais voulu m'entendre… Tu refuses de me parler de mon père… Alors… Voilà… » Maya refoule une larme et embrasse sa mère.

« Voilà ! » répète Claire dans un murmure.

Elle suit Maya des yeux. La porte claque. C'est terminé…

Ce soir-là, seule dans sa chambre avec ses méduses, Claire est démunie, déboussolée. Elle se dit qu'il aurait suffi d'inventer un père disparu quand Maya était encore enfant… Raconter l'histoire d'un méchant fantôme qui les aurait abandonnées…

Elle se réveille et s'étire dans les draps. Derrière la porte de sa chambre, il y a des bruits de vaisselle, les voix mêlées de Yaya et mamie Yvette, le ronron de RCI.

Radio Caraïbes International!

Quelle joie d'être de retour au pays Gwada en ce mois de mars!

Savourant l'instant, les yeux clos, Margy caresse le poil de Bo, encore endormi à ses côtés. Puis promène sa main sur son ventre rebondi, manière de vérifier qu'elle ne rêve pas. Oui, son bébé bouge. Il est en place, bien portant. Presque sept mois de grossesse. C'est la réalité. Elle est à Gwada. Son petit va naître à Gwada. Comme elle l'a souhaité, l'enfant sera un authentique Guadeloupéen. Nationalité Gwada. *Made in Gwada*. Pur produit local des French West Indies.

Elle l'a promis à Benja…

Le pauvre, il ne connaîtra pas sa progéniture. Mais Margy se promet d'en faire un superhéros dont elle contera plus tard la légende.

Elle a effacé de sa mémoire tous les mauvais jours passés auprès du *bad boy* de son cœur. Veut uniquement conserver le versant tendre du père de son bébé. Certes, les cicatrices sur son corps et son visage narrent une version autrement sombre de leur histoire…

Selon Margy, Benja bénéficiait de circonstances atténuantes. Il lui avait raconté sa vie de petit garçon maltraité, rossé, mal aimé. Les coups, les privations, l'indigence, le regard impuissant de sa mère, le défilé des hommes qu'elle fréquentait. Certains jours, il n'y avait rien à manger dans la case du ghetto. Benja volait un paquet de biscuits au *lolo* du coin, gobait des œufs dérobés dans le poulailler d'un voisin. Il marchait avec des *mika* raccommodés à bouts de ficelle. À l'école, les gamins se moquaient de ses shorts déchirés, des chemisettes délavées et trop grandes qui l'avalaient. Jeté dehors par les bourreaux de sa mère, il avait souvent passé des nuits à sommeiller, aux aguets, dessous la véranda d'une masure squattée par des familles de rats. À errer dans le bidonville, coursé par des meutes de chiens et des zombies crackés. Benja avait toujours dû se battre pour survivre. Et personne ne s'était inquiété de son corps dénutri, de sa peau recouverte de plaies et cicatrices, de son petit visage triste et amer.

Margy et Benja partageaient ça tous les deux : une enfance saccagée… C'était sans doute ce qui les avait réunis, de façon occulte et providentielle.

Elle veut que son enfant soit heureux et choyé. Va tout mettre en œuvre pour ce faire. Le protéger de la brutalité et la laideur du monde. Convoquer les dieux de la joie à son chevet. Prier Jésus-Christ et chaque saint de l'univers. Margy sera une bonne mère…

Dehors, le soleil de Gwada est déjà haut dans le ciel.

Quelle belle journée ! Quel bonheur d'être avec Yaya dans cette campagne tranquille…

Début mars, Sylvia était revenue à Paris. Trois jours, le temps de rapatrier sa fille à la Guadeloupe. Accompagnées de Margy, elles avaient quitté Anna et sa banlieue grise le 10 mars. Les quatre étaient en pleurs à l'aéroport d'Orly.

Anna avait promis de faire le voyage à la mi-mai. Comme une mère, elle voulait être présente au moment de l'accouchement.

Seule dans son appartement, Anna n'est pas si triste. Elle prépare son départ prochain. Entre elle et les deux filles, il y a maintenant de si lourds secrets partagés… Des confidences tirées de l'ombre et délivrées en chuchotis, arrosées de rasades de rhum, ponctuées de rires et brefs soupirs… Des histoires à n'en plus finir qui les avaient tenues éveillées jusqu'au petit matin, se réconfortant, l'une l'autre.

Presque aisément, à force d'entendre Yaya dérouler l'odyssée d'Agontimé, Margy et Anna se mirent à déballer leurs histoires. Revenant sur la page épineuse de son existence, chacune ouvrit son cœur à sa mesure.

Lorsqu'on devient dépositaire d'une part intime – même infime – d'une autre âme, il semble naturel de rendre en retour quelque chose de soi d'égale valeur… C'est un dû consenti de façon volontaire. Une manière de troc cousu du fil ténu de la confiance. Un blanc-seing donné au petit bonheur la chance, toujours au risque de la trahison.

Anna fut la première à tenter de fendre l'armure, en exposant le grand drame de sa vie. Avant de commencer, elle ouvrit une bouteille de rhum vieux qu'elle gardait pour un jour d'exception. Dans les vapeurs de l'alcool, elle conta sa panique au début de la grossesse, son départ précipité vers la métropole, en 1997, son projet d'avortement…

Mais elle ne put aller plus loin… En était incapable…

Anna aurait voulu narrer les mois passés dans la longère bretonne. Son accouchement… Le 13 août 1997. Le petit visage froissé de son bébé rose auquel elle n'eut même pas le temps de donner un prénom… La voiture noire dans la cour de la ferme… Les mille francs anciens reçus en paiement de l'abandon…

Mais, non… Il lui fut impossible de déballer tout ça… Ce gâchis, son chagrin…

Bâillonnée par la honte, étreinte par le désespoir et la culpabilité, elle raconta que l'histoire s'arrêtait là. Elle avait avorté et le regrettait amèrement…

Et même si le drame d'Anna avait un goût d'inachevé, pareil à un film bâclé sur la fin, les filles restèrent sans voix, attendant qu'un ange passe.

Il ne fallut pas attendre bien longtemps avant que Margy débobine le conte sordide du grand méchant loup botté qui hantait son enfance. Décrivant la fillette de huit ans qui coiffait gentiment ses poupées, elle semblait tout revivre…

De nouveau, Margy regardait par la fenêtre de sa chambre. Les signes de connivence entre ses parents. Le grand portail de fer forgé refermé par le gentleman-farmer. L'auto de sa mère disparaissant dans l'allée de la résidence Beauséjour. Ensuite, elle entendait le fracas d'eau de la douche. Le silence rampant. Et soudain, les pas du loup dans le couloir qui menait à sa chambre. Quand il ouvrait la porte, tout chavirait dans un cauchemar. Tout sombrait dans le néant. Tout ensevelissait son innocence… Le pire, déclara Margy, était qu'après tout ça le monstrueux personnage redevenait son papa. Il retrouvait son visage, sa voix, ses gestes anodins. « C'est notre secret… » murmurait-il, l'index posé sur ses lèvres immondes.

Il n'y eut aucun commentaire. Juste un peu plus de rhum pour Anna et Yaya. Seule Margy dut s'abstenir, à cause du bébé dans son ventre…

Déjà 10 heures du matin. Margy sort du lit. La veille, Mamie a parlé de préparer des lentilles et de la morue frite aux oignons. C'est le plat préféré de Yaya. Chaque jour, Yvette se met aux fourneaux pour régaler ses protégées. Non, il n'était pas question qu'elles retournent auprès de leurs mères, à la résidence Beauséjour. Avec son gros ventre, Margy aurait été un sujet de conversation dont se serait bâfré le voisinage. Quant à Yaëlle, qui a défrayé la chronique par ses photos *nude* et son étiquette de mule, chacun de ses faits et gestes aurait été épié et commenté. Tout est bien qui finit bien. En les hébergeant, la grand-mère n'est plus dans la solitude et les filles sont à l'abri des mécréants. Alors il y a de l'amour et de la gratitude dans chacun de ses petits plats, dans ses sourires, ses paroles, ses caresses.

Agontimé les a-t-elle accompagnées ?

Yaëlle n'entend plus guère la Voix, mais suppose la princesse africaine dans ses parages. Elle en a la conviction. Où qu'elle aille désormais, Agontimé sera là…

Yaëlle imagine son ancêtre de retour à la colonie de la Guadeloupe. C'est sûr, quand elle revient, Agontimé replonge dans son passé d'esclavage. Elle se souvient de sa docilité, de sa soumission, du sentiment de fatalité qui inaugurait ses journées. Elle se revoit, lasse et mélancolique, dans sa case du quartier nègre et dans la jungle des cannes. Elle revit ses accouchements et ses avortements, les nuits où Albert la prenait contre son gré, l'angoisse dans l'attente de ses menstrues…

Le temps s'est écoulé. Pourtant Yaëlle sait qu'Agontimé n'a pas vieilli. La Voix lui a dit que sa figure est pareille au jour de ses trente ans, lisse comme une feuille de madère. Pas un seul cheveu blanc ne court sur sa tête. Sous sa robe gaule, ses seins ballants et son ventre plissé lui rappellent chaque jour qu'elle a enfanté à six reprises. La première fois à Savè-Idadu, et cinq fois sur l'habitation Jacquelot. Elle va de par le monde, les pieds nus, sans bagage, comme jadis…

Mais aujourd'hui, la Guadeloupe a changé de figure. Il n'y a guère de charrettes à bœufs ou de tilburys. Les engins mécaniques, automobiles et camions les ont remplacés depuis longtemps, encombrant à toute heure les routes bitumées. Le paysage est maintenant quadrillé, morcelé, déboisé, bétonné jusqu'en des hauteurs qu'on aurait crues inaccessibles. Au bas du volcan endormi, les mornes secrets des nègres marrons sont lotis, érigés de villas blanches en dur. Au détour d'un chemin de campagne, Agontimé retrouve des pièces-cases d'autrefois, en gaulettes et roches-tuf… Des *bando*, comme disent les jeunes de Gwada du XXIe siècle… Cases laborieuses d'antan où l'on cache à présent la drogue, où l'on fume des substances illicites, à l'abri des regards. *Bando* abandonnés où l'on abandonne aussi son âme et sa dignité. Squattés par araignées, rats, chauves-souris, zombies… Les toits de tôle vérolés. Les portes mangées par les termites, battant au vent…

Est-ce qu'Agontimé est contente de voir que les nègres de la colonie ne sont plus enchaînés ? Ils vont libres. Ne dansent plus dessous le fouet. Il n'y a plus de jarrets tranchés. Ne sont plus cette marchandise qu'on vendait au plus offrant des maîtres. Ne sont plus ces ânes bâtés qu'on usait au labeur dans la loi française du code noir. En 1848, ils sont devenus citoyens français.

À Gwada, se dit Yaëlle, Agontimé cherche certainement toujours quelques traces, souvenirs ou lambeaux de nostalgie de l'Afrique. Mais en cette île, elle doit bien comprendre que l'Afrique s'est petit à petit effacée des mémoires.

La douleur de l'arrachement s'est éteinte depuis longtemps, au mitan de l'Atlantique, dans la terrible nuit qu'est la cale des bateaux négriers…

La douleur de l'esclavage aux îles a pris toute la place…

Et ici-là, à Gwada, ces siècles d'abomination ne sont pas encore tout à fait effacés, malgré le béton, l'électronique, les autos nippones, la soca dance, le reggae, le zouk…

Oui, Agontimé voit ce passé en tous lieux. Elle entend ses gémissements en chaque roche de rivière, en chaque pied-bois de la forêt. Il jaillit et exulte au son du tambour ka. Il exhale dans les murs de pierre des sucreries en ruine que dévorent patiemment les figuiers maudits. Il résonne aux abords des rivières où les négresses se rassemblaient jadis, pour lessiver leurs hardes. Il prolifère à bas bruit, pareil aux adventices teigneuses qui s'accrochent au sol rocailleux et luttent pour subsister. Ce passé honni témoigne dans le cœur des anciens moulins décapités par les cyclones… Et il stagne aussi, tapi dans la terre des champs de canne qui ont bu jusqu'à l'ivresse, des siècles durant, la sueur, les larmes et le sang des nègres…

Voilà plus de cent quatre-vingts ans que l'ancêtre est en errance ici-bas.

Chaque fois qu'elle croise des femmes ou des hommes noirs, Agontimé croit reconnaître en eux les descendants des Africains d'autrefois. Devine qu'ils sont de sa parenté du Danxomé, de son clan à Savè-Idadu… Ou bien la postérité des captifs recelés jadis dans le barracon de Ouidah, sur la côte des Esclaves… Ou encore, d'arrière-arrière-petits-enfants des enchaînés de la cale du bateau négrier, du marché des maquignons… Les héritiers dispersés à tout vent de ses miséreux compagnons de l'habitation Jacquelot…

Ils ont oublié leurs aïeux et les langues d'antan, parlent créole, espagnol, anglais, français… Ils s'appellent diaspora et méconnaissent leurs racines africaines.

Et pourtant, ces racines continuent de survivre en eux, produisant une petite musique marronne qui les fait rêver et se mouvoir d'une façon particulière. Elles courent dans les profondeurs de leur être et ceignent leur âme de vibrations singulières. Elles sont immortelles et les habitent secrètement, comme le chagrin habite la joie.

Sur Google, Margy a retrouvé l'ancienne habitation des Jacquelot. Situé non loin de Capesterre-Belle-Eau, le domaine est devenu un lotissement social pour familles défavorisées, dénommé « cité des Bougainvilliers ». Un après-midi, les deux amies s'y rendent, comme en pèlerinage.

Le linge bat au vent sur des fils tendus. Dessous une galerie, une fillette se fait coiffer, assise en tailleur, par terre, entre les cuisses de sa mère. On dirait une scène déjà vue à la concession de Savè-Idadu. En chœur, elles reprennent les couplets d'une chanson de Gims. « Sapés comme jamais, sapés comme jamais… Loulou et Boutin, Coco na Chanel, Coco na Chanel »… Il y a maintenant un parking, en place de la cour où les esclaves se regroupaient, à l'appel de la cloche. La tôle des autos brille au soleil. Trois enfants jouent au ballon sur le site de la cambuse des maîtres. Un négro, torse nu et bermuda déchiré, fait le cirque sur son scooter. Il rigole et risque la mort, ignorant qu'il passe et repasse sur le carré de terre où trônait jadis l'abominable cachot où furent enfermés Albert et tant d'autres.

De l'habitation, il reste une friche au bord d'un dépotoir. Quelques roches éparses, des pierres taillées survivantes des fondations de la maison du géreur, des pièges de ferraille et des anneaux de servitude rouillés, à fleur de terre. Derrière une touffe de citronnelle, un pan de mur de la sucrerie est demeuré en place. Un bout du rouet gît au pied de l'ancien moulin à moitié éboulé et promis à une réhabilitation. La grand-maison et le quartier nègre ont disparu du paysage… Seuls la mare séculaire et deux ou trois mahoganys de la forêt témoignent encore de ce temps passé.

Est-ce qu'Agontimé lève la tête ? se demande Yaëlle. Son regard se heurte-t-il à ces immeubles neufs dressés sur les mornes alentour ? Vers la mer, ces autres bâtiments lui barrent-ils la vue du bourg ?

Yaëlle ferme les yeux pour mieux revoir ce morceau de la vie d'Agontimé dans l'esclavage.

Les cases à nègres.

Les champs de canne.

Les bois où dorment les esprits des morts.

La rivière Bambou.

La grand-maison.

Le moulin.

L'atelier…

La Madame Jacquelot est de nouveau là, roide, assise dans sa berceuse dessous la véranda. Autour de la veuve, les servantes de maison vont et viennent, armées de plumeaux, balais et trays. Oh ! la petite Ifé d'Agontimé est aussi présente, dessous l'auvent de l'arrière-cuisine. Elle dit au revoir à Lucien qui est en train d'atteler le cheval de Monsieur. Lulu a rendu visite à sa jeune sœur et repart au quartier nègre. C'est le seul qui a maintenu le lien.

Yaëlle se souvient. La Voix a dit qu'on a enterré Lucien dans le cimetière des esclaves au côté de la dépouille de sa mère. Le malheureux n'avait pas vingt et un ans, quand son cheval l'a piétiné. Il a passé trois jours dans l'agonie avant de s'en aller…

Les filles n'ont pas retrouvé les vestiges du cimetière. Elles auraient aimé se recueillir un instant sur la tombe des enfants d'Agontimé. Hélas, partout la terre a été retournée. Il ne reste rien des cercueils de bois et des vieux os blanchis des nègres.

Yaëlle cherche en vain les limites du terrain dont avait hérité Ifé-Suzanne de la vieille Madame Jacquelot. Une vaste plantation de bananes court sur la parcelle. Des ouvriers agricoles haïtiens vont et viennent, désherbant les sentes à la machette.

Bien sûr, elles prennent le chemin qui mène à la rivière. Comme son ancêtre, Yaëlle s'adosse à un mahogany, survivant de la forêt d'alors. Bambou a perdu de sa superbe. Aujourd'hui, le lit de la rivière est une décharge sauvage dont se repaît la vermine. Dessous broussaille, bouteilles en plastique et amas d'immondices, un ridicule ruissellement verdâtre et mousseux peine à poursuivre sa course. Entre les roches mortes et un entrelacs de racines agonisantes, l'eau suinte, épaisse, comme le pus d'une vieille plaie.

Non, plus rien ne vit dans les eaux de la rivière Bambou. Ni poissons, ni vigneaux, ni le moindre ouassou. Même pas le souvenir de la négresse mélancolique qui voulut mourir avec son bébé…

Agontimé se revoit-elle encore en ce jour funeste ? Ils sont tous là, nègres et négresses, effarés autour de son corps sans vie. Elle les regarde comme les acteurs d'une pièce de théâtre. Les entend de nouveau héler son nom d'esclavage : « *Ejéni ! Ejéni ! Ejéni !… Prinn Kafé a Albè mo !* » Mais elle compte aussi des ombres presque palpables parmi les anciens de sa connaissance. Ce sont ceux qui vivaient là autrefois, les peuples premiers décimés par les conquistadors… Ils hantent l'habitation Jacquelot. Ils errent sur les routes de Guadeloupe. Aujourd'hui, ces esprits-là n'ont pas non plus quitté Gwada…

Cela fait des années que Carlson est à la recherche de ses origines antillaises. Il est né et a grandi à Montréal, où sa mère Gloria Chanty avait migré en 1994 à la suite de sa rupture avec Edward Wood, un robuste *African-American*, natif de Harlem. Ils étaient fous amoureux. Las, l'homme était marié et père de quatre enfants. Il n'a pas reconnu ce fils, mais a pourvu à son éducation. Enfant, Carlson voyait son daddy deux fois l'an. Wood faisait le voyage en car, de New York à Montréal. Il passait une semaine chez Gloria. Les amants riaient, blaguaient, se faisaient des cadeaux. Main dans la main, ils visitaient des musées et se promenaient dans le parc du Mont-Royal. Carlson se rappelle les copieux pique-niques et les limonades tièdes, au bord du lac aux Castors. On aurait dit une vraie famille. Et puis Wood repartait. Ces parenthèses ont laissé de la joie et le sentiment d'une enfance heureuse dans les souvenirs de Carlson.

Edward Wood vit toujours à New York. Ils sont restés en contact, se passent un coup de fil de temps à autre. Carlson ne manque jamais de dîner avec son père quand il descend à New York. À près de soixante-huit ans, le vieux a gardé son emploi de magasinier à Manhattan, chez Macy's, sur la 34th Street, au milieu de Herald Square. Il souffre de rhumatismes et se plaint régulièrement de ses petits-enfants qui tournent mal et ne font rien de bon de leur vie. Ses fils ignorent l'existence de Carlson et c'est bien mieux comme ça, affirme Wood. Chaque fois qu'ils se voient, son père évoque le bon vieux temps, la mémoire de Gloria. « Je suis fier de toi, ça c'est sûr… Ta mère a fait le job… Gloria, c'était une sainte, déclare-t-il. Jamais un mot de travers. Entre nous, y avait que de l'amour. Ça, j'dois reconnaître, m'a jamais fait de reproches ou causé le moindre tracas, Gloria… Je la vénérais, crois-moi. Toutes ces années passées à récurer le cul de ces mioches attardés… »

Gloria était la fille de Rachel Chanty.

La petite-fille d'Anastasie, femme folle morte à l'asile…

Hélas! Gloria Chanty n'est plus de ce monde. En janvier 2010, une pneumonie l'a emportée sans crier gare. Edward Wood ne ment pas lorsqu'il vante les qualités de la défunte mère de Carlson. Gloria était une bonne âme. Avait le cœur sur la main. Dès son plus jeune âge, elle avait trouvé sa voie : s'occuper des enfants atteints de troubles moteurs ou mentaux. À son enterrement, le directeur de l'Institut dans lequel elle travaillait depuis une vingtaine d'années salua son empathie innée, sa dévotion auprès des jeunes patients et sa joie de vivre. Il y eut des larmes, de chaleureux témoignages et des dizaines de couronnes de fleurs.

Agontimé se tient aux côtés de Carlson, comme auprès de chacun de ses descendants. Elle a vu sa naissance à Montréal. L'enfant de Gloria est tout son portrait. Le même grain de peau, les mêmes yeux effilés… Elle l'a vu grandir dans la blancheur des neiges du Québec. L'a regardé mettre ses bottes fourrées de poil et recouvrir son corps de laine épaisse. Elle l'a suivi sur le chemin de l'école, affrontant la neige et le vent debout. A su avant lui son penchant pour les garçons…

Le fils de Gloria Chanty est indépendant. Fondateur de sa jeune maison d'édition, il publie des ouvrages d'auteurs exclusivement black. À vingt-huit ans, Carlson gagne bien sa vie et s'épanouit dans son job. Gay, il vit depuis trois ans en couple avec Dwayne Robinson, beau mec, un Afro-Américain d'un mètre quatre-vingt-onze, originaire de l'Alabama. Dwayne est concepteur de sites publicitaires sur Internet. Ce qui l'a séduit en Carlson, c'est son côté cool West-Indian. Chez eux, accrochées aux murs du living, on peut admirer des reproductions d'œuvres de Basquiat. Ils collectionnent aussi les rhums vieux des Caraïbes et les beaux livres anciens, très précieux, consacrés aux Antilles. Le week-end, ils fréquentent assidûment les restaurants haïtiens de Montréal. Fin connaisseur de cette cuisine créole épicée, Dwayne aime tous les plats au menu : riz djon-djon, banane pesée, pikliz et compagnie. S'ils apprécient le blues, le jazz, la soul music, l'afrobeat et le r'n'b, ils goûtent les musiques des îles : reggae, salsa, soca, merengue… Dans leurs sorties en boîtes de nuit, ils dansent zouk et kompa, entonnant les couplets créoles sans rien y comprendre.

Enfant du Sud, Dwayne a été bercé par les histoires de ses *grannies*. Après l'office à l'église évangéliste, les solides vieilles femmes racontaient l'enfer dessous les lois Jim Crow, la lutte des Noirs pour les droits civiques, l'ère de la ségrégation raciale dans les lieux publics, hôpitaux, bus, toilettes, écoles… Militantes de la première heure dans les réunions de la National Association for the Advencement of Colored People (NAACP), elles avaient ressenti de la terreur et de l'impuissance. Les deux causaient parfois des lynchages menés par les suppôts du Ku Klux Klan… Ses cavaliers cagoulés, hommes blancs fantomatiques, et tellement haineux… Chacune avait bravé sa peur en participant à de longues marches pour réclamer justice, la fin de la ségrégation, le droit à la liberté et l'égalité… Au temps des Kennedy et de Martin Luther King, elles avaient prié et chanté dans des réunions organisées par le pasteur, toujours surveillées par les Klansmen…

Dwayne et Carlson discutent parfois âprement de la condition des Noirs dans le monde.

« Aux US, même s'ils ont élu Obama, la partie n'est pas encore gagnée ! Ce peuple est *crazy* ! Avec l'élection d'un Noir à la Maison Blanche, la communauté pensait que les White People étaient enfin guéris de leur maladie. Mais non ! *Shit!* Après Obama, les Whasps ont rebattu leurs cartes et mis Trump au pouvoir. Tout est à reconstruire dans ce foutu pays. Les suprématistes de l'empire invisible renaissent de leurs cendres, pour protéger les femmes blanches de la "grande menace nègre"… Les descendants de la clique de D. W. Griffith et W. J. Simmons rêvent encore de preux cavaliers blancs et de nègres pendus aux branches, *the cock* enfoncé dans la bouche… »

Parce qu'il n'y a pas eu de ségrégation raciale légiférée aux Antilles, Dwayne imagine que l'esclavage a eu peu d'impact sur les populations locales. Il aurait aimé être d'origine caribéenne, comme Carlson. Lorsqu'ils sortent dans les boîtes jamaïcaines ou haïtiennes de Montréal, Dwayne laisse à penser qu'il est des West Indies. Porter l'étendard ou le fardeau de l'histoire des *African-Americans* l'insupporte. Depuis un an, il prend des cours de langue créole auprès de Cassandra, une amie haïtienne.

Carlson ne comprend pas le créole. Gloria ne lui a jamais parlé dans sa langue maternelle. Il n'a guère d'information sur sa famille guadeloupéenne. Sait que Gloria est la fille de Rachel Chanty, née dans les *french West-Indies*, en l'île de la Guadeloupe. Il y a trois semaines, sans grand espoir de voir fleurir son arbre généalogique, Carlson a envoyé son ADN et s'est inscrit sur le site MyHeritage, à la demande de Dwayne.

Recueillie par la famille Rémi de sa branche paternelle, Rachel Chanty avait peu connu sa mère, Anastasie. Dans les années 1950, à l'époque où les voyages entre la métropole et la Guadeloupe se faisaient à bord des paquebots blancs de la Compagnie générale transatlantique, une sœur de son père, le dénommé Prudent Rémi, l'avait emmenée en France. Rachel y passa sa vie, du côté de Bordeaux.

Rachel fut l'unique enfant d'Anastasie Chanty, morte folle à l'asile de Saint-Claude dans sa cinquantième année. Anastasie, souvenez-vous, celle qui conversait avec des invisibles et plus particulièrement avec une certaine Timé…

Carlson ignore donc tout de son arrière-grand-mère maternelle, défunte Anastasie, descendante qu'Ifé-Suzanne eut par son fils aîné Bernard Chanty, tailleur pour hommes d'exception dont le savoir-faire inspire aujourd'hui encore les nouvelles générations et les stylistes branchés de Gwada.

À l'occasion, les cousines, parents et amis restés au pays se souvenaient de Rachel. Fâchée mordicus avec Izora, Ida secouait la tête, tchipait, déclarant qu'elle avait eu raison de faire interner sa sœur. Les autres prenaient des airs coupables, s'en voulaient finalement d'avoir détourné les yeux et donné dos à Anastasie et sa malheureuse enfant. Dans leurs pensées, des lustres après la mort de sa maman, Rachel figurait toujours une pile de remords et grands tourments.

Qu'était devenue la petite fille entre les mains de la famille Rémi ? Rachel avait-elle reçu affection et bonne éducation ? De quelle manière lui parlait-on de sa mère Anastasie, la femme que Prudent Rémi avait enceintée avant que d'abandonner ? La considéraient-ils comme de leur chair, même si Prudent lui avait refusé son nom ? La petite Rachel avait-elle hérité de la folie de sa mère ? Tant de questions demeuraient sans réponse…

Las, dans la famille Chanty, évoquer la maladie mentale réclamait précaution, croix sur bouches et mots feutrés. Car, assurément, la folie n'était ni chrétienne ni catholique, mais plutôt l'œuvre de quelque sorcier invocateur de Belzébuth, ou noirs archanges du Mal.

Quand il reçoit la notification du site MyHeritage, Carlson Chanty est pris de sidération. Smart Match ! Une nouvelle correspondance d'ancêtre émanant d'une certaine Inès Caron, petite-fille de Clémence Caleux, cette dernière étant la cousine germaine de Rachel Chanty, la grand-mère de Carlson…

Seul dans son bureau, ému aux larmes, les doigts tremblant sur le clavier de son iPhone, Carlson prend immédiatement contact avec Inès, via le site MyHeritage. Il voudrait que Dwayne soit là, mais ne peut l'attendre…

Lorsqu'elle avait croisé Sylvia au centre commercial de Destreland, un flot de souvenirs rancis était remonté à l'esprit de Betty Caron, la mère d'Inès…

Les conflits et les joutes oratoires entre leurs pères, l'avocat Louis Bérat et l'agriculteur syndicaliste Fred Liman… Le jour du mariage de Sylvia avec Victor Desbois… Le baptême de Yaëlle, les repas de famille sous tension, les sinistres veillées mortuaires des vieux parents…

Au fur et à mesure, la vie les avait éloignées l'une de l'autre. La faute au destin, elles appartenaient à des milieux différents qui les obligeaient à fréquenter des cercles opposés. Les cousines n'avaient plus cherché à se voir…

Aujourd'hui, Betty veut remédier à ce grand gâchis. N'en peut plus de porter le masque de la femme heureuse, épouse comblée, mère épanouie. Elle en est revenue de toutes ces postures. Vivre dans le paraître ne la satisfait plus. Ces derniers temps, son existence lui a appris l'humilité. Elle a eu des revers, pris des coups et s'est relevée, vaille que vaille, avec l'aide de la religion, quelques verres d'alcool et la présence de Jésus-Christ à ses côtés.

Elle a invité Sylvia dans sa grande demeure vide, perchée sur un morne de Petit-Bourg. Autour de la villa, à deux étages et galetas, le vaste parc témoigne de la splendeur tropicale dont prend grand soin un homme à tout faire. Dessous son chapeau de paille bakwa, le même jardinier officie là depuis vingt ans au moins. Jadis, il a planté des arbrisseaux qui sont à présent des arbres majestueux produisant une profusion de fruits à la saison. Mangues de toutes qualités, cocos, oranges, citrons verts, avocats, pommes-roses, abricot-pays, cajou, corossol…

Quand la cloche tinte à l'entrée, Betty actionne la télécommande et le haut portail de fer s'entrouvre sur le domaine. Elle souffle dans la paume de sa main, afin d'évaluer son haleine. Non, aucun relent d'alcool… Seulement quelques effluves mentholés. Avant de descendre les escaliers pour accueillir sa cousine, Betty reprend un chewing-gum à l'eucalyptus, par précaution.

La véranda est meublée de plusieurs canapés et fauteuils de bambou, généreusement garnis d'un enchantement de coussins de soie multicolores. Partout, des plantes en pots animent le carrelage de terre cuite.

Yaëlle était attendue, mais n'a pas répondu à l'invitation de la grande-cousine Betty. Depuis son retour à Gwada, elle ne quitte pratiquement pas la maison de mamie Yvette. Trimballer sa poche de colostomie lui est insupportable. Elle en a honte et déteste être l'objet de regards insistants. De plus, sa cousine Inès l'a blacklistée de ses contacts Facebook et Insta… Alors, à quoi bon !

Betty serre Sylvia dans ses bras. Elles cherchent déjà leurs mots en s'installant sous un coin venté de la terrasse. Sur la table basse de bois sculpté, un plateau d'étain propose une boisson fraîche à la citronnelle, des galettes de manioc et un petit bol en cristal empli de noix de cajou grillées. À côté des verres, deux serviettes blanches brodées sont à disposition, dans un panier d'osier.

« Ça fait longtemps, n'est-ce pas, commence Betty. Tellement de choses se sont passées…

– Inès n'est pas avec toi ? demande Sylvia, jetant un œil aux alentours.

– Non, elle est repartie à Montréal. Il y a environ une semaine… Inès ne reste jamais longtemps ici, tu sais… Sa vie est ailleurs, ses études, ses amis… Elle parle même d'aller s'installer en Australie… Elle avait hâte de partir pour rencontrer, imagine-toi ! le petit-fils de Rachel Chanty, la fille de la tante Anastasie… Il s'appelle Carlson Chanty et vit à Montréal… Drôle de coïncidence, pas vrai… Ils se sont retrouvés sur un site de généalogie… Bref, c'est la jeunesse, que veux-tu… On verra bien…

– Dis donc ! Ça c'est une nouvelle ! Rachel est aussi là-bas ? Alors, elle a eu des enfants ?

– Non, Rachel est morte. Elle n'a eu qu'une fille, Gloria, qui elle aussi est décédée, en 2010, d'après ce que m'a dit Inès… Le père de Carlson est un Américain… Noir… »

Sylvia hoche la tête, ne pouvant s'empêcher de mesurer la distance qui la sépare de sa cousine. La fille qui va et vient entre le Québec et la Guadeloupe, la grande vie dans une demeure immense, avec jardinier, servante et farniente au bord de la piscine…

« Et… Yaëlle ! Comment va-t-elle ? continue Betty, la mine compassée.

– Elle se porte assez bien, mais n'est pas prête à sortir. Hélas ! Son père ne lui parle plus. De toute façon, elle n'a pas voulu revenir chez nous, à Beauséjour. Elle s'est posée chez la grand-mère de son amie, à Capesterre-Belle-Eau… En convalescence, pour ainsi dire… Prochainement, elle doit subir une nouvelle intervention chirurgicale… C'est pas gai tout ça… Dis, comment va ton mari ?

– Il va et vient… soupire Betty. Monsieur l'avocat est toujours entre deux Boeings… Je crois qu'il a une maîtresse à Paris… » Disant cela, elle sent monter l'irrépressible envie d'un verre de vin. Elle boit en cachette depuis des années. Sans alcool, elle ne peut ni vivre ni dormir dans sa prison dorée. Non plus affronter les journées qui, s'enfilant l'une derrière l'autre, lui semblent interminables et dénuées de sens.

Un silence passe. Des oiseaux chantent dans les arbres. Le ciel s'assombrit soudain.

« Au fait, reprend Sylvia, tu as été contactée par l'Ehpad de la grand-tante Izora ? Ils voudraient fêter ses cent ans en septembre, rassembler la famille au complet. La télé sera là… Evelyne m'a dit que ça devrait être grandiose…

– Oui, la directrice de l'établissement m'a appelée. Je ne sais pas si je vais y aller. Toutes ces fâcheries entre grand-mère Ida et sa sœur Izora… On sait même plus vraiment pourquoi… Les Rémi ne nous ont jamais… On en revient à la tante Anastasie, son internement en psychiatrie… J'espère que Carlson n'est pas au courant et qu'Inès va pas… »

Betty bafouille, ne termine pas sa phrase.

Les deux semblent perdues dans leurs pensées.

« Donne-moi des nouvelles d'Ethan ! Il étudie aussi à Montréal ? Cela fait au moins dix ans que je ne l'ai pas vu… » tente Sylvia.

Betty croise et décroise les jambes. Elle renifle un peu et s'essuie le bout du nez dans sa serviette brodée. Voilà enfin le sujet de conversation qu'elle voulait aborder depuis le début avec sa cousine.

« Ethan ! Si tu savais… » soupire-t-elle.

Parmi ses amies de la haute, Betty n'a personne à qui dire sa peine, son désespoir et ses angoisses. Quand elle a retrouvé Sylvia au centre commercial, ce constat est devenu une évidence. À qui d'autre se confier ? Avec leurs enfants, elles affrontent les mêmes vents contraires. Sa fille Inès est plus dure que la pierre. Son fils Ethan perd les pédales. Aucune de ses connaissances n'éprouve de l'empathie. Ses trois soi-disant sœurs de cœur la fuient comme le choléra. Elle est devenue infréquentable dans les cercles d'amis qu'elle courait autrefois. Du côté des Caron, le sujet « Ethan » est désormais tabou. Son mari a même osé affirmer que le mal venait de la branche des Caleux, Chanty et consorts… Il y a peu, l'un de ses clients lui aurait signalé des maladies mentales récurrentes de ce côté…

Sylvia prend les mains de sa cousine dans les siennes.

« Dis-moi ce qui t'arrive. Tu peux me faire confiance, tu sais…

– Ethan… murmure Betty. Si tu savais… Je suis une brebis galeuse sous mon propre toit. Mon mari m'ignore, ma fille me déteste et mon fils veut ma mort.

– Quoi ! Mais qu'est-ce qui se passe avec ton fils ? Je me souviens pas qu'il avait des problèmes… Ethan travaillait bien à l'école, prenait des cours de piano, jouait au tennis… Il était brillant comme sa sœur, non… Me dis pas qu'il est tombé dans la drogue…

– Non, pas vraiment… Tout a commencé l'année du bac. En première, il avait d'excellents résultats scolaires. Comme Inès, c'est vrai, il faisait un parcours sans faute… Et puis il s'est pris d'amitié pour un garçon, fils de médecin, des gens bien… Et… »

Betty essuie une larme. Elle visualise un verre de vin rouge. Se pourlèche les lèvres nerveusement.

« Et… Que s'est-il passé ? souffle Sylvia.

– Ma pauvre Sissi ! L'horreur ! Crois-moi, ça n'arrive pas qu'aux autres. J'ai bien compris la leçon. Ça fait longtemps que je voulais t'appeler, tu sais…

– Quoi ! Dis-moi, tu peux me faire confiance, répète Sylvia. J'en ai vu des vertes et des pas mûres avec Yaëlle…

– Ce n'est arrivé qu'une fois. Ethan me l'a juré… C'était pendant une soirée organisée chez son ami… Ethan a fait le malheur de fumer un seul petit joint… À partir de là, tout s'est détraqué. Il a commencé à délirer… Imagine qu'il a voulu nous tuer, son père et moi… On a dû appeler les gendarmes. Il m'a poursuivie avec un couteau jusqu'à la salle de bains où je me suis enfermée à clé… À travers la porte, il m'injuriait… Des mots qu'on ne prononce pas chez nous… J'étais terrorisée…

– Et après ? Où est-il maintenant ?

– À l'hôpital psychiatrique, Sissi ! Il a fait un premier séjour. Les médecins ont d'abord parlé d'une bouffée délirante consécutive à la consommation de produits stupéfiants. Après quelques jours, Ethan semblait rétabli. On l'a ramené à la maison. Mais ça ne s'arrangeait toujours pas. Il s'est refermé sur lui-même, nous regardait de travers… Il n'allait plus au lycée… Je l'ai remis à l'hôpital…

– Qu'est-ce qu'on t'a dit ?

– Il est resté un mois en observation. On a diagnostiqué une schizophrénie, Sylvia… Mon fils est schizophrène, Sissi… Voilà ce que je voulais te dire… Y a plus d'espoir. Il n'aura jamais plus une vie normale…

– Tu le vois un peu ?

– Oui, je lui rends visite de temps à autre. C'est très dur… Son père l'a abandonné. Inès ne l'a plus revu depuis sa dernière hospitalisation… Ça fait maintenant quatre ans qu'il est malade… Y a une semaine, le médecin m'a demandé de le reprendre chez moi. Paraît qu'il est stabilisé… Aujourd'hui, les patients souffrants de troubles mentaux ne sont plus hospitalisés si longtemps. Ils ont le droit de vivre avec tout le monde. Le psy m'a raconté que certains habitent des appartements en ville. Sont autonomes et suivis par des soignants, pour la prise des médicaments et les injections mensuelles de neuroleptiques. Ethan me fait peur, Sissi... J'veux pas le reprendre, tu me comprends... Je le revois tout le temps avec son couteau... Je n'arrive pas à l'imaginer ici, dans sa chambre, avec son regard fou, son air perdu, à côté de la plaque... Ses délires... Ethan est un grand malade, j'te jure... Je comprends pas... Je vois pas d'où ça peut venir, cette folie... Et je me sens tellement seule... Je me demande si on nous a pas fait du mal... À nous les Caleux... Les gens sont tellement méchants...

– Et jaloux! » renchérit Sylvia.

15 avril.

Maya est installée depuis deux mois dans son studio. Il a fallu qu'elle coupe le cordon pour que sa mère ose enfin lui avouer les circonstances de sa naissance.

Adoptée ! Elle a été adoptée illégalement par une femme seule de trente-neuf ans. Une Blanche en mal d'enfant qui voulait à tout prix un bébé. Voilà l'énigme de sa naissance et la pauvre histoire de sa vie.

Tout ça pour ça…

Abandonnée avant d'être adoptée.

Les grands-parents ignoraient tout. Et il ne fallait surtout pas leur raconter la vérité. En plus de la Covid, du réchauffement climatique et de la guerre en Ukraine, personne n'avait le droit d'ajouter quoi que ce soit à leurs angoisses…

Maya n'avait donc aucun lien de parenté avec les Lesueur.

Toutes ces années de mensonges balayées en une fraction de seconde…

Dans la foulée des révélations, Claire lui apprit qu'elle souffrait d'un cancer du sein et suivait une chimiothérapie, ce qui lui donnait ce teint blafard de revenante.

Maya ne put s'empêcher d'éprouver de la peine, se disant que sa mère était déjà bien punie, empoisonnée par ce secret si longtemps retenu. À quoi bon l'accabler davantage… Ce n'était pas le moment. Ce ne serait jamais plus le moment… Elle n'allait pas tirer sur l'ambulance… Alors Claire et Maya s'étaient prises dans les bras. Avaient pleuré ensemble, emportées par le même trop-plein d'émotions.

Comme les gestes, les larmes sont quelquefois nécessaires à la connexion des êtres entre eux, se dit Maya. Elles expriment davantage qu'un flot de paroles mièvres. Elles dorment en nous comme les eaux d'une rivière souterraine. Débordant soudain, elles charrient défaites, chagrins et malheurs. Elles nous lavent à l'intérieur et soulagent un peu nos âmes.

« Maintenant que je sais que ma mère m'a adoptée, je me sens différente, plus légère », déclare Maya. En effet, elle éprouve un sentiment de soulagement. Se sent délestée du poids de l'ignorance qui empesait jusqu'alors son existence.

Djibril semble sceptique.

« Comment ça, plus légère ? C'est le néant complet ! Ta mère blanche n'est même pas ta mère biologique. Et elle te balance ça comme ça ! Et tout de suite, elle te bloque avec son cancer, la guerre en Ukraine et toutes les catastrophes du monde… Non, c'est pas juste ! C'est de la manipulation pure et simple, Maya… Elle n'assume pas et te culpabilise…

– C'est vrai, mais je lui ai pardonné… Non, aucun ressentiment… Je ne lui en veux pas. Je la connais, elle a cru bien faire et s'est enferrée dans ses mensonges… C'est une gentille… Il lui a fallu beaucoup d'amour pour m'inscrire dans sa vie… »

Djibril sourit et s'incline.

« Au fond, tu es une âme pleine de sagesse et de compassion, Maya Lesueur… Peut-être même que tu es une sainte femme. Je vais finir par te vénérer. Respect ! Tu as sûrement hérité ces traits de caractère de tes ancêtres yorubas. Si tu persévères dans tes recherches, crois-moi, ils marcheront à tes côtés et te montreront le chemin. »

Ils sont au Jardin du Luxembourg, assis dans l'herbe, des livres jetés autour. Censés travailler sur les textes du cours de littérature américaine, ils papotent comme toujours. Devant eux, les allées grouillent de monde. Beaucoup d'enfants, des joueurs de tennis sur le court, des amoureux sur les bancs, des vieillards nourrissant des pigeons.

« Oui, je suis peut-être une sainte, répond Maya. C'est étrange, j'te jure… Mais je n'ai pas de colère… Je me sens réellement plus légère, débarrassée d'une charge… Bien sûr, je pense à ma vraie mère, ma génitrice… Cette femme noire… Je me demande ce qui l'a poussée à m'abandonner…

– Au fait, coupe Djibril, pardon pour ta mère… Je me suis emporté, ne m'en veux pas… J'espère sincèrement qu'elle va s'en sortir. Je lui souhaite la guérison.

– Oui, ça va… La grande nouvelle que je voulais t'annoncer, c'est que j'ai reçu des notifications de MyHeritage. Un Smart Match d'un cousin de Montréal et un autre d'une cousine de Guadeloupe… Les deux m'ont envoyé des messages…

– Tu rigoles !

– Non, c'est sérieux ! Je ne connais pas encore nos degrés de parenté, mais apparemment on aurait des ancêtres communs. Inès, la fille de Guadeloupe, avance bien dans l'arbre généalogique… Le cousin de Montréal est comme moi, un peu perdu… Il s'appelle Carlson… Comme par hasard, Inès fait ses études à Montréal. Ils se sont rencontrés hier. Tu t'imagines !

– Le hasard n'existe pas, Maya… Les portes s'ouvrent pour toi… C'est peut-être ton voyage en Afrique… Tu n'as pas reçu de notifications venant du Nigeria ou du Bénin ?

– Non, rien de ce côté… »

Djibril a du mal à cacher sa déception. Il aurait voulu voir surgir triomphantes les racines africaines de Maya.

« Comment va ta famille au Sénégal, tes parents, tes sœurs ? Pense à leur faire part de mes respectueuses salutations… Et dis-leur toute mon amitié…

– Waouh ! Tu parles maintenant comme une véritable Sénégalaise…

– Alors, c'est fini, je suis plus une Africaine décolorée ?

– Crois-moi, mon amie, un jour tu sauras qui tu es… Tout vient à point à qui sait attendre ! »

Maya hoche la tête, se disant que Djibril est un grand sage.

« Et tu continues avec le théâtre…

– Bien sûr !

– C'est dur de percer quand on est noir… En tant que métisse, tu as peut-être plus de chances d'y arriver… Même si là-bas les suprématistes blancs ne lâchent pas l'affaire, l'Amérique a pris de l'avance sur la France. Je pense à Denzel Washington, Oprah Winfrey, Forest Whitaker, Viola Davis, Morgan Freeman, Will Smith, Lupita Nyong'o… En France, peu d'acteurs noirs sont *bankable*…

– J'veux pas devenir actrice, juste prendre de l'assurance… »

Maya s'était inscrite dans ce cours de théâtre à la mi-mars. Le Black Actors Sudio était dirigé par Madé, une comédienne haïtienne toujours coiffée d'un turban et vêtue d'un ample boubou. La femme, aujourd'hui âgée d'au moins soixante-dix ans, avait jadis connu des heures de gloire. Elle s'était même vue gratifiée de quelques lignes élogieuses dans les pages culture d'un quotidien national. Jusqu'au début des années 1980, Madé avait appartenu à une troupe qui reprenait sur scène les pièces d'Aimé Césaire, de Sony Labou Tansi, Jean Métellus, Frankétienne, Édouard Glissant, et bien d'autres dramaturges issus de l'Afrique, d'Haïti ou des anciennes colonies françaises des Antilles.

Les prétendants acteurs et aspirantes actrices, tous noirs ou issus de la nébuleuse « Diversité », venaient s'abreuver dans le théâtre miteux, situé au fond d'une impasse qui puait l'urine. Madé donnait là des master class et enseignait l'art de se produire sur scène. La vieille en imposait à son auditoire. Par son charisme, elle les forçait à vaincre leur timidité, se libérer de leurs peurs et du regard des autres. Sur Facebook, ses anciens élèves ne tarissaient pas d'éloges à son égard. Même s'ils n'étaient pas tous devenus des acteurs connus, ils avaient gagné en confiance, se faisaient remarquer dans les castings et décrochaient quelques rôles de figurants dans des téléfilms ou de la pub…

Maya courait beaucoup en ce mois d'avril. Entre le fast-food, l'université et le Black Actors Studio, elle trouvait pourtant le moyen de rendre visite à sa mère qui affrontait courageusement sa maladie. Non, Maya n'était plus la petite poupée aux cheveux dorés et frisottés qu'on lui avait offerte en 1997. Elle avait mûri, soutenait sa mère et l'acceptait telle qu'elle était : une femme rêveuse qui vivait dans un monde incolore, enchanté et gorgé d'amour. Il n'y avait plus que l'ombre du cancer entre elles deux.

Si Djibril demeurait son grand ami, il fréquentait maintenant une étudiante en médecine. Aïssa Diop, dakaroise comme lui. Les deux nourrissaient d'ambitieux projets, comptaient vivre et travailler au Sénégal à la fin de leurs études. Instruire leur pays, partager leur savoir, soigner la population… Aux yeux de Maya, ils semblaient former davantage une équipe qu'un couple d'amoureux ; l'impeccable attelage de deux cartésiens qui alliaient leurs forces pour contribuer à bâtir l'Afrique de demain.

Maya aussi avait un petit ami. Celui-là était tiré d'un tout autre moule. Un Noir aux yeux gris rencontré au Black Actors Studio. Carlos était originaire du Cap-Vert, la patrie de la merveilleuse Cesaria Evora. Il se présentait comme un artiste multi-facettes : comédien, écrivain, plasticien, musicien. Il avait trente-deux ans et tous les talents. Arrivé en France avec ses parents, vingt ans plus tôt, il avait conservé un léger accent portugais et usait de mots créoles capverdiens, ce qui ajoutait à son charme.

Plusieurs soirs de suite, ils s'étaient retrouvés pour répéter quelques scènes d'*Une tempête*, d'Aimé Césaire. Maya jouait le rôle d'Ariel et Carlos celui de Caliban. Au bout d'une semaine, le gars l'avait invitée à dîner dans un restaurant capverdien du XIIIe qu'il appelait sa cantine. Ils avaient bu des verres de caipirinha et mangé un extraordinaire catchuppa ricca. Maya avait ri et raconté sa vie, son voyage au Sénégal et au Bénin sur les traces de son père fantôme, les révélations de sa mère adoptive, *et cætera*. Le rhum avait aboli toutes ses défenses et elle alla jusqu'à lui lire des passages de son carnet de voyage au Sénégal. Sans rire, entre le dessert et le digestif, Carlos lui suggéra d'en faire un roman.

Ils échangèrent leur premier baiser quelques jours plus tard, dans l'impasse du Black Actors Sudio. Et Carlos lui déclara sa flamme le même soir, tandis que Maya se coulait dans son lit.

Quel sens doit-on donner au hasard qui croise parfois nos routes ?

Elles se pensent étrangères, l'une venant du Nigeria, l'autre née de géniteurs inconnus. Et pourtant, elles sont apparentées. Sont les descendantes d'Agontimé. L'une est issue de la branche africaine, l'autre de la ramure guadeloupéenne.

Joycy est une des lointaines descendantes d'Olouwafoumi, cette première fille qu'eut Agontimé au pays Shabè, en 1829, avant sa déportation.

Maya s'inscrit dans la lignée d'Ifé-Suzanne, la dernière-née d'Eugénie-Agontimé, enfantée à la colonie de Guadeloupe, en 1842.

Grâce à la mobilisation des guerrières et des bénévoles de l'association d'aide aux femmes victimes d'esclavage sexuel, Joycy a obtenu des papiers qui l'autorisent à circuler et travailler sur le territoire français. Elle manque encore de vocabulaire mais parvient à se faire comprendre. Elle vit toujours dans l'appartement, en colocation avec les mêmes Nigérianes : Britney, Lovely et Mariama. Aucune n'a voulu retourner là-bas. Elles sont maintenant en situation régulière en France. Le réseau des gars de la confraternité a été en partie démantelé. Seule la mère maquerelle a échappé à la justice française. Las, le trafic ne cessera pas de sitôt. Les filles savent que rien n'est terminé. D'autres tentacules mafieux surgiront encore en Europe.

C'est le premier jour de Joycy au fast-food. La manager est cette métisse aux bouclettes dorées.

« Je m'appelle Maya. Je vais te montrer le travail. Tu as une expérience dans la restauration ? »

Joycy secoue la tête pour dire non. Elle sent peser sur elle le regard de cette fille. Se demande si Maya est capable de lire en elle. Se peut-il que subsistent des traces de sa vie de prostituée dans ses yeux, ses gestes, sa façon de marcher ? Est-ce que sa peau est bien propre à présent, débarrassée de l'odeur des hommes qui payaient son corps ?

« Tu parles français, quand même ? s'impatiente Maya.

– Oui, un petit peu… Je comprends bien… » fait Joycy.

Au fast-food, parmi les Français de souche, travaillent des jeunes de tous horizons. Cinq Antillais, étudiants comme Maya. Mais aussi un Pakistanais, deux Turcs, une Libanaise, un Congolais, trois Marocains. Joycy est la seule Nigériane, ce qui la rassure.

Yaëlle se sent revivre.

Repassé au bloc opératoire, son corps est enfin réparé, débarrassé de la poche de cclostomie. Ses intestins sont recousus et raccordés à son estomac. Éprouvant de la gratitude envers sa mère, Yaya lui a raconté Agontimé, manière de restaurer la confiance entre elles deux, repartir sur de nouvelles bases…

Sylvia en avait eu des échos par les psychiatres de Paris.

Tandis que Margy lui faisait écouter un passage des enregistrements, son visage demeura impassible. Mais Sylvia était bouleversée. Pensait aux visions de la vieille tante Anastasie qui conversait avec des nègres du temps de l'esclavage. Se rappelait la femme qui hantait jadis les rêves d'Anna. Elle songeait surtout à Ethan, le fils de sa cousine Betty. Schizophrénie, dépression, hallucinations, bouffées délirantes, psychose… La maladie mentale lui apparaissait semblable à une plaie gagnée par la gangrène, ou pire, un terrible virus en train de se répandre dans la famille, le genre mortel de la Covid 19 qui avait sauvagement frappé le monde les années précédentes…

À voir Yaëlle, on aurait pourtant dit une renaissance.

Ou plutôt un réveil, après une très longue nuit d'ivresse.

Elle a repris du poids, retrouvé de la force dans les jambes. Yaya est d'humeur joyeuse, se disant qu'elle a eu de la chance dans son malheur. On l'a soignée et la justice l'a condamnée à un an de sursis, sans port de bracelet électronique. Elle en a terminé avec les neuroleptiques, consulte seulement une psychologue, une fois par mois.

« Non, je n'entends plus la Voix. Parfois, confie-t-elle à Margy, j'ai l'impression d'avoir erré dans un monde parallèle, tout le temps de mon hospitalisation et de ma convalescence. J'ai maintenant du mal à me souvenir… »

En effet, dans cet entre-deux, si son corps demeurait pareil à une masse inerte sur le lit, son esprit était littéralement ailleurs, piégé dans une autre dimension, ou bien sous emprise, retenu en des limbes hantés par des âmes en drive. Son esprit avait déserté son corps. Son esprit était habité, flottait, voyageait dans l'espace et le temps, au gré des vibrations d'une autre qu'elle. Mais tous ces mots qui tentent d'expliciter sont dérisoires, insuffisants. En vérité, ce qu'elle a vécu est indicible…

Yaëlle se souvient confusément de sa fusion avec Agontimé. Elles se fondaient en une seule entité volatile, poreuse et modulable, l'une se rendant perméable à l'autre par la voie secrète de l'alchimie des corps, ou de quelque recette sorcière tirée d'un conte créole.

Rétablie, Yaëlle aurait tant aimé conserver intacts en sa mémoire tous les récits de la Voix dans sa tête.

Las, au fur et à mesure que passent les jours, Yaëlle a l'impression de tirer des fils qui ne mènent plus nulle part… Se remémore une forêt, des savanes brumeuses et de maigres cours d'eau… Ses pieds nus foulant la terre rouge… Des visages terrorisés dans la noirceur d'une geôle… Le roulis d'un navire au mitan d'une mer démontée… Quand elle force son esprit à ramener les souvenirs au jour, quelques images éparses jaillissent soudain pour disparaître aussitôt, comme emportées par un grand tourbillon… Des flashs intempestifs… Un champ de canne hérissé d'ombres hagardes sous la nuit éclairée au fanal… Des silhouettes titubant au bord d'une rivière… Des sons remontés des âges… Le claquement d'un fouet, une odeur de fressure et de bouc, le dernier râle d'un vieillard cacochyme, une femme en gésine qui hurle sa douleur… Parfois, inopinément : le tintement d'une cloche au loin, un battement de tambour échu de la touffeur des mornes… Des bruits d'eau frappant des roches noires…

Oubliant des pans entiers du récit, Yaëlle s'accroche à ces bribes de souvenirs. Elle s'en veut. A le sentiment de démériter.

Seuls les enregistrements effectués dans l'appartement d'Anna témoignent encore de ce qu'elle a vécu et entendu.

Au cœur de la nuit, quand mamie Yvette sommeille, les deux amies sont allongées côte à côte sur le lit, avec le téléphone portable, le chien Bo qui bave et le bébé de Margy qui gigote dans son ventre. Avant de s'endormir, elles écoutent tous les soirs un morceau des enregistrements. À vrai dire, elles ne s'en lassent pas.

Chaque fois, captivée et les yeux écarquillés dans la pénombre, Margy reste bouche bée, comme un enfant auquel on dit un conte. On croirait que c'est la première fois qu'elle entend ces narrations.

La gorge serrée, Yaya peine à reconnaître sa propre voix, si assurée, envoûtante et grave, qui déroule sans fin l'épopée de l'ancêtre.

Mika Desgranges a entendu les enregistrements. C'est la psychologue de Yaëlle au CMP de Capesterre-Belle-Eau. Guadeloupéenne, elle a étudié à Paris, Atlanta, New York et Kinshasa. Elle porte des locks, des débardeurs noirs, des jeans baggy et des sandales de cuir et perles rapportées d'un séjour en Côte d'Ivoire. Chacune de ses oreilles est percée trois fois et garnie d'anneaux hétéroclites. Des bracelets de graines et cauris s'entrechoquent à ses poignets.

Sa nouvelle patiente la fascine…

Le stress intense vécu lors de ce terrible voyage en avion, la fissuration des ovules de cocaïne et l'overdose ont été pis que traumatisants. La mule s'est trouvée entre la vie et la mort. Quelque chose s'est produit, faisant remonter brutalement le passé d'esclavage et provoquant des hallucinations intrapsychiques, auditives, visuelles et cénesthésiques. Un temps, ces hallucinations ont interféré comme un baume réconfortant, cela afin d'échapper à l'épisode stressant. Si le corps a été réparé, il s'agit maintenant de restaurer l'esprit.

Mika travaille depuis des années sur le PTSD (trouble de stress post-traumatique), et plus particulièrement sur les « traumatismes de masse » que produisent l'esclavage, le colonialisme, la déportation…

Son nouveau livre de chevet est *L'esclavage : quel impact sur la psychologie des populations ?*, sous la direction d'Aimé Charles-Nicolas et Benjamin Bowser, professeurs émérites, l'un en psychiatrie et addictologie à l'université des Antilles, le second en sociologie à la Cornell University, Ithaca, New York.

Via Internet, Mika communique avec des chercheurs qui étudient les liens possibles entre un « traumatisme historique » et les états sanitaires de leurs descendances. Nombre de leurs travaux ont démontré l'existence de traces de traumatismes psychologiques sur l'ADN. La découverte du phénomène épigénétique est une avancée considérable dans la compréhension de la transmission génétique.

Grâce aux enregistrements, le cas de Yaëlle Desbois lui évoque bien sûr le concept de la crypte et du fantôme. La psychologue pense à l'événement douloureux survenu autrefois : la mort violente de l'ancêtre, la princesse Agontimé rebaptisée Eugénie… Un terrible drame qu'on a voulu taire, occulter… De génération en génération, chacun s'attachant à chérir le silence, oublier la vieille histoire triste qui fait mal. Mais la douleur d'Agontimé ne s'est jamais tue. S'est propagée sournoisement dans la famille. De diverses manières, la douleur a été transmise à ses descendants.

La jeune Desbois en serait peut-être la dépositaire contemporaine, se dit Mika. Les troubles de cette patiente seraient liés à cette Agontimé. Par son suicide et sa tentative d'infanticide, la princesse africaine déportée à la Guadeloupe s'est inscrite dans le psychisme de Yaëlle. Ce fantôme – Agontimé – est un impensé généalogique qui a besoin de se faire entendre, se libérer de sa peine… Il faut donc aller à la rencontre de la crypte, l'explorer, dénouer tout ce qui se cache à l'intérieur. L'urgence est de reconstruire le roman familial à l'endroit du silence, faire le deuil de l'ancêtre dont on a tu l'histoire au fil des ans.

Quand Margy et Yaëlle lui ont raconté, mamie Yvette a été prise de panique. Elle a ouvert de grands yeux et s'est signée précipitamment. « Seigneur ! Qu'est-ce que c'est que ces histoires diaboliques ! Je veux pas écouter vos cassettes… Oubliez tout ça ! Un petit innocent va bientôt venir au monde… Racontez plus ces fariboles à personne, vous m'entendez ! Vaut mieux aller à l'église, mettre vos genoux à terre et prier le bon Dieu de vous libérer des démons… »

« Non, tu as le droit de parler, ne refoule rien de ce moment de ta vie ! Il t'appartient désormais, fait Mika.

– Je me sens up ! Fébrile, excitée… Ça m'effraie un peu, après tout ce que j'ai traversé…

– Certes, le chemin a été périlleux… Mais console-toi en te disant que tu as beaucoup appris. En Guadeloupe, nombreux sont ceux qui auraient aimé savoir d'où ils viennent…

– Ça se bouscule dans ma tête. J'ai envie de faire plein de choses en même temps… Coudre, dessiner, écrire des chansons… J'ai un tas d'idées ! J'aimerais aussi me renseigner sur le tissage…

– Tout cela te met-il mal à l'aise ? demande la psychologue.

– Non, j'ai le sentiment de vivre pleinement…

– Ressens-tu des moments de tristesse ou d'abattement ?

– Non, au contraire ! Je suis plutôt joyeuse… Nous attendons la naissance du bébé de Margy… Je lui ai cousu plusieurs petits pantalons en wax, je pense lui faire des chemisettes et…

– Peut-être que tu as du temps à rattraper… Tu as vécu quelque chose d'inédit. Tu es de retour, Yaëlle… Vis ta vie !

– J'aurais voulu tout garder en mémoire… J'ai écrit une chanson… Mais j'oublie au fur et à mesure… Je dois maintenant me contenter d'écouter l'histoire d'Agontimé sur le téléphone portable de ma copine…

– Donc… Finalement, l'histoire n'est pas perdue… Grâce à la technologie… Ne t'inquiète pas… L'histoire de ta princesse africaine est bien enracinée quelque part en toi… »

Chez mamie Yvette, la vie coule douce dans l'attente du nouveau-né. C'est un garçon, un petit bonhomme que tout le monde espère. Il s'appellera Benjamin, en souvenir de son père. Margy est resplendissante dans son huitième mois. Elle chante du matin au soir. Sa chanson préférée du moment est celle de Corneille…

Alors on vit chaque jour comme le dernier
Et vous feriez pareil si seulement vous saviez
Combien de fois la fin du monde nous a frôlés
Alors on vit chaque jour comme le dernier
Parce qu'on vient de loin…

Grâce à la vieille Singer de Mamie, Yaya a déjà constitué tout un trousseau pour l'enfant.

Elle a retrouvé sa passion : la couture. Son cahier de dessin est rempli de modèles de robes et tenues plus époustouflantes les unes que les autres. Toute une collection inspirée du wax et du madras, comme avant le voyage à Paris. Mamie Yvette a fait le tri dans ses armoires. En a sorti des dizaines de coupons de tissus. Cotonnade, Tergal, popeline, soie, qu'elle met à la disposition de Yaëlle. « Tu peux en faire ce que tu veux : couper, customiser, jouer avec les couleurs à ta guise, au gré de ton inspiration… »

Mamie a dernièrement accompagné Yaya au bourg de Capesterre-Belle-Eau. « Au moins, pendant que t'es à la couture tu penses pas à tes histoires d'esclavage… » a-t-elle marmonné. Il fallait du fil, des aiguilles, des boutons et des fermetures Éclair. C'est dans le bazar d'un Chinois qu'elles ont trouvé tout le nécessaire de couture, et même des pagnes de wax *made in RPC*.

On dirait la cuisine de l'appartement. Pourtant, il n'y a pas de murs. Aucune fenêtre. Une impression d'étrangeté. Autour, des dunes à l'infini, un paysage lunaire. Joycy a soif. Elle ouvre le réfrigérateur fiché de travers dans le sable, comme tombé du ciel, providentiel. Une oasis perdue dans l'immensité du désert. Hélas! Pas une seule bouteille d'eau à l'intérieur. Les clayettes sont vides. Quand elle s'apprête à refermer la porte, un bourdonnement soutenu interrompt son geste. Elle se penche. Le bruit enfle dans le bas du frigo. Soudain, une nuée de mouches s'en échappe et fond sur elle. On les dirait animées de mauvaises intentions. Des mouches énormes, vert et bleu qui envahissent l'espace, lui tournent autour, puis disparaissent d'un coup. Intriguée, Joycy inspecte maintenant dans le bac à légumes. Il y a quelque chose. Sans doute un steak avarié, se dit-elle. Les images d'un marché de Lagos lui reviennent. Le mouton débité dans les grands paniers. Les femmes chassant les mouches avec des éventails de paille ou des morceaux de carton. Les mouches qui se posaient là-bas sur les détritus, les rats crevés, les carcasses sanguinolentes des bœufs à l'étal des bouchers de bord de route… Sur les excréments, les yeux et les bouches des gens, des enfants des rues… Ces mouches qui pondaient leurs œufs dans la chair morte…

Elle a un brusque mouvement de recul, découvrant au fond du bac à légumes le cadavre d'une femme noire, son bébé mort amarré au dos. Des vers blancs grouillent sur leurs deux corps imbriqués, recouverts d'oripeaux.

Joycy se réveille en sursaut, horrifiée. A-t-elle crié ?

L'appartement est silencieux. Si ses cris ont réveillé l'une ou l'autre de ses colocataires, elles ne viendront pas toquer à la porte de sa chambre. Comme elle, les filles sont visitées par des cauchemars. La nuit fait se lever de vieilles ombres et dessine des tableaux macabres. Britney se voit poursuivie par le Juju, tandis que Mariama revit en songe la traversée du désert de Libye, son viol par un des passeurs, la mort de trois passagères en route vers l'Europe. La nuit, chacune hurle à son tour.

Son réveil marque 2 heures du matin.

Joycy allume la lampe de chevet et prend machinalement son livre de français. Au hasard, elle relit des phrases à haute voix : « Les enfants courent dans le jardin… Il fait beau aujourd'hui… La petite fille porte une robe à fleurs… »

La Nigériane pense avec gratitude aux femmes guerrières de l'association. Elle leur doit sa réinsertion sociale, sa liberté, sa nouvelle vie. Alors elle veut être exemplaire à leurs yeux. Progresser dans la langue française. Tenir l'appartement propre. Bien travailler au fast-food…

La manager Maya a de la poigne. Joycy la voit pareille à la capitaine d'une équipe de football qui mène chaque jour son club à la victoire.

Maya lui a fortement déconseillé de fricoter avec les employés. « Jamais mélanger le boulot et le sexe. Interdiction de tomber amoureux sur le lieu de travail. Ceux à qui c'est arrivé se sont vite embrouillés avec les collègues et retrouvés dans des galères. Soit la direction les a virés, soit ils ont dû démissionner. Y a un gros turn-over parmi le personnel du fast-food. Le job est éreintant, rétribué au minimum et les clients comptent leur monnaie, ils te laissent rien. La plupart des étudiants qui sont passés par là préfèrent bosser ailleurs, dans le télémarketing, la vraie restauration où les pourboires sont considérables, à la caisse des supermarchés avec des horaires aménagés… Tu es sérieuse ? Tu penses rester combien de temps ? »

Joycy a répondu qu'elle était contente d'avoir un travail en France.

Maya l'a briefée sur tous les coéquipiers. Joycy a bien saisi que les Antillais sont des charmeurs, les plus à craindre. « Faut jamais te trouver seule dans la réserve avec l'un de ceux-là ! »

À l'association des femmes, on l'a aussi mise en garde. Surtout ne rien révéler de son passé de prostituée. Aucune confidence à une gentille collègue ! En moins de deux, la nouvelle se répandra comme une traînée de poudre… Pas non plus question de préciser son pays d'origine. Qui sait jusqu'où ramifient les tentacules de la confraternité nigériane ? À la tête de leurs réseaux, les mamas ont des antennes partout. La prudence s'impose. Joycy a compris qu'en toute occasion elle doit rester vigilante.

Par le passé, des prostituées échappées des griffes du trafic ont été retrouvées assassinées. Celles qui avaient balancé les noms de leurs bourreaux devenaient des cibles. Traduits en justice, puis condamnés à des années de prison pour avoir réduit des femmes à l'esclavage sexuel, ces mafieux expédiaient des tueurs à la poursuite de leurs anciennes victimes. Le bruit courait qu'une mama repentie avait été sauvagement décapitée dans son pavillon de banlieue. Sa tête aurait été prélevée pour entrer dans la composition d'un bouillon Juju… Les gens deviennent fous quand ils perdent leurs esclaves. Ils peuvent remuer ciel et terre pour débusquer leurs proies. « Si on te pose la question, lui avait soufflé une des bénévoles de l'association, tu dois rester évasive. Si tu te sens acculée, dis que tu viens d'un pays d'Afrique anglophone, à cause de ton accent… Mais jamais au grand jamais du Nigeria… »

Joycy n'avait pas retenu les noms des pays africains où l'on parlait anglais. Elle n'avait pas tout compris. La femme avait un flow qui lui échappait. Certains jours, les mots français ne formaient qu'une masse informe dans son esprit.

Steven Caumal a été embauché la même semaine que Joycy. Il est arrivé de la Guadeloupe, sans diplôme, il y a trois ans déjà. Hébergé chez un cousin la première année, il a fini par se retrouver quasiment à la rue. Il a djobé ici et là, se voyant devenir rappeur à succès, puis preneur de son dans un studio d'enregistrement, enfin électricien, après un stage rémunéré par Pôle Emploi. Rien n'a marché comme dans ses rêves.

Quand il a voulu savoir d'où elle venait, Joycy a été prise de court. Ne se souvenait plus des pays anglophones africains. Alors, elle a bafouillé « Bé-bé-bé-nin… »

Steven a haussé un sourcil : « Ah ! Bénin ! J'en ai entendu parler… » Puis, se redressant, fier, il a dit : « Moi, je viens de Gwada ! »

Elle ne sait pas où se trouve Gwada. S'est demandé si c'était un grand pays, mais elle n'a pas posé de questions et a gardé ses distances. Ils sont aux cuisines tous les deux, côte à côte. Ils grillent les steaks hachés et emballent les hamburgers à la chaîne. Chaque jour, derrière ses fourneaux, Steven chantonne des airs de sa composition. Tout souriant, il évoque Gwada comme un pays merveilleux où la vie est dure et le passé amer. Parfois, il emploie des mots qui ne sont pas français. « C'est le créole, dit-il, la langue de Gwada. » Dans ses chansons, Joycy entend la misère, le désespoir, la malchance, le combat des faibles contre les puissants. Découvrant aussi, au travers des paroles de Steven, les forêts profondes et les plages de Gwada, elle imagine un territoire immense comme l'Afrique, un continent inconnu…

« Si on est ensemble, je t'emmènerai, à Gwada… On verra ! En fonction des finances… Si ça te plaît, on pourra même s'installer là-bas, ouvrir un food truck et se mettre à notre compte… » Disant cela, Steven souriait de toutes ses dents. Joycy lui avait rendu son sourire.

3 h 30 du matin.

Elle est assise sur son lit. Passe et repasse le peigne afro dans ses cheveux crépus. Ses pensées la ramènent encore à son coéquipier.

Il y a deux jours, Steven avait d'un coup perdu son sourire. La regardant de travers, il lança qu'il s'était renseigné sur le Bénin. Puis, d'un geste brusque, sans la quitter des yeux, il jeta un steak sur la plaque de cuisson.

« Dans ton pays, on parle français et d'autres dialectes africains. Comment ça se fait que tu parles anglais, toi ? C'est au Ghana, en Namibie, au Kenya j'crois, aussi au Nigeria qu'on *speak english… Pa rakonté mwen bétiz…* »

Joycy attrapa au hasard le Kenya, se rappelant qu'il ne fallait surtout pas évoquer le Nigeria. « Je suis Bénin, mais je grandis à Kenya, fit-elle, les yeux baissés, en emballant un triple cheeseburger.

– Alors, tu sais que les rois de ton pays Bénin ont vendu mes ancêtres aux Blancs… » continua Steven d'un ton maussade.

Joycy répéta : « … vendus… *my ancestors* aux Blancs…

– Ouais ! *your ancestors…* Vendus en esclavage, comme des animaux…

– Esclavage ! *Slavery…* » Joycy n'y comprenait rien à ces histoires d'*ancestors…*

« Ouais, *slavery…* Le fouet, les chiens, les champs de canne et tout le reste… Ouais, *slavery…* marqués au fer, enchaînés dans la cale des bateaux… *Slavery…* »

L'après-midi, Steven n'avait plus décoché un mot, se contentant de chantonner dans sa langue gwada et de la toiser de temps à autre.

À 5 heures du matin, quand Maya se réveille à côté de Carlos, elle pense à Joycy, la nouvelle recrue du fast-food. Il y a quelques jours, cette fille s'est avérée utile face à des clients anglophones. Après avoir déserté Paris durant les années Covid, les touristes anglais et américains affluent de nouveau. Il serait sans doute intéressant de la faire passer en caisse en juillet. Il faudrait la former, la mettre en binôme avec Jessy…

Comme à son habitude, Maya cogite déjà, planifie sa journée.

La fac, à 9 heures. Un sandwich au déjeuner. Bibliothèque, de midi à 14 heures. Passer un coup de fil à sa mère. Prise de service au fast-food de 15 à 22 heures.

Répondre aux mails de ses nouveaux cousins MyHeritage : Carlson Chanty et Inès Caron. Ils se sont rencontrés à Montréal où ils vivent tous les deux. Ils sont loin et tout près à la fois, virtuels comme ses amis Facebook. À cause des branches mortes et des nœuds mystérieux, ils tâtonnent encore à bâtir leur arbre généalogique. Il y a tellement de zones inexplorées…

Inès Caron et Carlson Chanty savent à présent qu'ils sont issus des sœurs Ida et Anastasie. Ida Potier Chanty (épouse Caleux) étant l'arrière-grand-mère d'Inès ; et Anastasie Chanty, l'arrière-grand-mère de Carlson. S'ils ont bien débroussaillé le terrain de ce côté, les deux tentent à présent de tirer le fil qui les mènera à Maya Lesueur, leur cousine de Paris, dont la lignée se perd aux parages des Caleux. Maya semble très proche d'eux par son ADN et en même temps invisible, comme un personnage issu d'une parenté fantomatique. Maya a récemment appris qu'elle a été adoptée par une femme blanche. Sa vraie mère est noire. Le père est un illustre inconnu. Le doute n'est plus permis : au moins un des géniteurs de Maya est bien de souche guadeloupéenne. Reste à savoir qui du père ou de la mère serait apparenté aux Caleux…

Claire va mieux. Si la chimio la fatigue, ses oncologues affichent l'optimisme. C'est à présent la santé de ses parents qui suscite l'inquiétude. Jusqu'alors ces derniers ont été maintenus à domicile, en Normandie. Âgés l'un et l'autre de quatre-vingt-onze ans, vaccinés, papi Edgar et mamie Odette ont survécu aux vagues successives de Covid. Mais ils commencent à perdre chaque jour un peu plus de leur autonomie. Papi s'angoisse à cause de la guerre en Ukraine, de cette histoire de réchauffement climatique et des incendies dans le sud de la France. Odette a des trous de mémoire et ne quitte plus son lit. Ils ont une aide ménagère et bénéficient d'un service de portage des repas. Une infirmière passe quotidiennement vérifier les tensions et la prise des médicaments. Hélas, il serait plus raisonnable de les placer tous deux en Ehpad, a suggéré leur vieux médecin.

Maya tient leurs comptes, remplit la paperasse administrative sur Internet, gère les rendez-vous médicaux à distance. Le monde hyperconnecté de ce nouveau siècle les a complètement dépassés. Ses grands-parents ont raté le coche et sont restés des gens du XXe siècle.

Affaiblie par ses différents traitements, Claire fuit le présent et semble terrorisée par l'avenir. Maya ne veut pas la contrarier. Alors, quand la mère et la fille se retrouvent, elles revisitent inlassablement le temps passé. Les jeunes années de Maya sont un sujet de conversation sans écueil.

Il y a une semaine, Claire lui a reparlé de son ami imaginaire.

« Tu te rappelles… Un jour, tu m'avais dit qu'il voulait t'emmener faire un tour à cheval. Il t'avait donné rendez-vous derrière la maison. Tu l'as attendu longtemps. Il n'est jamais venu. Tu te souviens pas de la crise de larmes qui t'a prise… T'avais des hoquets et des sanglots… T'étais inconsolable… Le lendemain, j'ai dû aller t'acheter ce petit poney en plastique bleu… Tu n'en as pas voulu… Ce que tu voulais, c'était ton ami Lulu et son cheval en vrai… Demande à mamie Odette ! »

Maya a oublié cet épisode de sa petite enfance. Fait croire qu'elle se souvient de Lulu et du poney en plastique. Pense en même temps au cheval de bois rapporté de Ouidah. Se rappelle la mise en garde d'un garçon, sur une plage de Normandie… « Attention ! Tu vas mourir noyée ! »

Elle ne peut savoir que ce Lulu est Lucien, l'un des quatre fils d'Agontimé. Ce même garçon qui visitait jadis sa petite sœur Ifé, et amarrait son cheval derrière la grand-maison des maîtres Jacquelot. Le jeune palefrenier mort à la suite d'un malencontreux coup de sabot causé par son canasson…

Depuis peu, sans qu'elle sache bien pourquoi, Maya considère Joycy telle une jeune sœur – ce qui n'est pas dans ses habitudes sur son lieu de travail. Bref, elle a surpris des conversations malveillantes, certains regards déplacés des équipiers. La fille paraît perdue, vulnérable. Autour d'elle flotte quelque chose de pesant, comme une sombre histoire tout près de la rattraper. Pourtant Joycy est avenante, semble de bonne volonté, désireuse d'apprendre et de bien faire. Mais ses yeux s'affolent parfois. À tout moment, on la voit guetter la porte du fast-food. Maya a entendu dire que la nouvelle employée vient du Bénin, ce qui a fait écho en elle, a soudain changé son regard.

Maya ignore ce qui la meut, la pousse à veiller sur Joycy.

Des fils invisibles les lient toutes deux.

La voix des ancêtres geint en dedans d'elles.

Et, si patiente, la vie tisse sa toile entre Joycy et Maya…

5 mai.

Anna est arrivée en Guadeloupe l'avant-veille. Sylvia l'a conduite directement à Capesterre-Belle-Eau. Margy et Yaya l'espéraient depuis des semaines. Elle a préféré s'installer chez mamie Yvette, afin de reformer le trio complice né dans son appartement. Durant leur séparation, les trois avaient pris soin de s'appeler plusieurs fois par jour, pour se donner des nouvelles et maintenir les liens intacts, s'envoyant des photos, des SMS et des émojis cœur. La chambre d'Anna était prête. Fleurie et parfumée. Le lit garni d'une parure de draps azur et indigo, neuve, que Mamie mettait en service pour la première fois.

« La psychologue m'a dit qu'on n'oublie rien, jamais. Le corps n'oublie pas. Même si, consciemment, on croit avoir dépassé l'épisode traumatique, il subsistera toujours quelques résidus, une trace de ce qu'on a traversé… Tu vois, Tatie, comme un genre de cicatrice invisible. »

Anna hoche la tête. Elle est d'accord. C'est ce qu'elle a vécu. Presque son histoire… Sa grossesse, son accouchement, l'enfant qu'elle a abandonné ont laissé une trace invisible dans son existence. Elle n'a jamais pu oublier. Et pourtant ! Elle a bien essayé, et de toutes les manières possibles… Cela fait vingt-cinq ans déjà…

« Mika m'a fait comprendre que ce que je crois avoir oublié est bien resté inscrit en moi, très profondément et pour toujours… C'est pareil, à l'échelle humaine… Les Juifs, les Arméniens, les Antillais, les Africains-Américains… Leurs descendants héritent de l'angoisse et continuent de porter en eux la douleur ancienne de l'épreuve, le deuil des disparus, le chagrin du monde perdu et du peuple dispersé… Souvent, ils ne savent même plus du tout ce qu'ont vécu leurs ancêtres… Pourtant, la souffrance demeure, infondée, obscure, inexpliquée… Ça peut remonter à très loin dans le temps, tu comprends… Comme l'esclavage ici, à Gwada… »

Anna ne dit mot, cependant elle est dubitative. Bien sûr, elle est touchée. Mais ne se considère pas tant que ça traumatisée par la grande histoire de l'esclavage, juste ébréchée par son drame intime.

« Elle m'a dit que je suis tombée mais que je me relève, plus forte de cette expérience…

– C'est ce qui explique toute l'énergie que tu déploies à présent ! s'exclame Anna.

– Tu sais, avec Margy, on réécoute souvent les enregistrements. Maintenant, je retiens les paroles de la Voix d'une autre façon… C'est différent, tu comprends ? C'est comme si on me racontait une histoire, un conte, une légende sur ma famille… Tu te souviens qu'Agontimé aurait voulu être tisserande comme son père ? Je me demande si j'ai pas hérité ça d'elle : le goût des tissus et de la couture…

– Oui, j'me rappelle, fait Anna, l'esprit ailleurs.

– Tu sais, Agontimé regrette d'avoir voulu mourir avec son bébé. Elle pensait bien faire… Éviter que sa petite fille vive dans l'esclavage… Le temps a passé. Notre famille a oublié… Ou voulu oublier cette triste histoire… »

Il est 5 heures de l'après-midi. Yaya change brutalement de sujet de conversation.

« Attends ! Je vais te faire écouter la chanson que j'ai écrite ce matin, au saut du lit. »

Elle cherche ses notes sur son téléphone portable. Ses doigts pianotent à une vitesse phénoménale sur l'écran.

« T'es prête, tatie ? Voilà, c'est la chanson d'Agontimé… »

Anna acquiesce. Elle voudrait se retirer loin de ce babillage incessant. Elle aimerait être seule avec son chagrin, car la mère de Margy ne va plus tarder.

Le soleil est bas dans le ciel. Ses derniers rayons coulissent au travers des persiennes de la véranda et zèbrent de lumière le visage de Yaya.

Celle-ci prend une inspiration et commence à scander sa chanson.

On m'a raconté jadis le magicien d'Oz
Seuls les mots savent
Seuls les mots sauvent
Seuls les mots osent
Agontimé, Agontimé, Agontimé…
Di mwen tou sa ou sav
Di mwen tou sa ou viv
Di mwen tou sa ou sav
Di mwen tou sa ou vwè
Agontimé, Agontimé, Agontimé…
Est-ce que c'était un conte, un rêve, une légende ?

Le rapt, la cale, la canne
Dis-moi encore
Dis-moi en songe
Avec tes mots d'eau douce et d'eau salée
Agontimé, Agontimé, Agontimé…

Seuls les mots savent
Seuls les mots sauvent
Seuls les mots osent
Di mwen tou sa ou sav
Di mwen tou sa ou swé
Di mwen tou sa ou sav
Di mwen tou sa ou jwenn
Le rapt, la cale, la canne
Dis-moi les fruits de ton arbre diaspora
Dis-moi les feuilles et les branches d'ici et là-bas
Dis-moi les racines, les épines diaspora
Di mwen ki bon Dié ou prié
Di mwen tou sa ou sav
Di mwen tou sa ou kwouè
Di mwen tou sa ou vwè
Agontimé, Agontimé, Agontimé…
Seuls les mots savent
Seuls les mots sauvent
Seuls les mots osent
Di mwen tou sa ou sav
Di mwen tou sa ou pran
Di mwen tou sa ou sav
Di mwen tou sa ou viv
Agontimé, Agontimé, Agontimé
Agontimé, Agontimé, Agontimé
Agontimé, Agontimé, Agontimé…

À la fin de la chanson, Anna est prise d'une soudaine angoisse. Margy va retrouver bientôt sa vraie mère. Elles sont réconciliées. On va l'éclipser… En même temps, elle se demande encore une fois si sa fille abandonnée est toujours de ce monde, si elle a hérité quelque chose d'Agontimé, si elle est heureuse… Anna ne voudrait pas mourir sans savoir ce qu'est devenu l'unique enfant qu'elle ait porté…

« Alors, tu as aimé ? fait Yaëlle.

– Oui, tu as écrit une belle chanson, Yaya… C'était quoi, du rap ?

– Ouais, un genre de rap, avec du gwo-ka… Je demanderai à un compositeur de mettre des sons de tambour… Bref, j'ai entendu parler d'une tisserande qui vit à Sainte-Anne, ici, à Gwada, continue Yaëlle. J'aimerais bien apprendre à tisser…

– Oh là là ! Tu penses à trop de choses à la fois ! Tu m'as dit que tu avais en tête une nouvelle collection…

– Non, je sais… T'inquiète, j'arrête pas ce projet, c'est juste une idée en passant…

– Tu te disperses trop, soupire Anna. Tu commences à me faire peur. Tu sais quand même que tu dois te ménager… N'oublie pas que tu viens de loin… »

En effet, le bureau de mamie Yvette est devenu un atelier de couture. En un mois, Yaëlle a produit une cinquantaine de sacs de tissus unis égayés de bandes de wax aux couleurs chatoyantes et bigarrées. Sa créativité est sans limite, sa capacité de travail phénoménale. Elle n'est jamais fatiguée et coud dès le lever du jour. C'est sûr, Yaya frise l'hyperactivité. La psychologue assure que c'est presque un passage obligé. Il ne faut pas s'inquiéter, juste canaliser cette énergie…

« J'te jure tatie, j'essaie de pas partir dans tous les sens, reprend Yaya. C'est pourquoi je me concentre en ce moment sur les sacs de plage. Je passerai aux robes après la naissance du bébé… T'inquiète ! La collection est prévue pour décembre… Tu sais, Margy a créé un site. On vend les sacs en ligne. Ils ont beaucoup de succès, ça marche bien. On les réclame jusqu'en Martinique et en France… J'en ai envoyé un à Olivier Rousteing, le Noir de chez Balmain ! J'attends sa réponse. J'ai beaucoup de clientes à Gwada, bien sûr… Margy et moi, on est associées. On a tout fait dans les règles… T'as vu notre marque ? Ça te plaît ?

– Oui, j'ai vu : *Agontimé Style* ! fait Anna. Elle n'écoute plus vraiment sa nièce. Mais n'a pas envie de la blesser. Vous êtes incroyables, j'en reviens pas…

– C'est Margy qui a eu l'idée… Même si elle est couchée toute la journée, elle continue à développer notre site Internet. Elle a retrouvé tous ses followers de Marj'971… Regarde ! Balaie l'écran ! » Yaya lui tend d'autorité son téléphone portable. « Regarde ! C'est notre boutique en ligne, Agontimé Style ! »

Quand la voiture de Gladys Laroche passe le portail et s'immobilise devant la villa de mamie Yvette, la tension est presque palpable. Voilà des mois que Margy et sa mère ne se sont pas vues. Au téléphone, elles ont parlé de réconciliation, ce qui a fait frémir Anna.

Prétextant un coup de fatigue dû au décalage horaire, Anna regagne sa chambre et s'effondre sur le lit aux draps bleus. Elle a le blues…

18 mai.

Depuis le temps qu'elle est sur la terre, Agontimé aurait pu être blasée, lasse d'errer ici et là sans bien savoir pourquoi. Mais elle continue de s'émerveiller chaque fois qu'une femme porte la vie. La tâche paraît toujours hors norme, colossale, presque surhumaine. L'œuvre trop grande pour l'entendement. Le prodige trop ambitieux pour le corps. Et pourtant, elles y arrivent…

À chacun de ses accouchements au Panama, Mathilde Chanty avait maudit son mari et les hommes en général, sans jamais oublier d'injurier le bon Dieu. « Ah ! hurlait-elle, j'avais pas *los corones* pour travailler sur les chantiers *del canal…* Ah ! parce que je suis une *pobra mujer*, on m'a embauchée aux cuisines ! Mais, *Puta ai Dios!* Pourquoi T'as pas donné aux *hombres* la charge de mettre au monde *los niños* ! Pourquoi ? Ah ! nom de Dieu ! Ah ! pourquoi Tu nous as choisies, nous, les femmes ? » Pendant que Mathilde enfantait, Rodrigo Los Santos prenait le large, la queue basse. Abandonnant la mère à son dur labeur et ses enfants au voisinage, il disparaissait dans le *barrio*, s'en allant noyer son courage dans une *bodega* fréquentée par ses amis West Indians. Ceux-là savaient son angoisse et le réconfortaient de leur mieux, avec du rhum des îles françaises et des histoires à dormir debout, cent fois racontées et entendues…

Agontimé les a toutes regardées avec compassion. Elles grimaçaient dans la douleur, versaient des larmes. Certaines, les yeux révulsés, retenaient leurs cris, serraient les poings et priaient dans leur cœur. Parmi sa descendance, elle en a vu seulement deux ou trois implorer la mort de les arracher *presto* à cette torture qu'est l'enfantement. La plupart se contentaient de gémir, se souvenant qu'elles avaient déjà emprunté ces chemins d'extrême souffrance. Elles avaient survécu. Ce n'était qu'un mauvais moment qui annonçait la joie. Un grand mal pour un bien inestimable. Une méchante tempête levée pour ouvrir la voie à une précieuse vie…

En 1896, quand Sécounom mit au monde Koffi, son quatrième fils, Agontimé ne manqua pas de la veiller. Peut-être était-ce là ce que le Très-Haut attendait d'elle… Si l'ancêtre demeurait invisible aux vivants, sans doute ceux-ci percevaient-ils la puissante bienveillance qui l'animait… Il se pourrait, se disait-elle, que le Seigneur la gardait sur terre pour accomplir cette humble mission, un genre de sacerdoce…

Sécounom était de celles qui ouvraient son corps et libéraient sa progéniture sans grand *dékatman*. Quand l'heure était venue, elle bandait ses muscles, prenait courage et s'accroupissait sur une natte, les cuisses bien écartées. Elle attendait un petit moment et l'enfant pointait sa tête, glissant son corps visqueux dans le nouveau monde. Comme les précédents, le nouveau-né fut accueilli tel un roi par les vieilles femmes sages de la concession qui entouraient sa mère. L'emmaillotant dans une pièce de coton blanc, une devineresse prédit à Koffi un destin de gloire et une longue existence. Hélas ! Celle-ci ne vit pas la guerre en Europe, le bataillon des tirailleurs sénégalais de la force noire, Koffi – l'indigène – marchant dans les neiges des Dardanelles, Koffi mourant sur un lit d'hôpital, à peine âgé de dix-neuf ans…

Au fil des ans, Agontimé pensa souventes fois que le bon Dieu voulait lui apprendre quelque chose sur la condition humaine. La joie et la douleur s'enfilaient comme les perles d'un collier dans la vie de chacun. Elle assistait à un éternel recommencement. Chaque vie nouvelle était un trésor et en même temps une promesse de faillite. Des rires et des pleurs. Lot d'espoirs et désillusions, avec toujours la mort au bout du chemin…

Nous étions déjà en 2003 quand Pearl accoucha de Joycy, à Lagos. Elle était seule, dans sa pauvre case du ghetto. En fin d'après-midi, parce qu'elle n'avait pas repassé telle chemise à carreaux, son homme lui avait flanqué une raclée. Dont un coup de pied au ventre. Il aurait dû rester encore un bon mois à l'abri du monde, mais le bébé décida de sortir ce soir-là. Autour, il n'y avait pas d'âme charitable. Aucune voisine compatissante. Rien que des gens aux abois, parés à vous dévaliser, s'emparer des butins rapportés d'une décharge de la ville. Pearl était seule. Très jeune et infiniment vieille à la fois. Tellement fragile et blindée en même temps. Très digne et pourtant repoussante. Pearl n'était qu'une femme-enfant donnant la vie à un enfant.

Et, considérant Pearl dans toutes les dimensions de sa solitude et de sa déchéance, Agontimé se demanda longtemps si Dieu était vraiment une bonne personne, s'Il l'avait laissée en pénitence sur terre pour voir verser tant de larmes.

En ce 18 mai de l'année 2022, Agontimé se souvient des accouchements de sa dernière-née.

Ifé-Suzanne…

Elle perdait toujours les eaux dans la nuit. Se levait avec précaution, allumait un cierge et restait debout, plantée là, les bras ballants, à côté de son lit. Dessous son gros ventre, elle regardait l'eau de son corps dévaler le long de ses cuisses et de ses jambes. Elle n'éprouvait pas de véritable inconfort, seulement un sentiment de surprise, découvrant ses pieds nus au mitan d'une petite mare. Quand les douleurs l'assaillaient, Ifé ne criait pas, ne geignait aucunement. Elle demeurait immobile, comme pétrifiée. Ne bougeait pas un cil, ne remuait pas un doigt. Son cœur battait au ralenti, on l'aurait cru paré à s'arrêter à tout instant.

Au bout d'un moment, le silence si pesant dans la chambre finissait par ébranler le sommeil d'Évariste Chanty. Et il la voyait, statufiée, l'air effaré, les pieds baignant dans une eau agitée d'étranges clapotis. Si Ifé croisait le regard de son mari, elle n'avait pas de mot, semblait attendre non pas la venue d'un bébé, mais un autre événement bien plus spectaculaire… Peut-être une brusque montée des eaux, une rivière en furie qui charrierait le corps d'Eugénie à ses pieds, lui restituant miraculeusement sa mère morte…

Il est 5 heures de l'après-midi quand Margy perd les eaux, ce 18 mai 2022. Dans son ventre, Benjamin commence par se retourner, donnant de vigoureux coups de pied pour s'extirper des entrailles de sa maman.

Anna vient de passer près d'une heure à couper et vernir les ongles des orteils de Margy. Encombrée de son gros ventre, la petite n'est plus capable de les atteindre. Bien que Gladys Laroche soit inopinément réapparue, Anna n'oublie pas de tenir son rôle de mère de substitution. Chaque matin, elle aide sa protégée à se laver et s'habiller. Margy a pris près de vingt kilos, mais garde son esprit en ébullition. Très réactive sur les réseaux sociaux, Marj'971 continue de nourrir et développer le site Agontimé Style en permanence, chouchoutant son millier de followers qui exigent toujours davantage de photos et l'inondent de likes, pouces levés, émojis divers.

Anna attend son heure. Elle se sent en position de force vis-à-vis de Gladys Laroche. Les deux femmes se sont peu parlé. Jusqu'alors, la mère de Margy a tenu le beau rôle, la bouche en cœur, donnant l'absolution à sa fille pour ses péchés, sa vie dissolue, son ventre sans mari et son bébé sans père. Hélas, elle ignore encore ce que tout le monde sait chez mamie Yvette. L'odieux secret ! L'envers de l'enfance heureuse… Les abus sexuels du gentleman-farmer…

Margy veut garder sa sérénité jusqu'à la délivrance. Évoquer ce sujet brûlant avant la naissance de son bébé ne lui semble pas de bon augure. Elle a donc décidé de tout révéler à sa mère seulement après son accouchement – Yaya, Anna et Yvette sont d'accord…

De ce fait, Gladys Laroche n'imagine pas un instant les lourds secrets qui empèsent l'atmosphère chez mamie Yvette. À chacune de ses visites, elle s'installe dessous la véranda, pérorant, la poitrine bombée, les jambes croisées, tellement respectable et fière d'elle-même. Car, à sa connaissance, rien n'entache son âme. Elle a fait l'effort de pardonner à Margy. Elle accepte sa fille dans toute son imperfection. Se considère comme une bonne mère et s'apprête à prendre à cœur son rôle de mamie. Personne ne peut lui reprocher quoi que ce soit…

Quand l'ambulance se gare devant le portail, c'est Anna qui monte à bord avec Margy.

Mamie et Yaya restent à la maison. Oui, elle promet de leur donner des nouvelles au plus tôt.

Peu après que Margy a été installée en salle de travail, Anna décroche son téléphone et compose le numéro de Gladys Laroche. Celle-ci est encore à Pointe-à-Pitre.

« Pourquoi tu me préviens si tard ?

– On n'y a pas pensé, répond sèchement Anna. L'urgence était de prévenir l'ambulance et le service de maternité… Elle a perdu les eaux vers 17 heures…

– Bon, ben… J'arrive le plus vite possible… » fait Gladys.

Il est près de 19 h 30. Au fond d'elle, en un coin infime de son cœur, Gladys sait qu'Anna Liman n'est pas son amie. Plutôt une rivale, une femme sans enfant qui tente de lui voler sa fille. Derrière ses sourires fourbes et sa mielleuse empathie, pointent la cruauté et de mauvaises intentions.

Sur la route qui la mène de Pointe-à-Pitre à Capesterre, Gladys voudrait chasser ces pensées parasites. Anna a été bonne avec Margy, se dit-elle, la recueillant dans son appartement en région parisienne et subvenant à ses besoins. Yaëlle est l'amie-sœur de Margy. Des inséparables depuis l'école maternelle… Ensemble, elles ont traversé tant d'épreuves… Grâce à la tante, les filles se relèvent enfin de toutes ces déconvenues…

Gladys met la radio. Tombe sur une chanson de Francky Vincent…

… Chérie tu me donnes ta passion
Et je trouve ça fabuleux
Je n'suis pas branché sentiments
J'suis plutôt super-amant
Aujourd'hui tu vas oublier
Tous les tocards qui n'ont pas assuré
Y a pas que la fesse dans la vie…

Agacée, Gladys Laroche éteint la radio. Double une file de voitures. Elle sent l'amertume monter dans son cœur. Se demande ce qu'elle a raté en tant que femme, en tant que mère… Encore une quarantaine de kilomètres avant d'arriver à la maternité de Capesterre-Belle-Eau. Au moins une demi-heure à se ronger les sangs dans les embouteillages.

« Non, il n'y a pas de père, répond Anna.

– Vous êtes sa mère ? demande encore la sage-femme.

– Plus ou moins… » fait la tante de Yaya.

Anna se souvient de ses coupables pensées lors de son accouchement, là-bas, dans la longère bretonne. Voulait que son bébé naisse et meure le même jour, étranglé par le cordon ombilical… Quelle horreur !

Margy trépigne sur le brancard, murmurant le nom de Benja, pendant qu'Anna la réconforte et lui caresse les mains, tout en remâchant ses remords.

Anna se demande si Agontimé n'est pas présente à cet instant, songeant à sa grande contrariété à la naissance de sa dernière enfant. Ifé avait tellement bataillé pour survivre. De toutes ses forces, elle s'était accrochée à ses entrailles. De toute son âme, elle avait voulu accéder à la vie. Quelle vie !

Peut-être que l'ancêtre se remémore encore une fois cette femme qui accoucha d'un bébé mâle agonisant que les hommes d'équipage jetèrent à la mer. Malheureux petit né et mort du monstrueux ventre du bateau négrier. Un qui fit le déjeuner des requins. Au moins, échappa à l'esclavage aux îles.

Peut-être qu'Agontimé revoit aussi cette bougresse hargneuse qui mit bas dans le champ de canne. Sous le regard du commandeur, un nègre trancha son cordon d'un coup de sabre. Et puis, sans un mot, la femme amarra son petiot mort-né dans son dos, pour reprendre sitôt sa tâche derrière le coupeur…

Elle en a vu tant et tant accéder à la vie d'ici-bas…

Toutes qualités de femmes… Des rebelles, des serviles, des fatalistes qui portaient si fièrement leurs ventres-calebasses… Elles avaient le courage de croire en l'existence, donnant la vie à des êtres qui seraient privés de liberté, propriété d'un maître.

Margy prie Jésus-Christ dès qu'elle a une contraction. Elle appelle Benja. Elle pense à la négresse marronne Solitude, enceinte, statufiée au carrefour des Héros à Pointe-à-Pitre. Avec Yaya, elle avait prévu d'aller promener son gros ventre là-bas, les 26 et 27 mai, dans une des marches mémorielles organisées en souvenir des aïeux réduits en esclavage.

Tout le temps de son accouchement, Margy tient la main d'Anna. Sous péridurale, elle ne souffre pas trop.

Gladys Laroche arrive à 20 h 30. Il y a de l'animosité dans l'air. Elle prend aussitôt le relais.

À 23 heures, ce 18 mai 2022, Margy donne la vie à Benjamin Laroche. Yeux marron. Trois kilos et deux cent cinquante grammes, cinquante-deux centimètres de beauté pure.

25 juillet.

« *Padon pa ka géri bos…* » murmure Mamie, les sourcils froncés. À la télé, le pape demande pardon aux peuples autochtones du Canada.

Le vieil homme est venu présenter les excuses de l'Église catholique pour tous les crimes commis par les religieux, entre la fin du XIXe siècle et les années 1990. Il s'adresse aux descendants des populations amérindiennes ancestrales qui ont vu plus de 150 000 enfants autochtones enrôlés de force dans cent trente pensionnats ou institutions subventionnés par l'État, administrés principalement par l'Église catholique. Arrachés à leurs familles, coupés de leur culture, de leur langue et de leur environnement, ils ont été victimes de violences physiques, de sévices psychologiques, d'abus sexuels. Plus de 6 000 enfants y ont laissé la vie, bon nombre ont disparu. En 2021, la découverte de 1 300 sépultures anonymes sur les sites de plusieurs pensionnats a jeté le Canada dans l'émoi…

Est-ce qu'un mot peut suturer une plaie ? Est-ce que cet insignifiant petit pardon peut réparer l'offense, ressusciter toutes ces âmes d'enfants livrées à la cruauté des pères qui apportaient la Croix et l'Évangile au Nouveau Monde ? Tous ces innocents sacrifiés, souillés, soumis à la concupiscence de ces hommes d'Église...

Le pape a parlé de réconciliation...

Des messes et des prières suffiront-elles à absoudre ces barbares en soutanes noires ? Est-ce que la page sera miraculeusement tournée sur ces bourreaux d'antan par la grâce de ce pardon ? Le temps finira-t-il par tout recouvrir de poussière, tels des meubles oubliés dans un galetas d'antan ? La douleur s'éteindra-t-elle avec les derniers survivants ? Que restera-t-il de cette ignominie dans les gènes des Inuits, Amérindiens, descendants des Peuples Premiers d'Amérique ?...

Le lendemain.

Elles sont en train de boire un jus de goyave sous la véranda, quand Margy se lance dans ses révélations, le regard vide. Avec son *big chop*, tête rasée, sans maquillage, la jeune maman a l'air d'une nonne. Caressant son gros bébé, elle s'adresse à Gladys, sa mère. Laisse les mots tomber sèchement, pareils à la lecture macabre d'un médecin légiste qui débite les conclusions glaçantes d'une autopsie. Meurtrie, mamie Yvette sait déjà et tend une boîte de mouchoirs en papier à Gladys. Perdue dans ses pensées, Yaya songe à Olivier Rousteing, envisageant de lui proposer sa candidature pour un stage chez Balmain.

Comme le pape, la veille, Gladys Laroche demande aussi pardon. Non, mon Dieu ! elle n'avait rien vu. Non, elle ignorait ce que son cochon de mari faisait subir à sa petite Margy. Elle sanglote, à présent, blessée, en colère contre elle-même, honteuse et pétrie de remords.

« Si j'avais su, si j'avais su... Pourquoi tu m'as rien dit ? » répète-t-elle, ne cessant de se moucher bruyamment dans le silence ambiant.

Benjamin a déjà deux mois et huit jours. C'est un bébé très éveillé, choyé par toutes les femmes qui lui tournent autour.

Anna et mamie Yvette changent ses couches et le baignent. Yaya confectionne ses vêtements et l'habille. Toutes lui font des câlins à longueur de journée. Margy le nourrit de son lait. Plusieurs fois par jour, elle déclare que son fils ressemble à Barack Obama. Un matin que le petit réclamait la tétée pendant que sa maman alimentait son blog, mamie Yvette s'est écriée : « Mamzelle Margy ! Vous n'entendez pas ! Président Obama a faim ! » Anna et Yaëlle avaient éclaté de rire.

Cet après-midi, pendant que sa grand-mère s'effondre sous le coup de la terrible nouvelle, Benjamin grimace et s'étire. Sans un mot qui briserait la pesanteur, elles le regardent s'agiter dans les bras de sa mère. L'enfant est un rayon de soleil dans ce sombre moment, l'espoir que la lumière surgit toujours de la pénombre. Alors, toutes sourient bien malgré elles.

« On va porter plainte ! s'exclame d'un coup Gladys Laroche. Non ! Je vais pas laisser ce pervers s'en tirer comme ça… »

Anna se retient de consoler la mère de Margy, non plus de l'encourager dans ce chemin de rédemption.

« Non, tu vas pas porter plainte, lâche Margy. Benjamin ne saura jamais… Je veux pas entrer dans ça. J'oublierai pas ce que ton mari m'a fait subir, ni comment il m'a abîmée… Mais… »

Elle prend une longue inspiration.

« Mais… Le passé est le passé… On peut pas le changer », soupire Anna, lui ôtant les mots de la bouche.

Mamie Yvette acquiesce. À quoi bon ressortir ces histoires anciennes ? Faut surtout pas laver le linge sale en public et donner de quoi alimenter les cancans des méchants… Toute la famille sera éclaboussée. Les gens se déchireront. « C'est trop tard, inutile… Gladys, crois-moi, vaut mieux enterrer tout ça et aller de l'avant… »

« Non, maman ! reprend Margy. Je veux pas que mon enfant grandisse au milieu de ce cauchemar. C'est la dernière fois que je parle de ça… Je veux pas que mon bébé entende parler de cette vieille histoire, tu comprends… J'avais besoin de te le dire, c'est tout ! Ça s'arrête là ! Et tatie Anna a raison, je peux pas changer le passé, mais je vais essayer d'être une bonne mère pour mon fils. Je vais le protéger de mon mieux et lui éviter de trop souffrir dans la vie. »

Benjamin se met à grogner, comme pour participer au débat. Margy lui fourre sa tétine dans la bouche.

Gladys Laroche toise Anna. De quel droit celle-là ose-t-elle la supplanter dans son rôle de mère ? Alors, il faudrait laisser les choses en l'état… Se taire et continuer à vivre comme si toute cette horreur n'était qu'un mauvais rêve… Et autoriser Monsieur Laroche à vivre en toute impunité ?

« Non ! Je vais le dénoncer, que tu le veuilles ou pas. Il doit regarder son crime en face. C'est pas trop tard… C'est pas le passé puisqu'on est en train de souffrir avec ça…

– Vous devez l'écouter… commence Anna.

– De quoi j'me mêle, à la fin ! Je parle à ma fille… C'est pas vous qui commandez ici… Fermez votre grande bouche ! Vous vous croyez où ? Vous êtes pas chez vous ! Ici, on est chez ma mère, et vous f'rez pas la loi ! »

Gladys commence à avoir cette bonne femme dans son collimateur. Elle tape du pied, écrase rageusement ses larmes.

« Non, je vais pas garder ça pour moi ! J'irai à la gendarmerie aujourd'hui même. Il n'y a pas prescription… Il m'a trahie ! Il t'a souillée et brisée, Margy ! N'accepte pas ça comme quelque chose de banal… Il n'avait pas le droit de te faire tout ce mal… Non, il n'avait pas le droit…

– Je veux plus penser à ça, maman. S'il te plaît, ne va pas voir les gendarmes. J'aurais trop honte. Toute la Guadeloupe sera au courant… Mes followers… » Margy a repris sa voix de petite fille pour tenter d'amadouer sa mère.

Gladys serre les poings et ravale ses larmes, imaginant l'ignominie de celui qui avait été son mari toutes ces années durant. Elle avait cédé à ses sourires imbéciles et ses caprices. L'avait tant vanté auprès de ses copines de footing, le décrivant comme un homme moderne qui l'encourageait à plus de liberté, à se faire plaisir… Elle était aveugle et ce monstre était son époux… Ce valeureux entrepreneur qu'elle accompagnait dans sa comptabilité, ses tribulations administratives et ses moments de découragement. En fait, il n'était qu'un prédateur qui se nourrissait de l'innocence de son propre sang…

« Mais, Seigneur ! Ce n'est pas toi qui dois avoir honte ! Tu es la victime, Margy ! C'est ton père qui doit avoir honte ! martèle Gladys. Regarde ! Il est maintenant en ménage avec une petite de ton âge… Ce salaud de pédophile…

– Je n'ai pas de père », marmonne Margy.

Mouchée, Anna garde le silence, se souvenant qu'elle n'avait pas été heureuse de voir réapparaître Gladys Laroche auprès de sa fille. Avait l'impression que la mère de Margy lui ravissait l'enfant que le bon Dieu lui avait envoyée sur le tard. Mais à présent Anna tombe des nues, se sent mesquine et misérable dans ses prérogatives et ses fallacieuses certitudes. Gladys est une femme au caractère bien trempé. N'est finalement pas cette dame frivole et inconséquente qu'on lui a dépeinte.

« C'est vrai, susurre mamie Yvette. C'est comme les Indiens du Canada… C'est le passé pourtant, mais ça leur fait toujours mal aujourd'hui… »

Gladys Laroche a peut-être l'intention de se racheter par cet acte de bravoure. Mais Anna la trouve toutefois vraiment courageuse, même admirable, à cet instant-là, affrontant sa culpabilité, sa honte de mère et sa colère envers le bourreau de Margy.

« C'est fini le temps où on subissait sans rien dire, poursuit Gladys. Des générations de femmes ont été abusées à tous les âges… Y en a marre ! Il faut que ça cesse. Il faut dénoncer les coupables…

– Vous avez raison », souffle Anna, baissant finalement les armes.

D'un coup, comme pour ponctuer la discussion, quelques gouttes de pluie se mettent à tomber sur le toit de tôle de la véranda. Il y a de soudaines bourrasques de vent et le ciel s'emplit de nuages noirs.

« Fais comme tu veux, lâche Margy, déboutonnant son corsage pour donner le sein à Benjamin.

– Tiens sa tête ! » fait mamie Yvette, pour dire quelque chose.

Dessous la véranda, il n'y eut guère d'autres mots cet après-midi-là. Chacune semblait soudain absente, égarée dans ses pensées, grâce à Dieu couvertes par le tintamarre de la pluie sur la tôle, le souffle du vent dans les arbres du jardin, et les bruits de succion de Président Obama.

Samedi 30 juillet 2022.

Betty Caron a convié toute la smala à déjeuner. Elle a prévu un barbecue et des salades variées. La réception se fera autour de la piscine de sa villa.

La veille, mamie Yvette a préparé un énorme gâteau fouetté accompagné de son succulent chaudeau au fruit à pain. Cela fait longtemps qu'elle n'a pas été invitée en bonne et due forme. Avec les filles chez elle, la vie reprend. Mamie sort de son train-train quotidien. Margy a teint ses cheveux blancs en auburn et lui a fait une nouvelle coupe. Yaëlle a customisé une de ses vieilles robes. Yvette se sent rajeunie, pleine d'allant.

Depuis que Betty et Sylvia se sont retrouvées, elles ne se lâchent plus et s'appellent au téléphone une fois par jour.

Inès est de retour à la Guadeloupe. Ethan vit de nouveau au domicile familial, toujours schizophrène, mais semblant plus ou moins stabilisé par ses traitements et son injection mensuelle. L'avocat Caron est en déplacement à Saint-Martin ; l'occasion inespérée de réunir les parents de la branche maternelle : Caleux et consorts… Claudia, la sœur de Betty, sera là aussi avec ses deux petits-fils, Marco et Dylan, en vacances chez elle. Les parents vivent à Toulouse et envoient chaque année les ados à leur mamie…

Bref, ils seront une vingtaine. Il devrait faire beau. Betty a rappelé à tout le monde d'apporter serviettes et maillots de bain.

Aglaë, l'aînée des cousines Liman, a décliné l'invitation. Elle est actuellement en cure thermale à Vichy. Bien sûr, Anna était conviée à la fête des retrouvailles. Mais impossible de reporter la réunion de chantier organisée ce même jour. L'architecte est venu la chercher à 10 heures du matin. Les projets ont bien avancé. Les plans sont terminés et la banque lui a consenti un prêt à taux intéressant pour la construction de sa maison en bord de mer.

Ce samedi, Betty s'est levée à 6 heures du matin. Elle est tellement excitée par la venue de sa famille. Elle a eu envie de boire un petit verre de vin au réveil, mais s'est promis de réduire sa consommation d'alcool. Elle a des questions à poser à Sylvia. Anna sera sur son chantier de Sainte-Anne. C'est une bonne chose. Non, il n'y a pas de hasard…

Cela fait une semaine qu'Inès est revenue du Canada. Elle semble s'être adoucie. A beaucoup parlé de leur relation mère-fille, des absences de son père, l'avocat Caron, de la maladie d'Ethan et du retour de ce dernier à la maison. Ce qui surprend Betty est l'intérêt que sa fille porte à l'arbre généalogique de la famille. Depuis qu'elle a retrouvé Carlson

Chanty à Montréal, Inès a besoin de récolter des informations sur Anastasie, l'arrière-grand-mère du cousin de Montréal. Il la presse de questions. Elle doit engranger des histoires de vie, recueillir des dates de naissance, des noms… Betty a dû fouiller sa mémoire et dépoussiérer de vieux albums photos remisés sous les combles depuis des lustres.

Inès communique également sur Facebook avec l'un des arrière-petits-fils d'Izora, un certain Bilal – moitié marocain – qui réside en Suisse… Elle évoque enfin une descendante des Caleux, la mystérieuse Maya Lesueur, qu'ils peinent à situer… Une métisse. Très proche, descendante directe des Caleux. Née sous X le 13 août 1997. Adoptée par une femme blanche, celle-ci cherche désespérément sa famille guadeloupéenne. Inès voudrait bien avoir une réponse immédiate. Malheureusement, à ce sujet, Betty ne sait quels chemins emprunter…

Durant son séjour, Inès compte rendre visite à l'arrière-grand-tante Izora que tout le monde a plus ou moins abandonnée. Bientôt centenaire, la vieille finit ses jours dans un Ehpad de la Basse-Terre. Inès a contacté la cousine éloignée, Evelyne Potier. Au dire de cette dernière, Izora a toute sa tête et pourra raconter le temps d'avant, l'histoire d'Anastasie avec Prudent Rémi, les fâcheries des sœurs, le départ de la petite Rachel Chanty pour la France…

Quelques jours après l'arrivée d'Inès en Guadeloupe, Betty se trouve dans sa cuisine quand la radio donne les avis d'obsèques. À 13 heures, d'ordinaire, elle est affalée dans un transat, au bord de la piscine et à l'abri des regards. Sous un parasol, elle sirote un petit digestif: de grosses larmes de rhum vieux du père Labat. Pendant qu'elle s'enivre, Betty regarde les remous de l'eau dans la piscine. En l'absence de son mari, elle pourrait passer là des heures, sans rien faire d'autre que mirer les reflets du ciel dans la piscine, laissant son esprit divaguer et les pensées sombres l'envahir. Parfois, ivre, Betty finit par s'endormir sur place. Se lève quand le soleil est déjà couché, se demandant pourquoi elle n'est pas morte dans son sommeil. Depuis le retour des enfants, elle a abandonné ce rituel et planqué ses bouteilles d'alcool.

Vingt décès ce jour-là aux avis d'obsèques.

Un nom accroche soudain sa mémoire : Balinois.

Balinois, Balinois, Balinois…

Betty se souvient…

Un monsieur mulâtre, médecin comme son épouse… Un Jean Balinois de Saint-François, ami de son défunt père, l'avocat Bérat. Il avait une famille. Des fils… Trois fils, Adrien, Achille et Anatole.

À l'époque, en 1997, une rumeur avait couru parmi les lycéennes qui convoitaient les fils Balinois.

Oui, Betty se souvient…

Elle revoit celle qui raconte, la bouche en cœur : « Il paraît que ta cousine sort avec Achille Balinois. On les a vus se bécoter au cinéma… Dis à Annette que les mulâtres aiment les négresses, mais ne les épousent jamais… » C'était une certaine Jasmine qui plus tard défraya la chronique en assassinant salement son troisième mari… Non, rien ne reste impuni sur cette terre, se dit Betty. À l'heure qu'il est, la fille doit toujours croupir en prison…

1997, c'était l'année où Anna avait précipitamment quitté la Guadeloupe. Betty en est sûre, toutes les pièces du puzzle sont en place. La veille de son départ pour la France, elle avait rencontré sa cousine dans un magasin de Pointe-à-Pitre. Anna avait grossi. Portait un genre de robe ballon démodée. Semblait fuyante et mal à l'aise… Anna était enceinte…

Tout est clair, cette mystérieuse Maya Lesueur ne peut être que la fille d'Anna.

Betty n'en a encore rien dit à Inès, doit d'abord en causer en aparté avec Sylvia…

Après le barbecue sur la terrasse, les enfants se retrouvent dans la piscine. Betty est satisfaite : tous ont apprécié le repas. L'ambiance est détendue, chacun repu. Inès l'a aidée dans le service et n'est surtout pas restée sur sa réserve avec Yaya. Les sujets qui fâchent ont été évités. Les deux sont réconciliées, leurs mères ravies. Betty a entendu Yaëlle parler de ses projets de long en large. Sa cousine ne l'a pas prise de haut, bien au contraire, lui donnant de précieux conseils sur la manière de développer son site et de l'ouvrir à l'international. Ensuite, Inès a évoqué ses recherches généalogiques, ce qui a captivé grands et petits. Claudia et Sylvia ont beaucoup échangé avec mamie Yvette. La présence d'une jeune mère inexpérimentée a alimenté bien des conversations. Passant de bras en bras, le bébé de Margy était au centre de toutes les discussions, chacune donnant ses recommandations, ses recettes secrètes pour combattre les coliques ou les fièvres…

Betty se réjouit aussi de la nouvelle attitude d'Inès face à son frère. Non, celle-ci ne rejette plus froidement Ethan. Elle n'a même pas sourcillé quand il lui a parlé du Coran, lui disant qu'il pensait changer de religion, comme Cassius Clay l'avait fait en son temps. Bien sûr, Ethan est toujours un souci. Dès qu'elle se retrouve seule avec lui dans sa maison,

Betty appréhende à tout moment de le voir surgir avec un long couteau, arborant son visage de dément. Dernièrement, il lui a dit de regarder vers La Mecque et de prier Allah pour son salut.

« Enfin, j'ai réussi à rassembler ma famille ! » Betty sourit à la ronde. Tous ses invités semblent apprécier le moment présent. Elle voit des visages heureux autour d'elle, dans la piscine et les transats. Elle se sent plus forte, prête à affronter ses propres démons, son naufrage conjugal, sa solitude, son addiction à l'alcool et la folie de son fils. Inès repart bientôt au Canada…

« Je vais y arriver, se dit Betty. Un problème après l'autre… »

Il est temps maintenant de crever l'abcès. Parler à Sissi de cette Maya Lesueur qui apparaît en clair-obscur dans l'arbre généalogique familial. Betty résiste à l'envie d'un verre de vin, pour se donner du courage, et invite Sylvia à l'accompagner dans la maison.

Elles sont assises sur le lit *king size* recouvert d'un flamboyant patchwork d'inspiration Amish. La chambre est immense, dispose d'une paire de fauteuils en cuir ivoire. Mais Betty leur a préféré la proximité du lit en bois de courbaril qui reprend, avec ses colonnes torsadées et sa moustiquaire, les codes du raffinement créole des demeures coloniales d'antan. Elles sont assises côte à côte.

« Sissi, je vais te parler franchement, commence-t-elle. J'ai une question précise à te poser au sujet d'Anna… »

Sylvia hausse un sourcil, se disant d'emblée qu'elle doit rester sur ses gardes. Est-ce le retour de la cruelle cousine Bérat de son enfance ? Pourquoi parler d'Anna en son absence ?

« Tu te souviens de son départ en 1997, continue Betty. Cette année-là, Anna sortait avec Achille Balinois. Les parents Balinois étaient des amis de mon père…

– Et alors ! lance Sylvia, sur la défensive.

– À l'époque, il y avait des rumeurs…

– Quelles rumeurs, encore ?

– Attends, ne panique pas, Sissi… Crois-moi, je suis pas là pour des ragots ou fouiner dans de vieilles histoires… »

Sylvia hoche la tête, les lèvres pincées, se souvenant de sa promesse de silence, de sa loyauté envers Anna, partie avorter discrètement en France. Elle s'attendait à des larmes au sujet d'Ethan, des confidences sur la vie conjugale de Betty. Jamais elle n'avait imaginé se retrouver face à sa cousine dans ce genre de conversation.

« Quelles rumeurs, à la fin ? répète Sissi.

– Comme quoi Anna et Achille couchaient ensemble… Tu savais ou pas qu'elle sortait avec le fils Balinois ? »

Sylvia a envie de se lever, quitter cette chambre où elle se sent piégée, manipulée, acculée. Remballer toutes ses affaires et embarquer sa smala… Non, décidément, rien n'a changé avec les cousines Bérat, se dit-elle. Toujours ce mauvais esprit… Ce même besoin de rabaisser les Liman… Des sourires hypocrites. L'étalage de leur vie bourgeoise… La pompeuse invitation n'avait finalement qu'un seul but : salir Anna.

« Je me souviens plus, ça fait longtemps… Peut-être, consent Sylvia. Pourquoi tu me poses ces questions, aujourd'hui ? C'est vieux, un simple flirt que tout le monde a oublié… Anna la première…

– Sissi, je te cache pas que je me suis longtemps demandé si Anna n'était pas… enceinte, quand elle a quitté la Guadeloupe », lâche brutalement Betty.

Une bombe !

Que se passe-t-il en ce moment ? se dit Sylvia.

Un alignement de constellations au fin fond des cieux…

Une conspiration de l'univers…

Le temps venu des révélations scabreuses et des secrets éventés… Le moment de l'histoire où les fantômes sortent tous en même temps des placards… L'heure de gloire de la sérendipité où le hasard rebat les cartes…

Sylvia entend le pape demander pardon aux Inuits du Canada…

Elle pense à Gladys Laroche découvrant d'un coup toute l'abomination vécue par sa fille Margy, des années auparavant… Pauvre petite, à peine huit ans et livrée à son monstre de mari. Cet homme qui lui avait donné tant de plaisir au lit…

Sylvia se revoit assise en tailleur chez le marabout d'Afrique, à Barbès-Rochechouart. Son don, disait-il, lui permettait par la voie divine de trouver la réponse à tout mystère, jusque dans les ténèbres. La vérité dans l'ombre des mensonges. Les secrets dans les profondeurs du silence. La Serendipity. Sérèn-dipi-té…

Elle se rappelle encore ce récent reportage télévisé, réalisé sur la plage des Raisins-Clairs, à Saint-François… Les squelettes exhumés, les monticules de sable percés par les os blanchis, pointés en tous sens, les crânes roulant aux pieds des touristes allongés sur leurs larges serviettes. Tout un cimetière d'esclaves maintenant livré aux regards, en ce XXIe siècle. Tout ce passé calamiteux ressurgi, à cause de l'érosion, la montée des eaux, les cyclones et les alizés, les années écoulées, l'anthropie… Tout ce temps maudit ensablé jadis, tellement calme et longanime, et puis soudain paré à braver l'oubli…

« Voilà ! Sissi, je te dis les choses comme elles sont, s'enhardit Betty, face au silence de sa cousine. Sur un site de généalogie, Inès a découvert l'existence d'une fille qui se nomme Maya Lesueur. Née sous X, le 13 août 1997, elle a été adoptée par une femme blanche. Quand je fais tous les recoupements, je tombe sur Anna… Ces sites sont extraordinaires, crois-moi ! Des milliers de personnes ont déjà retrouvé leur famille rien qu'en faisant un test ADN… Crois-moi, des millions de gens sur terre retrouvent leurs familles ainsi… Inès m'a tout expliqué… Et…

– Arrête ! Non ! C'est dégueulasse ce que t'es en train de faire… s'écrie Sylvia, se couvrant les oreilles.

– Je sais, c'est dur à entendre… S'il te plaît, demande à Anna… Si c'est pas sa fille, on sera fixé… En tout cas, cette Maya sort bien de quelque part. C'est une cousine très très proche de la famille : les Chanty, Potier, Caleux… Tu sais, je l'ai vue sur l'ordi d'Inès, elle nous ressemble. Les yeux surtout… Les yeux effilés… Elle est très claire de peau, sûrement parce que son père est un mulâtre… Elle cherche ses parents biologiques. Il faut l'aider. Maya a besoin de rencontrer sa vraie mère, son père… Dis-moi si tu sais quelque chose… »

Sylvia n'en revient pas… C'est une galéjade ! Non, comment est-ce possible ? Anna, sa propre sœur, ne lui aurait pas caché la naissance de son enfant… Quoi ! La fille d'Achille Balinois ! Vingt-cinq ans de silence ! De quelle manière Anna aurait-elle pu vivre toutes ces années durant avec le poids de ce secret ? Comment aurait-elle pu abandonner sa propre chair ?

Sur la terrasse, il y a des rires et des cris, de la musique ragga. Les enfants jouent au ballon dans la piscine. Ils ont déjà prévu de se retrouver entre cousins au bord de la mer, la prochaine fois.

« C'est vrai, je savais qu'elle était enceinte, avoue finalement Sylvia, fixant d'un air effaré le portrait d'un affreux ancêtre Caron accroché au mur de la chambre. Elle devait avorter à Paris. N'en parle à personne ! Promets ! C'est ce qu'elle m'avait dit, Betty. C'est ce qu'elle a fait, crois-moi… Je t'en supplie, ne raconte surtout rien à ta fille. Je veux pas trahir ma sœur… Elle a avorté, c'est pas un crime, quand même… Après, elle a plus jamais voulu qu'on parle de ça… »

Des larmes bleutées coulent sur les joues de Sylvia.

« Sissi, écoute-moi ! La petite cherche sa famille guadeloupéenne, reprend Betty d'une voix plus ferme, refusant de laisser paraître son émotion. Si c'est la fille d'Anna, on ne va pas lui fermer la porte comme on a fait avec Rachel. Elle est de notre famille… Elle a besoin de retrouver sa mère, son père, tous ses cousins… Elle est née le 13 août 1997. C'est facile à vérifier… Tu donnes la date à Anna, et ça sera oui ou non… Si c'est oui, on saura à quoi s'en tenir…

– Je sais pas… souffle Sylvia. Je vois pas comment demander à ma sœur Anna si elle a avorté ou accouché… Si elle a eu une fille qu'elle a abandonnée le 13 août 1997… C'est lourd, très lourd… Elle va tout nier. Et m'en vouloir… Elle sera fâchée d'apprendre que j'ai parlé de ça avec toi… C'est sûr, j'te dis, ma sœur a avorté… C'est pas possible ce que tu me racontes…

– Le temps a passé, fait Betty. Si elle a abandonné son enfant, elle a peut-être des remords… Peut-être qu'Anna sera contente de retrouver sa fille… Qui sait ce qu'elle a vraiment en tête ? Crois-moi, c'est dur de garder un tel secret sans souffrir…

– Mon Dieu ! Je sais pas quoi te dire… J'ai pas envie de remuer ces histoires passées… Je veux pas faire souffrir ma sœur pour rien… Anna est sensible, elle souffre tout le temps de son ventre… Et puis y a tellement de fausses informations qui circulent sur Internet… Tu sais, les *fake news*… »

1er août.

Dwayne et Carlson sont en visioconférence avec Inès et Yaya. Dwayne ose quelques mots créoles, ce qui fait rire tout le monde. Depuis leur salon de Montréal, il montre aux filles le livre de contes créoles qu'il vient d'offrir à Carlson. Il adore Anansi, l'araignée, Zanba et Compè Lapin. Le projet de voyage à la Guadeloupe en janvier prochain est dans les tuyaux. Ils ont déjà pris leurs billets d'avion. Inès a convenu avec sa mère de les héberger dans leur villa de Petit-Bourg. On mettra une voiture à leur disposition…

3 août.

C'est la cinquième fois qu'Anna voit apparaître le visage de sa fille Maya. De part et d'autre de l'océan Atlantique, chacune est face à l'écran d'un ordinateur, entre rire et larmes. Il y a tellement d'émotions. De la joie et aucun reproche de la part de Maya. Un flot de regrets du côté d'Anna. Elles ont déjà beaucoup parlé et ont hâte de se retrouver à Paris. Anna prend l'avion pour Paris le 18 août. Elles ont tant de choses à se dire et vont apprendre à se connaître. Anna est enfin libérée de son secret, heureuse et triste à la fois. Mais c'est comme si l'univers lui donnait une seconde chance, lui pardonnait d'avoir abandonné son enfant… Comme si elle avait fini de purger sa peine…

Quand Sylvia l'avait prise à part, pour lui asséner sans précaution la troublante histoire de cette Maya Lesueur, elles étaient chez mamie Yvette, assises dessous la véranda.

« Née sous X le 13 août 1997… Quoi ! le 13 août 1997… Qu'est-ce que tu… » Anna se leva d'un bond, fit quelques pas, titubant. Puis, subitement, ses jambes se dérobèrent sous elle. Anna tomba par terre au milieu du salon de Mamie. Affolées, les filles durent la porter pour l'allonger sur le canapé du salon. Yvette voulait appeler les pompiers, mais Sissi l'en dissuada.

« Je viens de lui annoncer qu'elle a retrouvé sa fille. C'est un choc ! glissa Sylvia d'une voix monocorde. Ne vous inquiétez pas ! J'ai moi-même reçu la nouvelle comme un coup de poing en pleine figure… Elle va se relever… »

Sidérées, les bras ballants, elles restèrent un moment autour du canapé. Puis, yeux fermés, Anna demanda pardon à Yaya et Margy d'avoir tronqué ses confidences.

« Je n'ai pas pu vous parler de ça. C'était trop dur… Pardon ! Pardon ! J'ai essayé pourtant, plusieurs fois… Les mots ne sortaient pas, vous comprenez… Je te demande pardon aussi à toi, ma sœur, Sylvia… J'ai jamais pu te dire la vérité, j'avais trop honte… »

7 août.

Quinze jours après les obsèques du vieux père Balinois, Anna appelle Achille et lui révèle sa paternité. « Je l'avais abandonnée. Mais elle est réapparue… Avec l'Internet… Je voulais pas que tu le saches… J'étais jeune… » Après un instant de stupeur, il lui fait part de ses doutes de l'époque, des questions qui le taraudaient, de quelques cauchemars et regrets qui empoisonnaient son existence. Oui, il voudrait rencontrer Maya. « Je t'aimais Anna, je ne t'aurais pas laissée tomber », murmure-t-il avant de raccrocher.

9 août.

Inès emmène sa mère, Anna et Sylvia voir la grand-tante Izora.

La centenaire, presque aveugle, a toute sa tête et les idées bien en place. « C'est la mascotte de l'Ehpad », lance joyeusement Evelyne, la petite cousine Potier venue à leur rencontre. En effet, les souvenirs d'enfance de la tantie demeurent intacts dans sa mémoire. Izora verse une larme quand elle narre sa fâcherie d'antan avec sa sœur Ida…

« Non ! Anastasie n'était pas folle ! À l'époque, je l'ai dit à tout le monde. Ils ont pas voulu m'entendre. Ma grand-mère Dora m'avait rapporté l'histoire de notre ancêtre Timé-Eugénie qui s'était jetée dans la rivière avec son bébé… C'était du temps maudit de l'esclavage. Elle était désespérée, voulait mourir avant l'heure, lasse d'attendre la liberté… Ce qui l'a chiffonnée, Timé, c'est d'avoir laissé sa petite sur la terre, dans ce monde sauvage d'esclavage. C'est ce qui l'a retenue parmi nous autres. Après sa mort, elle marchait partout avec son malheur, son remords et son chagrin, Timé… C'est ce que racontait ma pauvre sœur Anastasie…

Izora s'interrompt, cherche le visage d'Anna du bout des doigts. « Vous êtes les filles de Germaine ? demande-t-elle soudain. Vous venez bien tard…

– Germaine n'est plus là, tantie Izora », fait Yaëlle.

– Moi, je suis la petite-fille de Clémence, précise Inès. Et on a retrouvé le petit-fils de la cousine Rachel à Montréal. Il viendra te voir bientôt…

– Faut pas qu'il tarde trop. Je serai bientôt plus de ce monde, soupire Izora. Elle avait un don, Anastasie, reprend la vieille. Et ils l'ont déclarée folle et enfermée à l'asile. La pauvresse disait la vérité… Rien que la vérité… Non, son esprit n'était pas dérangé… Elle était seule à entendre des voix, c'était là son drame… La vérité est qu'elle avait un don de voyance et que l'autre Timé était tellement bavarde… L'ancêtre parlait sans fin, comme un *rara-simèn-sent*… Et Anastasie l'écoutait, posait des questions… Timé-Eugénie n'était pas une mauvaise femme, ou un esprit malfaisant… Elle voulait seulement qu'on se souvienne d'elle… »

13 août.

C'est le matin de son anniversaire. Maya se réveille, tout imprégnée encore du rêve de la nuit. Carlos dort à ses côtés…

Une plage immense sous un ciel crémeux. Elle était debout, sur une plage, face à la mer. Cette plage lui rappelait Ouidah, mais peut-être que c'était la Guadeloupe. Une réminiscence des images vues et revues ces derniers jours sur Internet.

Elle vient de là-bas… la Guadeloupe. Cette île en forme de papillon d'où elle est originaire par ses parents biologiques. Annette Liman et Achille Balinois.

Dans son rêve, Maya avait fait quelques pas vers la mer et ramassé une poignée de sable. Elle n'avait pas peur. Laissait l'eau aller et venir à ses chevilles. Soudain, elle n'était plus seule. Quelqu'un était apparu. C'était Inès, sa cousine. Et puis Yaëlle surgit de nulle part, avec Joycy, la Nigériane. Face au vent, elles étaient quatre, se tenant par la main, parées de soies vaporeuses, et si belles… On aurait cru des mannequins noirs sortis de la pub d'un parfum chic. Elles regardaient toutes dans la même direction, vers l'horizon.

Maya sait qu'elle a perdu des bribes de son rêve. Mais elle croit se souvenir d'un trois-mâts, voiles au vent, très loin sur la mer, voguant vers le soleil couchant, flamboyant, orangé…

Depuis la Guadeloupe, tout le monde l'a appelée pour lui souhaiter un bon anniversaire. Elle a même reçu un bouquet de fleurs de la part de Carlson et Dwayne. Avec Carlos, ils déjeunent japonais chez Claire. Dans l'après-midi, au moment où Maya souffle ses vingt-cinq bougies, son téléphone sonne. C'est Anna, sa mère biologique. Claire sourit. Tout est bien qui finit bien, se dit-elle. Elle a tellement hâte de rencontrer la femme qui lui a donné sa fille à aimer.

15 août.

Inès s'envole vers le Canada le lendemain. Avec Yaëlle, elle rend visite à la tantie, dans sa chambre de l'Ehpad.

La vieille Izora évoque un peu sa vie de jeune femme dans la Guadeloupe d'antan. Née en 1922, elle a connu le cyclone de 1928, les années 1930 et 1940, le temps du gouverneur Sorin, les marins de *La Jeanne*… Elle raconte son mariage et son existence miséreuse dans une case au sol de terre battue, sans eau ni électricité ni cabinet de toilette… Elle parle encore de sa sœur Anastasie enfermée à l'asile avec ses esprits. Puis elle somnole…

Lorsque les filles l'embrassent pour lui dire au revoir, la centenaire remercie pour la visite. Fait savoir qu'elle peut à présent mourir en paix. Son chemin de vie est terminé. Elle part dans la joie de la réconciliation familiale, s'en va rejoindre tous ceux qui l'ont précédée. Puis elle souffle, entrouvrant ses yeux vitreux : « Écoutez-moi, mes enfants ! Si vous me dites qu'elle n'a toujours pas quitté ce monde, priez pour l'âme de l'ancêtre Timé, vous autres. Et demandez au bon Dieu de soulager son âme, de la prendre avec Lui au ciel… »

Inès et Yaëlle promettent de mettre un cierge en mémoire d'Agontimé.

« Tantie, je reviendrai en Guadeloupe, le mois prochain. Pour la fête de ton centième anniversaire. Je veux pas rater cet événement… Toute la famille sera là ! » fait Inès, enthousiaste.

Une dernière fois, elles regardent avec commisération la vieille tante aveugle et impotente, tellement décharnée et fragile sous ses draps blancs.

Agontimé se tient au chevet d'Izora. Les gens ont le droit de parler, faire des plans, rêver demain avec leurs mots… L'ancêtre sait déjà qu'il n'y aura pas de fête d'anniversaire. Les jours de la presque centenaire sont comptés. Sa fin est proche.

Quand Inès lui presse le bout des doigts, Izora esquisse un petit sourire. Agontimé lui rend son sourire. L'aveugle ne peut la voir, mais elle sent sa présence à son chevet.

« Tu as vu, la tantie Izora m'a souri ! s'écrie Inès, tout en joie.

– Tu penses vraiment que ce sourire t'était destiné ? répond Yaëlle d'un air sibyllin.

– Ben oui ! C'est quand je lui ai pris la main qu'elle a réagi…

– Je crois plutôt qu'elle souriait à quelqu'un d'autre, lance Yaëlle. Notre ancêtre Agontimé est là, maintenant, avec nous…

– Oui, elle est là, murmure Izora. Elle est venue me chercher. Mon voyage s'achève en ce monde. Et je n'ai même pas peur. J'attends mon heure. La vie de l'autre côté est plus douce qu'ici-bas, c'est certain… »

« La vie, la mort, voilà le destin des humains sur cette terre, souffle la Voix. Entre ces deux extrêmes, Izora a connu joies et tourments, comme tout un chacun. Bientôt elle rejoindra les siens, une multitude assemblée de l'autre côté… Ils l'espèrent dans la patience des roches. Elle va découvrir l'envers de ce monde terrestre, le grand et beau mystère…»

De la même autrice
(suite)

Ouvrages de référence et beaux livres

Guadeloupe découverte, préface de Simone Schwarz-Bart, Fabre Doumergue, 1997

Femmes des Antilles, avec Marie Abraham, Stock, 1998

Guadeloupe d'antan : la Guadeloupe au début du siècle, HC Éditions, 2004

Guadeloupe d'antan : la Guadeloupe à travers la carte postale ancienne, HC Éditions, 2007

Nouvelles de Guadeloupe, avec Fortuné Chalumeau, Simone Schwarz-Bart, Ernest Pépin, Magellan & Cie, 2009

Mise en pages : Anne Offredo, Valravillon

Cet ouvrage a été achevé d'imprimer
en décembre 2023 dans les ateliers de
Normandie Roto Impression s.a.s.
61250 Lonrai

N° d'imprimeur : 2304582
Dépôt légal : janvier 2024
ISBN : 978-2-38482-057-3
Imprimé en France